CUENTOS COMPLETOS

CUENTOS COMPLETOS

SIU KAM WEN

EDICIONES DIANA

Varios de los cuentos han sido publicados previamente en
las revistas *Caretas, La Casa de Cartón, Oráculo, Lluvia*
y *Renacimiento,* y en las antologías *Avenida Oeste y los
cuentos ganadores del Premio Copé 1981, En el camino:
nuevos cuentistas peruanos, From the Threshold:
Contemporary Peruvian Fiction in Translation* y *El
cuento peruano: 1980-1990.*

Fotografía de la cubierta:
Toronto's Chinatown, anónimo

Fotografía de la contracubierta:
Big Icy Photo, de Peter Durfee

Diseño del libro:
María del Pilar Salas

Publicado por Lulu, Inc.
3131 RDU Center, Suite 210
Morrisville, NC 27560

Para comunicarse con el autor, escriba a:
author@what-is-art.com
Para adquirir directamente copias de este libro, vaya a:
www.lulu.com

ISBN 1-4116-1304-X

Impreso en los Estados Unidos de América
Printed in the United States of America

A MODO DE PREFACIO

¿Chino o peruano? La ambivalente voz narrativa de los cuentos de Siu Kam Wen.
Maan Lin
Columbia University

El objetivo de este trabajo es estudiar la voz narrativa del escritor chino-peruano Siu Kam Wen en *El tramo final,* una colección de doce cuentos publicada en 1985 en la que describe la vida de la comunidad china que vive en el Perú. Siu Kam Wen nació en 1951 en la provincia de Guangdong, China, y se mudó al Perú cuando tenía nueve años. En 1985, Siu emigró a los Estados Unidos con su familia porque después de vivir 25 años en el Perú no podía conseguir ciudadanía peruana por las leyes de inmigración restrictivas de ese país. En una entrevista que me concedió en 1994 dijo que el constantemente gris y sombrío cielo de Lima le deprimía pero que no ha estado deprimido después de mudarse al paraíso relativo de Hawaii. Dejando el tiempo opresivo de Lima y la inseguridad de trabajo que sufrió allí, se encuentra, en Hawaii, mucho más feliz. Y esto es a pesar de que se siente como un "exiliado triple": no se siente ni completamente peruano, ni completamente chino, y aunque su llegada a los Estados Unidos es feliz para él, no ha estado en este país bastante tiempo para sentirse en casa.

Cuando Siu Kam Wen publicó sus primeros cuentos en los años ochenta y de esta forma se dio a conocer en el mundo de las letras en Lima, algunos periodistas y críticos literarios dudaron de la propia existencia de este autor, y pensaron que se trataba de un escritor famoso que escondía su verdadera identidad bajo un seudónimo chino; esta incomprensible incredulidad se refleja en las siguientes citas: en la primera de ellas, que apareció en la carátula de su primer libro, *El tramo final*, se lee lo siguiente: "resultaba difícil, al parecer, que un natural de China pueda (sic) escribir en el lenguaje de Cervantes y, lo que es más, hacerlo con calidad". La segunda cita que apareció en el diario *La prensa* es la siguiente: "Siu Kam Wen (quien no sabemos si en verdad existe, ya que está de moda inventar escritores orientales para encubrir a autores conocidos)".

En los últimos años, la obra de Siu Kam Wen ha sido estudiada desde varios ángulos. R. A. Kerr, en "Lost in Lima: The Asian Hispanic Fiction of Siu Kam Wen", realiza un estudio acertado desde una perspectiva de teoría postcolonial, a pesar de que, como indica el citado crítico, la ficción de Siu no es precisamente postcolonial. Mi tesis doctoral estudia la obra de Siu Kam Wen empleando el marco teórico de Angel Rama sobre la transculturación como género narrativo. En este trabajo voy a desarrollar algunas de las ideas mencionadas por el profesor Kerr y analizar la voz narrativa en su primera colección de cuentos.

Como indiqué arriba, *El tramo final* es una colección de doce cuentos que reflejan varios aspectos de la vida de la comunidad china en el Perú y en especial en Lima. Estos cuentos reflejan el proceso de transculturación que se da en dicha comunidad, que poco a poco, generación tras generación, experimenta un proceso de transformación; algo similar a lo que está aconteciendo con parte de la población latina en este país, que generación tras generación está perdiendo sus valores culturales y hasta su propia lengua, el español, y "americanizándose", valga la expresión. En el Perú, la minoría china está "peruanizándose", valga también la expresión. Un ejemplo concreto de esta transformación es lo que podemos denominar matrimonios mixtos entre chinos y peruanos, como es el caso de "El tramo final", primer cuento que da título a la colección. Las nuevas generaciones de estos matrimonios reflejan dicha transformación: no son propiamente chinos, ya que étnicamente pertenecen a dos razas diferentes, pero tampoco son totalmente peruanos. Estas nuevas generaciones en muchos casos son monolingües debido a que los hijos no aprenden chino y sólo hablan español. Todo lo contrario que la primera generación de inmigrantes chinos, que por lo general, tienen una gran dificultad en aprender español. La cuestión que surge es la siguiente: ¿qué postura adopta la voz narrativa de esta colección de cuentos para representar este proceso de aculturación, es decir, de transformación de la cultura china a la cultura peruana? ¿Adopta una posición que podríamos denominar como nostálgica en la que ve el proceso de transculturación como algo negativo, como la pérdida de identidad de una comunidad minoritaria, o, por otro lado, se inclina más hacia la postura de la mayoría peruana, y desde esta postura es capaz de criticar algunas prácticas y costumbres chinas tachándolas de anticuadas y retrógradas? El lector, en un principio, pensaría que la voz narrativa de esta obra escrita por un chino-peruano sería más parcial a la comunidad china y vería con nostalgia el proceso de transformación antes descrito como la pérdida de su identidad. Pero, no nos adelantemos y entremos con orden y rigor en el examen de esta cuestión. Primero, centremos nuestra atención en el análisis de algunos pasajes significativos en los que es posible discernir la postura que adopta la voz narrativa. El primer cuento que voy a analizar se titula "El deterioro", cuya trama es la siguiente: Don Augusto, el dueño de una pequeña tienda de comestibles en Lima, llega a la conclusión de que su hijo Héctor le ha estado robando dinero de la tienda, pues el número de libros que éste tiene en su cuarto ha aumentado considerablemente en los últimos meses a pesar de que don Augusto nunca le ha dado una paga, y por lo tanto no debería tener dinero. Tienen una discusión y días después, don Augusto contrae un caso serio de hepatitis y se ve obligado a contratar a otra persona para ayudar en su negocio familiar. La convalecencia es larga y mientras está en cama no sólo se deteriora su condición física sino que también se deteriora la relación con su hijo, que según el padre, ha perdido los buenos valores chinos y se ha contagiado de los vicios y los defectos de los peruanos.

La voz narrativa describe a Héctor con las siguientes palabras:

Héctor, el hijo de don Augusto, no se llamaba en realidad así. Habiendo nacido en el extremo sur de China Continental, en una pequeña aldea de campesinos, tenía uno de esos nombres que, traducidos al castellano por algún funcionario menor de la Gobernación de Hong Kong, con seguridad un cantonés, suenan horriblemente a golpes de metal.

En esta descripción, la voz narrativa refleja la mentalidad de la mayoría peruana con respecto al sonido de los nombres chinos: "uno de esos nombres que... suenan horriblemente a golpes de metal". No sólo describe el nombre de Héctor como golpes de metal, sino que el adverbio "horriblemente", no deja ninguna duda sobre la postura de la voz narrativa en este caso. La cuestión que cabe preguntarse es si el autor está adoptando esta actitud de forma intencionada para subrayar los prejuicios que sienten los peruanos hacia los nombres chinos en particular, y hacia el sonido de la lengua china en general. En tal caso, uno podría clasificar a la voz narrativa como una voz peruana, que ve el mundo chino como la "otredad", es decir, como algo diferente.

Considero importante puntualizar que en este caso, a pesar de ser una cita breve, el contexto en que se encuentra está exento de ironía, y por lo tanto, no hay otra forma de interpretarlo más que la literal. En el mismo cuento, algo más adelante leemos lo siguiente:

El profesor de la Special Section, un recién graduado de la Facultad de Idiomas Extranjeros de la Universidad de Taipei, que no se sabe cómo vino a parar a esta vieja casona que era el colegio, fue el que tuvo la idea huachafa de bautizar a todos los chicos con un nombre español. Al hijo del tendero le tocó, por desgracia, el nombre de "Héctor", que ni don Augusto ni su mujer llegaron a pronunciar decentemente.

En este caso, el narrador expresa de forma clara su objeción a la idea de dar nombres españoles a los pupilos chinos, como indica el adjetivo "huachafa", modismo peruano que significa "ridícula". Por lo tanto, parece que la voz narrativa está contradiciendo el ejemplo anterior y que en este caso se está inclinando hacia la minoría china peruana. La mayoría peruana estaría a favor de asignar nombres españoles a los inmigrantes chinos, hecho que verían como un paso normal en el proceso de adaptación a su nuevo entorno. Sin embargo, como hemos visto, la voz narrativa critica explícitamente esta práctica. Estos dos ejemplos mencionados sirven para ejemplificar una de las características fundamentales que definen la voz narrativa de este autor: la ambivalencia entre la mayoría peruana y la minoría china, la oscilación libre entre las dos posturas, a veces criticando y a veces defendiendo tanto a la mayoría peruana como a la minoría china.

En "El tramo final", la historia que le da título a esta colección de cuentos, observamos la misma ambivalencia. Este cuento describe cómo el Sr. Chen tiene un gran éxito en sus negocios, construye una casa lujosa con piscina en Miraflores, uno de los barrios más elegantes de Lima, y se va a vivir allí con su esposa peruana, sus hijos, y su madre. Ah-Po, la madre del Sr. Chen, a diferencia de su hijo y su familia, no es feliz en la nueva casa. Ah-Po se niega a comprar ropas nuevas e insiste en llevar la vestimenta típica china, que contrasta con las nuevas ropas que visten los demás miembros de la familia. El narrador describe este contraste de vestimentas con las siguientes palabras:

En una palabra, todos los ocupantes de la nueva y elegante mansión estaban a tono con ella, o se esforzaban fervorosamente por estarlo; la única excepción la constituía Ah-po, la madre de lou Chen, quien aparecía como la única nota discordante en medio de tanta elegancia y tanto lujo. Aparentemente, no se había dado cuenta de que existía cierta obligación moral—no escrita pero sí sobreentendida—de los dueños u ocupantes de una casa nueva, sobre todo si se trataba ésta de una verdadera mansión, para con la misma. No cumplir con tal obligación revestía la misma imperdonable gravedad de proferir una blasfemia dentro del recinto de una iglesia: resultaba una profanación.

El comentario enfatizado de la cita de arriba contiene, sin lugar a dudas, un tono irónico y ha de ser interpretado como un intento de defender la postura adoptada por Ah-Po por parte de la voz narrativa. Estas palabras irónicas ponen de manifiesto lo superficial que son los demás miembros de la familia por preocuparse demasiado de la imagen que proyectan. Más adelante en el mismo cuento, Ah-po decide regresar a vivir sola en su antiguo barrio. Una vez allí, todos los días visita la tienda en la que trabajó durante años y que luego traspasó a los Srs. Choy, un matrimonio chino con tres hijas, descritas de la siguiente forma:

Las tres chiquillas estudiaban en Sam Men, el colegio chino, y hablaban fluidamente el cantonés, no precisamente por lo que les obligaban a aprender en las clases, sino porque don Víctor, que estaba decidido a que recibieran una buena educación china, les había prohibido terminantemente hablar en casa otra lengua que no fuera el cantonés. De resultas de tan severa disciplina, las pequeñas sólo hablaban el castellano cuando se encontraban fuera de la vigilancia de su padre y, por supuesto, sólo entre ellas mismas. Ah-po, con quien las chiquillas conversaban sin el menor problema, solía compararlas con sus nietos, lamentando que no fuesen como ellas: ni Juan Carlos ni Francisco José entendían una jota del cantonés o del hakká.

A diferencia de sus propios nietos que sólo hablan español, las hijas de los Srs. Choy son bilingües y hablan español y cantonés. Para Ah-Po, como para muchos chinos peruanos, el hecho de que la segunda generación de chino-peruanos nacidos en Lima no hable cantonés u otro idioma chino simboliza el lado negativo del proceso de transculturación.

Sin embargo, es interesante notar lo que dice el narrador en la siguiente cita al describir la forma de hablar cantonés de Teresa, la hija mayor de los Srs. Choy.

La mayor de ellas, Teresa, era capaz de sostener una conversación fluida con cualquier cantonés nativo, y tenía una manera de pronunciar las palabras que hacía del dialecto un lenguaje mucho más agradable al oído.

De forma clara, la voz narrativa parece ser representativa de la mayoría peruana para la cual el cantonés, por lo general, es un idioma cuyos sonidos duros y ásperos no son nada agradables al oído. Una vez más, se pone de manifiesto la ambivalencia que encontramos en la voz narrativa. En este cuento, por un lado simpatiza con la protagonista Ah-Po, quien ve con nostalgia su pasado chino y se lamenta de la pérdida que conlleva el proceso de adaptación que experimentan las nuevas generaciones. Pero, por otro lado, la voz narrativa también refleja la idiosincrasia de la mayoría peruana, manifiesta en los juicios de valor sobre la estética o en lo agradable de los sonidos del cantonés. El narrador de estos cuentos no es totalmente parcial a la cultura china y varios de ellos ilustran este punto. Por ejemplo, el cuento "La vigilia" critica la práctica de los matrimonios pactados por los padres, costumbre que aún se practica hoy en día en China. En este cuento, la protagonista sufre la presión de los padres por casarse y acaba suicidándose. En el cuento "Los compadres" también se critica la costumbre china de "guardar cara" a toda costa.

El lenguaje de estos cuentos refleja también la inestable postura en la que se encuentra la voz narrativa. Como vimos al principio, los cuentos están escritos en un español tan bello, que suscitaron las sospechas de algunas personas de que su autor firmaba con un seudónimo. Sin embargo, los términos chinos —transcritos fonéticamente— abundan en esta colección, tanto es así, que al final del cuento hay un glosario que facilita al lector la comprensión. No sólo son los nombres, sino títulos familiares como "Tai-suk", que significa tío, comidas como "chifa" y "chaufa", expresiones como "kuei", que literalmente significa demonio. Es una expresión despectiva con la que los chinos se refieren a los extranjeros, particularmente los occidentales y en este caso, los peruanos. Curiosamente, las palabras "chifa" y "chaufa" forman parte del inventario léxico de todos los peruanos. Al igual que en español abundan los galicismos o anglicismos, estas palabras pueden clasificarse como "chinismos", es decir, palabras que etimológicamente vienen del chino. Una palabra que quiero destacar es "Chicuchei", que no es ni china ni peruana, sino un híbrido formado por ambas lenguas. El primer elemento de esta palabra es "Chicu" (terminada en "u"), que es una derivación de "Chico" (terminada en "o"). El cambio de la "o" en "u" tal vez se deba a la influencia de la lengua quechua, ya que dicha transformación se da con frecuencia entre los hablantes de quechua. El segundo componente de esta palabra es "chei", que en cantonés significa "chico". Por lo tanto, esta palabra, que significa "chico", literalmente traducida, significa "chico-chico". Esta palabra refleja la realidad social y personal de tantas personas chino-peruanas, que no son totalmente chinas, ni tampoco totalmente peruanas, sino que son algo nuevo, surgido de dos culturas muy diferentes.

Después de publicar *El tramo final*, Siu publicó en 1988 otra colección de cuentos titulada *La primera espada del imperio*. En esta colección, Siu cambia radicalmente de temas y pasa a contar historias típicamente chinas, como la de los monjes espadachines expertos en artes marciales, señores feudales en la antigua China que luchan entre sí.

Pero, al igual que en la colección anterior, estos cuentos típicamente chinos están escritos en un español que, como decía el crítico citado al principio, a pesar de ser un tanto hiperbólico, nada tiene que envidiar al de Cervantes. Por lo tanto, la voz narrativa, el vocabulario, la temática de sus cuentos están constantemente oscilando entre el mundo chino y el peruano.

EL TRAMO FINAL

(1986)

EL DETERIORO

I

DON "AUGUSTO" Lau, el enjuto tendero de la encomendería situada en la esquina entre el jirón Ramsey y la calle Gamarra, empezó a abrigar sospechas de que su hijo, un muchacho de catorce años, le robaba en la tienda, cuando notó que los volúmenes de libros que éste guardaba en su cuarto, apilados cuidadosamente encima de una pequeña y vieja mesa que le servía de escritorio, habían aumentado en forma alarmante de número. "Hace cuatro meses, lo juro, tenía menos de la mitad de estos libros", se dijo el viejo tendero. "¿De dónde pudo haber sacado la plata para comprarlos, sino de mis bolsillos? Porque acuñador de monedas él no es". Y dándose cuenta por primera vez de que no había forma de saber con certeza cuánta plata le había sacado de la tienda, porque, en primer lugar, no tenía ni jamás tuvo una caja registradora —aunque algunos años atrás había pensado comprar una de ocasión, cuando se remataron todos los enseres del japonés Mishima— y, en segundo lugar, porque nunca contaba los billetes sino hasta pocos minutos antes de bajar la puerta metálica, generalmente a eso de las diez de la noche, el corazón le dio un terrible vuelco. "¡Dios sabe cuánta plata me habrá robado, este mal hijo!", se dijo dolorido, y en seguida corrió hacia el cuarto del delincuente, para hacer, ya no una somera inspección, como hiciera antes, sino un cuidadoso registro policíaco.

El cuarto de Héctor, que así se llamaba el único retoño del tendero, era una combinación de almacén y dormitorio, donde un visitante difícilmente podía discernir cuáles de los muebles y de las cajas o fardos acumulados adentro servían estrictamente para propósitos domésticos y cuáles otros tenían un carácter puramente mercantil.

Encima de una de las desnudas paredes de la estancia, como para aligerar en algo el opresivo aire de alhóndiga del ambiente, Héctor había colgado un retrato de Shelley, recortado de alguna revista, y unas acuarelas pintadas por él mismo.

Para tranquilidad del viejo tendero —si es que puede hablarse de tranquilidad, sabiendo que a uno se le acaba de robar—, el registro no le deparó descubrimientos más desagradables: no hubo otros signos de derroche hecho a expensas de sus bolsillos, no hubo más libros, no hubo tampoco dinero escondido, aunque de esto no podía estar cien por cien seguro, ya que un billete de quinientos soles podía estar escondido lo mismo en la gaveta de una mesa como entre las páginas de un libro o de una revista. Y, ciertamente, no iba a revisar cada libro y cada revista que encontraba en el cuarto del chico.

Aquella noche, el tendero, que normalmente dormía bastante bien, salvo las ocasiones en que regresaba de algún banquete, cuando había comido platos demasiado sazonados o demasiado picantes, no pudo pegar los ojos hasta muy de tarde.

Echado al lado de su esposa, una mujer anémica y propensa a la histeria, a quien no le había dicho todavía una sola palabra acerca de lo que le preocupaba, rememoró con gran inquietud ciertos casos ingratos de descendientes de chinos que habían hecho "perder la cara" a sus padres: *tusans* que, como el hijo menor del doctor Pun, el herbolario, habían vaciado la caja fuerte de sus padres por la noche, para dedicarse luego a una vida de disipación; o como los hermanos Li, que se dedicaron por un buen tiempo a extorsionar a los comerciantes del Barrio Chino. Si bien el caso de Héctor era diferente, simplemente porque no era *tusan* —don Augusto tenía serios prejuicios contra los hijos de chinos nacidos en el Perú, a quienes consideraba más propensos a las costumbres "libertinas", a los vicios y otros hábitos indeseables que aquellos nacidos en el continente asiático—, estos recuerdos no dejaban de pesar sobre su ánimo como un mal presagio de que algo peor pudiera aún estar en acecho. Por otro lado, en cambio, se sorprendió al advertir que no se hallaba realmente furioso —no en la medida que debiera— con aquel mal hijo suyo.

Poco antes de que el sueño lo venciera finalmente, el tendero decidió que debía sostener una conversación con su hijo a la mañana siguiente, tempranito.

HÉCTOR, el hijo de don Augusto, no se llamaba en realidad así. Habiendo nacido en el extremo sur de China Continental, en una pequeña aldea de campesinos, tenía uno de esos nombres que, traducidos al castellano por algún funcionario menor de la Gobernación de Hong Kong, con seguridad un cantonés, suenan horriblemente a golpes de metal. Era un chico pálido, tan delgado como su padre, que hablaba poco y comía todavía menos. Durante cuatro años, luego de su arribo a Lima, el muchacho, que no hablaba entonces una sola palabra de castellano, había asistido al antiguo colegio chino que funcionaba en el jirón Junín. El colegio compartía entonces el local con la imprenta y la redacción de uno de los diarios de la Colonia, y estaba literalmente rodeado por casas funerarias y de marmolería. Héctor fue colocado en una sección especial, junto con otros chicos también recién llegados, que luego fueron retirándose paulatinamente a medida que aprendían algunas expresiones elementales de la lengua que se habla en esta nueva tierra. El profesor de la Special Section, un recién graduado de la Facultad de Idiomas Extranjeros de la Universidad de Taipei, que no se sabe cómo vino a parar a esta vieja casona que era el colegio, fue el que tuvo la idea huachafa de bautizar a todos los chicos con un nombre español. Al hijo del tendero le tocó, por desgracia, el nombre de "Héctor", que ni don Augusto ni su mujer llegaron a pronunciar decentemente.

El colegio se mudó de su tétrico local cuando Héctor iba por el quinto año de primaria. Al año siguiente, el tendero, que acababa de despedir al único dependiente de la tienda, un chino alto que había tenido dos ataques de paresia como secuela de una vieja sífilis, decidió que el muchacho había recibido toda la educación que necesitaba. "Sabe mil veces más español que yo", explicó el tendero a su mujer, que en un principio se opuso; "y yo no he necesitado sino conocer tres o cuatro palabras para llegar a poner esta tienda". Don Augusto había desembarcado una mañana de agosto en El Callao, hacía unos treinta años, sin más equipaje que una vieja maleta de cuero y veinte dólares en los bolsillos, estos últimos el producto de la venta de un pedazo de tierra de cultivo y el ahorro de varios años de duro trabajo en una tabaquería de Cantón. Durante los catorce años que siguieron don Augusto comió y vivió frugalmente, recibió callado todas las humillaciones que sus empleadores le dispensaban y se abstuvo de jugar *mahjong*, su principal vicio, hasta que el viejo Chou le traspasó la tienda. Dos años más tarde el nuevo tendero volvió a su tierra natal, buscó a la casamentera más hábil de los alrededores y contrajo matrimonio sin perder tiempo. La luna de miel duró escasos meses. Preocupado por la marcha del negocio, que había dejado entonces en las manos de un asociado suyo, don Augusto regresó el mismo año a Lima a toda prisa, pero tomando la precaución de embarazar previamente a su joven mujer. No la volvería a ver, ni a su vástago, sino nueve años más tarde.

· · · · ·

Héctor, que cumplió trece años poco antes de que el dependiente tuviera su segundo ataque de paresia, y que por entonces ya era un lector ávido, no volvió al colegio el otoño siguiente.

EL VIEJO tendero había planeado dar una reprimenda severa y ejemplar al descarriado de su hijo. Sus primeras reacciones al descubrimiento de la sustracción del dinero habían sido de dolor y desconsuelo, más que de enfado. No entraba, en consecuencia, en sus planes el armar una pelotera en torno al asunto. Cuál no fue su sorpresa entonces cuando, a la mañana siguiente, se halló a sí mismo vociferando y gesticulando con una ira incontrolable, que lo hacía temblar convulsamente de pies a cabeza.

"*¡Jaum-cá-chang! ¡Cháo-cán!*", repetía una y otra vez don Augusto, su voz in crescendo y la expresión de su rostro cada vez más amenazante, mientras el chico, de pie delante suyo e incapaz de sostenerle la mirada, era presa del pánico. La cobardía del chico no hizo más que espolear aún más la furia desatada de su padre, que empezó a ofuscarse y amenazaba seriamente con pasar de las palabras a los hechos.

Mientras tanto, por la puerta que comunicaba la tienda con la trastienda, donde tenía lugar la escena, la madre había hecho su aparición con el guardapolvo blanco ya puesto y en una de las manos la vara metálica que servía para levantar la puerta de malla. Miró a ambos con ojos de vaca, embotados y a la vez asustados.

En cuanto se percató de su presencia don Augusto se volvió hacia ella. "¡Vaya un buen hijo el que me has dado tú!", le gritó desde lejos. "¡Un buen haragán y ladronzuelo ha resultado ser el pillo! ¡Dios sabe cuánta plata me habrá sacado de los bolsillos durante el tiempo que hemos estado tú y yo pudriéndonos en esta tienducha! ¡Sólo Dios sabe!.... ¡Y vaya a ver en qué ha gastado ese dinero! ¡Pues en libros!.... ¡Vaya uno a creer: en libros! ¡Con libros quiere llegar a ser millonario este *jaum-cá-chang*! ¡Con libros piensa hacerse fortuna! ¿Has oído alguna vez algo más absurdo?", y añadió a todo pulmón, refiriéndose a los antiguos tiempos en que los más altos puestos oficiales y los más altos honores en China eran alcanzados a través de un sistema de exámenes sobre los Libros Clásicos; y mientras el chico, aprovechando su momentánea distracción, se escapaba: "Pues bien, por si no lo sabe aún: ¡la época de oro de los letrados terminó hace dos siglos!"

A PARTIR de aquella memorable mañana el tendero empezó a vigilar mejor su dinero. Se cuidó en adelante de contar y guardar los billetes de mayor denominación a cada cierto tiempo, y no esperar a contarlos recién al término de la jornada de trabajo. Una rutina fue establecida entre él y su mujer, de tal forma que Héctor no podía permanecer en ningún momento solo en la tienda, sin que alguno de ellos tuviese siempre un ojo vigilante encima de él.

Una o dos veces a la semana don Augusto entraba al cuarto del muchacho y efectuaba una concienzuda inspección: echaba un vistazo alrededor, metía las narices entre las cosas del chico, se cercioraba de que nada estuviera fuera de su lugar.

Héctor continuó recibiendo su mezquina propina el último domingo de cada mes. Gastaba el dinero casi íntegramente yendo al cine, los jueves por la tarde, que era su día libre, solitario como un perro sin dueño.

II

DON AUGUSTO, a pesar de su edad —había cumplido cincuenta y cinco años— y de su esmirriada constitución, gozaba de una relativa buena salud. Entre los chinos existe la creencia general de que la delgadez, no obstante sus desventajas inherentes como la poca prestancia física y la escasa fuerza muscular, es más bien un signo de salud y un augurio de longevidad. Lo primero era bastante cierto en el caso particular de don Augusto, quien rara vez se enfermaba, aun cuando tenía el mal hábito de fumar cajetilla tras cajetilla de cigarrillos negros. Mientras la mayoría de las personas que alcanzan su edad padecen de presión alta y de problemas al corazón, el tendero vivía sin someterse a ningún régimen especial de sal o de comida. Don Augusto era consciente de su buena salud y solía jactarse de ella ante su esposa, quien sufría de anemia crónica, y ante su hijo, que parecía haber heredado la constitución enfermiza de la madre. Confiado así de la fortaleza de su estado físico, don Augusto no prestó la adecuada atención a los primeros síntomas de una hepatitis aguda que se presentó en los primeros días de noviembre. Cuando al fin se dio cuenta de que estaba seriamente enfermo, ya le era imposible levantarse de la cama sin que el hígado le doliera en forma insoportable. Tuvo que guardar cama con renuencia, soportar una dieta de carne sancochada y exenta de aceite, y dejar que "Rosa", su mujer, se hiciera cargo de la tienda.

La enfermedad mantuvo en cama al tendero por más de dos meses. Cada movimiento que hacía, incluso el bajar los dos peldaños que separaban la parte delantera de la trastienda de la parte posterior, donde estaba ubicado el baño, le producía invariablemente un dolor punzante al hígado, que se había hinchado a tal punto que parecía ocupar todo el espacio interior del abdomen. Por primera vez en su vida don Augusto tuvo miedo de morir y, aunque el médico que lo atendió durante aquel lapso jamás habló de la seriedad de la infección, sus indicaciones fueron obedecidas al pie de la letra por el viejo tendero, que no tardó luego en acostumbrarse al ritmo lento y monótono de la convalecencia. Permanecía prácticamente recluido en su cuarto, en parte porque no podía dar demasiados pasos, y en parte porque temía ser visto con el terrible aspecto que tenía, consumido como un trozo de leña y amarillento hasta el blanco de los ojos a causa de la ictericia.

Cuando el tendero pudo por fin levantarse de la cama y salir a echar un vistazo al negocio, habían pasado ya las fiestas de la Navidad y del Año Nuevo, y se aproximaban las de los Carnavales. La tienda parecía haber cambiado durante su reclusión. Un elemento nuevo parecía haberse introducido en el ambiente de abigarramiento y mezquindad tan familiar y al mismo tiempo tan querido por él. Era a mediados de enero y el calor se hacía sentir en forma agobiante. El nuevo dependiente, que su mujer se había visto en la necesidad de contratar, cuando se hizo evidente que la convalecencia de don Augusto no iba a ser cosa de una semana sino de meses, era un joven chino que había llegado a Lima hacía poco tiempo, un *sén-hák*. A los *sén-háks* se les pagaba con poco menos que el sueldo mínimo fijado por la ley, cosa que los mismos *sén-háks* no prestaban demasiada importancia, ya que a la mayoría de ellos les interesaba más aprender el oficio, el vocabulario necesario en la atención al público, que chapuceaban como mejor podían, y experimentar lo que es ser dependiente de alguien fuera del círculo familiar. Al cabo de un año o dos de este tipo de aprendizaje, los *sén-háks* renunciaban a su trabajo, conseguían algún préstamo de sus familiares y empezaban un negocio por su propia cuenta o en asociación con otros *sén-háks*, cuando el préstamo por sí sólo no alcanzaba a cubrir todo el capital.

El nuevo dependiente, un hombre de unos treinta años, que hacía vanos esfuerzos por esconder una calva prematura mediante una peculiar forma de peinar el cabello y pegarlo con gomina en los lugares donde escaseaba, estaba acodado sobre uno de los mostradores, mientras charlaba ociosamente con Héctor. Éste se hallaba al lado suyo, muy erguido y con las manos en las espaldas.

Don Augusto no había visto a su hijo durante el tiempo de su forzada reclusión sino en cinco o seis ocasiones, y aun durante aquellas cinco o seis ocasiones, absorto como estaba en su propia dolencia y preocupado ante la perspectiva de morirse, lo veía sin verlo realmente. Ahora lo veía con la perspicacia agudizada de un pintor que, luego de permanecer demasiado tiempo a corta distancia del cuadro que ha estado pintando, da algunos pasos atrás y contempla de nuevo su obra. Y le sorprendió grandemente el cambio que se había operado en el chico.

El rostro de Héctor solía tener una flaccidez y una lechosidad que eran obviamente el calco de las facciones pasivas e insulsas de su madre. Cuando el muchacho asumía una actitud melancólica y autocompasiva, aquella flaccidez y aquella lechosidad se tornaban casi repulsivas, y en lugar de despertar la compasión o la indulgencia de su padre causaban en éste más bien un efecto contrario. Le irritaban y lo impulsaban a comportarse casi con crueldad, de la misma forma que los perros que esconden mucho la cola entre las patas suelen invitarnos a tratarlos en forma poco menos que despiadada. Los ojos eran la parte más hermosa de aquel rostro. Reflejaban sensibilidad y capacidad a una ternura profunda, pero eran sombríos y no vivaces. Ahora todo esto había cambiado: el rostro, los ojos. De haberlo visto con mayor continuidad, el tendero probablemente no hubiera advertido jamás el cambio operado, que debió haberse producido gradualmente, pero ahora, el haberse recluido por más de dos meses le había dado una perspectiva de visión más amplia y más objetiva.

El rostro de Héctor, tan pálido como siempre, parecía ahora más enjuto y atenazado, como si la piel hubiera sido estirada en una operación de cirugía estética para borrar arrugas. Las comisuras de los labios habían adquirido una nueva configuración, de líneas firmes, y una expresión que el tendero no alcanzó a definir. Era una expresión impropia de un chico de la edad de Héctor. Era la expresión de alguien que había pasado por una serie interminable de experiencias amargas, y a quien ya no le importaba en lo mínimo pasar de nuevo por más de ellas. Pero el cambio más notorio se había operado sin duda alguna en aquellos ojos otrora lánguidos.

Mientras escuchaba distraídamente al *sén-hák*, Héctor había posado sus ojos sobre los de su interlocutor, y en ningún momento parpadeó. Su mirar era intenso y fijo, de alguien que conoce sus propias debilidades y sus propias fuerzas, y está determinado a superarlas o a hacer buen uso de ellas.

DON AUGUSTO se recuperaba lentamente y, a medida que se integraba gradualmente a las rutinas de la tienda, empezó a acariciar la idea de despedir al *sén-hák*. La tienda no necesitaba de más de tres pares de manos, se dijo don Augusto, y esos tres pares de manos eran Héctor, la madre de éste y él mismo. Un par de manos extras no sólo significaba para él un desembolso adicional de dinero: podría tener otro efecto mucho más negativo, como el alentar —en forma indirecta, claro está— el hábito de la ociosidad en el muchacho. Y ya el comportamiento actual de Héctor había empezado a disgustar y perturbarle enormemente. En las últimas semanas, el chico se había vuelto irritable e insolente. Durante el almuerzo, cierto día, el tendero dio casualmente un puntapié al chico, que estaba sentado enfrente suyo, comiendo en silencio. Héctor levantó inmediatamente el rostro, rojo de ira, y lo fulminó con una mirada tan intensa que por una fracción de segundo el padre pensó que le iba a devolver el puntapié. Aunque esto no llegó a concretarse, pues el chico se dominó de inmediato y volvió a su actitud anterior, la reacción primero y luego la extraordinaria muestra de control sobre sí mismo de la que hizo gala Héctor perturbaron profundamente a don Augusto.

El *sén-hák* se quedó, a pesar de todo, luego de que el tendero tuviera dos ligeras y breves recaídas, que no revistieron gravedad, pero que en cambio hicieron ver a don Augusto que ya no volvería a ser jamás el mismo hombre saludable que era antes. Con la incorporación definitiva del nuevo dependiente a las rutinas diarias de la tienda, la vida de don Augusto empezó a tornarse más holgada. Empezó a salir más a menudo, a frecuentar con mayor asiduidad el *Kou Sen*, el mejor salón de té de la Colonia, y a jugar *mah-jong* más seguidamente con sus amigos y sus viejos "compañeros de barco", con quienes había desembarcado al mismo tiempo en los muelles del Callao, allá por la época del dictador Leguía.

Pero esta vida más ociosa no le era enteramente grata a don Augusto. Ahora que disponía de más tiempo, podía fijarse en cosas y detalles que de otro modo hubieran pasado inadvertidos para él, ya que entonces estaría demasiado sumido en las preocupaciones y los trajines propios del negocio. Las cosas que empezó a advertir y comprender con una visión más cabal ahora eran de una índole desagradable, si bien el tendero no se dio cuenta de su naturaleza exacta sino hasta la noche en que tuvo aquella horrible pesadilla.

Soñó que estaba tirado, inerte, en el suelo de una calle, plaza o algún otro lugar público, porque a su derredor se había reunido un montón de curiosos, que lo miraban desde arriba, sus cabezas formando varios círculos concéntricos que prácticamente impedían ver el espacio abierto que estaba encima suyo. Los rostros, cuyos contornos eran difíciles de discernir, no mostraban expresión alguna, y era una multitud extrañamente silenciosa y sombría, "Debo haber sufrido un ataque al corazón o algo por el estilo", se dijo en sueño el tendero, mientras lo embargaba una creciente angustia. Nunca antes había sufrido un ataque al corazón, ignoraba incluso cómo era, pero había oído hablar de lo inesperado y súbito que suele producirse y siempre le había tenido cierta aprensión. El cáncer es mucho más temible que un ataque cardíaco, pero el primero siempre da a su víctima un lapso de tiempo para que se acostumbre a la idea de morirse, mientras que un ataque al corazón coloca al infortunado en el umbral mismo de la muerte sin el menor aviso, sin la mínima preparación. Cuando se reflexiona sobre ello con el pleno uso de nuestras facultades mentales, o inclusive sólo en un estado de semi-conciencia —que es en que se hallaba don Augusto en estos precisos instantes—, la perspectiva de sufrir un ataque cardíaco, o la idea de estar sufriéndolo precisamente en ese momento, puede resultar indescriptiblemente aterradora. "Voy a morirme", se decía con desesperación el tendero, en sueños. "¿Es que no hay nadie que pueda llamar a un doctor?". Los contornos de los rostros que formaban círculos concéntricos encima suyo habían empezado a definirse, como si se hubiera descorrido alguna cortina de niebla que había estado interpuesta entre ellos y su visión; y entre aquellos rostros el tendero reconoció las facciones atenazadas y enjutas de Héctor, quien lo miraba impávido. Por unas fracciones de segundo una llamita de esperanza se avivó en el corazón de don Augusto, pero la llamita se apagó casi en seguida: la mirada del muchacho era fija e intensa, y en lo hondo de aquella mirada no había otra cosa sino rencor y odio, por largo tiempo acumulados, pero cuidadosamente disimulados hasta este momento. "Ha estado todo el tiempo ahí, sin moverse", se dijo don Augusto, ahora francamente sobrecogido de pánico; "está viéndome morir y se alegra de ello". Trató de incorporarse de donde yacía por sus propios medios, quiso levantar su brazo derecho y golpear con la fuerza que aún le quedaba el rostro de su hijo, que estaba inclinado sobre su cabeza, pero la visión onírica se desvaneció antes de que su crispado puño pudiera llegar a su destino.

En medio de la oscuridad, el tendero se halló de repente sentado en su lecho, la camiseta empapada de sudor y un sabor amargo en la boca, como aquel que suele dejar la lima. Un motor zumbaba ruidosamente afuera, en la calle, transmitiendo sus vibraciones a las paredes del cuarto. Probablemente era uno de esos pesados camiones de carga que viajan entre Lima y las provincias, y que se había detenido demasiado pegado a la acera, para permitir que alguno de sus ocupantes se bajara a achicar.

"Debo haberme dormido con las manos puestas sobre el corazón", se dijo el tendero, cuando los últimos vestigios de la pesadilla se habían desvanecido, desplazados por la conciencia que nuevamente tomaba plaza de la razón. "Cada vez que duermo con las manos sobre el pecho me dan pesadillas. . . . La última vez también soñé que estaba muerto . . . que me habían puesto dentro de un ataúd, inclusive". Pero aquella vez era diferente: aquella vez la pesadilla no lo aterró; sólo le dio un disgusto, sólo lo incomodó.

Se acostó de nuevo, tendiéndose al lado de su mujer, y trató de dormir. Pero, o bien porque había dormido demasiado durante la siesta que siempre echaba después del almuerzo o bien porque temía tener otra pesadilla de ese tipo, su mente se resistió tercamente a acogerse al sueño. En lugar de ello, las imágenes de la pesadilla volvieron a pasar por su memoria, ahora despojadas de todo su simbolismo. Y a medida que estas imágenes volvían a pasar como espectros por su mente, resucitando a su paso otros recuerdos, que había enterrado deliberadamente y en otros casos subconscientemente, una profunda melancolía empezó a trepar y enroscarse en lo más hondo de su ser, como una gigantesca boa, expandiéndose a cada rato. Al cabo de unos pocos minutos la boa había crecido terriblemente, llenando todo, ocupando cada rincón, y en el corazón del viejo tendero no quedaron nada más que una espantosa congoja y una inmensa sensación de desamparo.

Rosa se despertó a medias poco después de la medianoche y le pareció oír que su marido sollozaba en la oscuridad. Probablemente tenía toda la razón de estar tan afligido: acababa de comprender que había perdido a su único hijo.

EL TRAMO FINAL

CUANDO *lou* Chen, dueño de una flota de diecinueve microbuses y usurero, logró amasar sus primeros quince millones, hizo construir en Monterrico una lujosa mansión y se mudó a ella con su esposa peruana, los dos hijos nacidos del matrimonio con ésta y su anciana madre. La nueva casa ocupaba un área total de setecientos metros cuadrados y comprendía dos plantas, un amplio jardín delantero y otro trasero, donde estaba ubicada la piscina. Dos enormes pastores alemanes guardaban la casa contra los monreros desde la azotea, ya que Monterrico era por entonces una zona recién urbanizada y, debido a lo mismo, carecía de una adecuada vigilancia policial. Los quehaceres de la casa eran llevados por dos domésticas: Arminda, una chola cuarentona, gorda, que había servido anteriormente en la casa antigua, encargada de la cocina; y Julia, sobrina de la anterior, una muchachita en flor. Un jardinero eventual venía todos los sábados para cortar el césped, arreglar los arbustos, limpiar la piscina y requebrar a la doncella, a quien había echado el ojo.

Para hacer honor a la reluciente mansión, Mercedes, la mujer de *lou* Chen, una mestiza robusta, locuaz y de corazón generoso aunque por su temperamento irritable solía hacerle la vida difícil a su marido, se hizo confeccionar nuevos vestidos antes de la gran mudanza, y todos los fines de semana se dirigía al centro en su Fiat, regresando siempre con un nuevo peinado, oliendo fuertemente a laca y a champú. Por su parte, Juan Carlos, el primogénito, siempre a la moda en el vestir, no tardó mucho en verse paseando por los alrededores con una enamorada nueva, una morocha bastante rellenita, hija de un abogado que vivía a pocos metros de la mansión, en un chalet menos grande y menos ostentoso. El hijo menor, Francisco José, prefirió en cambio seguir en plan con su antigua enamorada, una *nisei*, a quien traía desde Lince todos los sábados y domingos para bañarse en la piscina, en el Fiat de su madre, siempre que ésta no lo tenía ocupado. Y, por supuesto, el mismo *lou* Chen no podía quedarse fuera de tono en una situación así: dos semanas después de haberse mudado a la casa nueva, *lou* Chen, que había empezado a encanecer rápidamente en los últimos años, apareció una mañana, ante la incredulidad de muchos de sus amigos, sin una sola cana en la cabeza. Algún efecto sicológico especial debieron de obrar una mansión elegante, una piscina lujosa y la certeza de ser el centro de la envidia de sus vecinos, sobre el ánimo del usurero. De otra manera no se explicaba el teñido de pelo ni el reciente interés y el esmero que empezó a prestar a sus prendas de vestir. Sus ternos dejaron de tener el aspecto de haber sido confeccionados con moldes de la época de los cincuenta: ahora eran más ceñidos al cuerpo, con pantalones acampanados.

En una palabra, todos los ocupantes de la nueva y elegante mansión estaban a tono con ella, o se esforzaban fervorosamente por estarlo; la única excepción la constituía Ah-po, la madre de *lou* Chen, quien aparecía como la única nota discordante en medio de tanta elegancia y tanto lujo. Aparentemente, no se había dado cuenta de que existía cierta obligación moral —no escrita pero sí sobreentendida— de los dueños u ocupantes de una casa nueva, sobre todo si se trataba ésta de una verdadera mansión, para con la misma. No cumplir con tal obligación revestía la misma imperdonable gravedad de proferir una blasfemia dentro del recinto de una iglesia: resultaba una profanación.

Ah-po había cumplido setenta y dos años el agosto último. Era una anciana delgada, baja, que llevaba sus cabellos grises a la manera de las mujeres de origen *hakká*, recogidos en un moño. Sus vestidos eran anticuados, incluso comparados con los de otras ancianas de su edad. Prefería usar pantalones en lugar de faldas. Los pantalones, de corte chino, eran angostos en la parte baja y siempre parecían cinco centímetros más cortos de lo que debieran ser, revelando parte de unas medias de algodón blanco. Aquellos pantalones habían sido confeccionados unos diez años atrás, antes de que la artritis impidiera a Ah-po seguir haciendo uso de su vieja máquina de coser alemana. La anciana rehusaba usar otras prendas que no fueran hechas por ella misma, y como hacía tiempo le era físicamente imposible confeccionarlas ella misma, todas sus prendas de vestir lucían gastadas y desteñidas, aunque admirablemente limpias. Años atrás, *lou* Chen, medio avergonzado por el pobre aspecto de tales prendas, hizo comprar algunos vestidos en los almacenes del centro y se los dio el Día de la Madre, pero Ah-po jamás hizo uso de ellos. Esta renuencia a usar prendas de corte occidental causaba no pocos dolores de cabeza a su hijo, que se sentía en ridículo cada vez que salía con su madre. La apariencia de la anciana discrepaba con la ostentación del Mustang en el que solía viajar, con los abrigos de pieles de su nuera y con el aspecto de ricacho recién adquirido de su hijo. Tenía el deplorable efecto de recordar a *lou* Chen, y proclamar a todo el mundo, su origen de advenedizo.

Pocos meses después de haberse mudado a la nueva casa, mientras la familia entera cenaba en el amplio comedor, de grandes ventanales de vidrio, Ah-po anunció sorpresivamente que iba a regresar a vivir en la "casa antigua".

Lou Chen levantó el rostro de su plato, sin poder dar crédito a su oído. "¿Qué has dicho, *Ah-má*?"

"Dije que me voy a mudar a la casa vieja", contestó la anciana.

"Pero, ¿de qué casa vieja hablas?", *Lou* Chen seguía sin salir de su perplejidad. "Recuerda que el piso donde vivíamos antes se lo hemos alquilado a *lou* Choy".

La nuera y los nietos de Ah-po seguían la conversación con curiosidad, pero sin entender una sola palabra de lo que ambos decían, pues hablaban en *hakká*.

"No me refiero a donde vivíamos antes", explicó Ah-po. "Quiero irme a vivir con tu hermano Ah-séng".

"¿Y se puede saber por qué quieres irte a vivir con Ah-séng?". *Lou* Chen comenzó a perder la paciencia. "¿Acaso esta casa no es mejor que esa vieja casona de adobe donde vive él como una rata?"

"No tengo por qué decirte la razón que tengo para irme a vivir con tu hermano", murmuró Ah-po, incómoda. "Sólo quiero que sepas que me gustaría volver a vivir en la casa vieja".

Lou Chen se sintió de repente humillado. Conque, se dijo no sin cierta amargura, después de todo el inútil de mi hermano sigue siendo el hijo favorito. Toda mi fortuna de poco me ha servido.

Su mujer dejó el tenedor a un lado y se limpió los labios con la servilleta. "¿Qué pasa con Ah-po?", preguntó intrigada.

"Quiere irse a vivir con Ah-séng", replicó *lou* Chen en tono malhumorado y en su castellano chapucero.

"¿Y para qué quiere irse a vivir allá?", dijo Mercedes. *Lou* Chen se encogió los hombros significativamente. "Tu hermano vive solo y no tiene servidumbre. ¿Quién va a cuidar de ella?"

"Eso es precisamente lo que me digo a mí mismo", dijo *lou* Chen. "Trata de hacerla entrar en razón si puedes".

La mujer de *lou* Chen trató, en efecto, mediante palabras sueltas que la anciana entendía a medias, de hacerla desistir de su idea. Pero Ah-po seguía tercamente en sus trece, moviendo negativamente la cabeza a todos los argumentos y ruegos de su locuaz y fornida nuera.

La mujer de *lou* Chen se dio al fin por vencida.

"Si ella insiste en irse a vivir con tu hermano", dijo a su marido, "¿qué otra cosa puedes hace sino dejarla ir? Verdaderamente, no veo qué le puede ofrecer el pobre diablo de Ah-séng que nosotros no le podamos dar. Las mujeres solemos ser antojadizas cuando estamos encintas, pero nunca me imaginé que esto también pueda pasar a una cuando se llega a cierta edad".

La mujer de *lou* Chen, que en el fondo era una persona de buen corazón, no había querido en verdad ser sarcástica; pero, ¿qué otra cosa podría haber pensado de una decisión que a todas luces era poca sensata?

AH-SÉNG, el hermano menor de *lou* Chen, vivía en el Rímac, en una de esas casonas de adobe construidas unos cincuenta o sesenta años atrás. La casa era espaciosa, de una sola planta y tenía una única ventana, que la mayoría del tiempo permanecía cerrada. El interior de la casa era oscuro y húmedo, y de no ser por los tragaluces típicos que existían en cada uno de sus cuartos, único sitio por donde podían filtrarse la luz y el aire, la casa era un enorme y deprimente sótano. En esta casa, que fue la primera posesión de la familia, habían vivido Ah-po y su esposo por más de quince años. A la muerte de éste, Ah-po fue a vivir con su hijo mayor, entonces tan solo un humilde tendero, en la planta alta de su tienda, que se hallaba ubicada exactamente cinco cuadras más abajo, cerca de donde años más tarde sería la boca del puente Santa Rosa.

El hijo menor de Ah-po era un individuo callado, que prefería tener la boca cerrada en tanto no hubiese necesidad de abrirla, lo cual hacía sólo para meter en ella de rato en rato algún cigarrillo y para comer y beber, por supuesto. Sin embargo, a pesar de ser un hombre de maneras tranquilas y suaves, Ah-séng solía hacer algunas veces cosas extravagantes, que le hicieron acreedor del apodo de Tín-séng (Séng el loco) entre sus conocidos. Una vez, por ejemplo, Ah-séng, que compraba sus víveres en el Mercado de Baratillos, regresó de él con un pollo recién sacrificado traído sin más en una de las manos, con la sangre del ave chorreando por todo el camino.

Ah-séng trabajaba en la cocina del chifa *Tung Po*, antes de que éste se fuera a la quiebra, y vivía completamente solo, hasta que Ah-po regresó a vivir con él.

LA MISMA tarde en que Ah-po se mudó de la mansión de su hijo mayor y se vino a vivir con su otro hijo, la anciana, luego de haber almorzado y haber echado una breve siesta, salió y se encaminó hacia la tienda de los Choy, situada cinco cuadras más abajo, para anunciarles su regreso.

Los Choy eran inquilinos de *lou* Chen, quien les traspasó la tienda de encomendería y de bazar, en la que había trabajado por espacio de una década, antes de descubrir que el negocio de los microbuses —y posteriormente el de la usura— era mucho más rentable. Los Choy, que estaban integrados por don Víctor Choy, su esposa y tres pequeñas hijas cuyas edades fluctuaban entre los siete y los trece, vivieron virtualmente apretujados en la trastienda hasta que *lou* Chen hizo construir la tan mentada mansión en Monterrico y se mudó del segundo piso donde había estado viviendo. Don Víctor alquiló entonces también el piso, y su esposa y sus hijas pudieron por fin respirar mejor.

La anciana entró a la tienda en el preciso instante en que don Víctor levantaba su miope vista del periódico chino que estaba leyendo. A las dos de la tarde, otros tenderos menos interesados en lecturas se dedicaban a matar las moscas que se posaban sobre los picos azucarados de las botellas vacías de gaseosas.

Don Víctor era un hombre de unos cincuenta años de edad, cuyos cabellos habían comenzado a rarear. Era de corta estatura y llevaba gruesos lentes de borde metálico, que daban a su rechoncho rostro cierto aire de intelectualidad. Saludó cariñosamente a Ah-po, y la invitó a pasar a la trastienda.

"¿Qué la trae por acá, Ah-po?", preguntó sonriendo, mientras llamaba a su mujer para que lo reemplazara en la tienda por un rato.

"Acabo de mudarme a vivir con Ah-séng", respondió Ah-po, no sabiendo exactamente por dónde comenzar.

Don Víctor, que había visitado la mansión en el día de su inauguración y se había quedado encandilado por lo que vio, la miró con curiosidad. "¿Por qué, Ah-po?", dijo sorprendido. "¿Es posible que no le haya gustado la casa?"

"Oh, no", contestó la anciana, embarazada. "¿Cómo no ha de gustarme la casa?, pero no me he podido acostumbrar a ella. . . . La casa es para los jóvenes . . . no para una vieja como yo".

"Yo sigo creyendo que es un maravilloso lugar para vivir", suspiró don Víctor, pensando en lo bonito que sería poder nadar y flotar ahora sobre las frescas aguas de la piscina, en lugar de estar transpirando dentro de su guardapolvo.

En la trastienda la esposa del tendero y sus tres pequeñas hijas, que se hallaban de vacaciones, le dieron una afectuosa bienvenida. Las tres chiquillas estudiaban en *Sam Men*, el colegio chino, y hablaban fluidamente el cantonés, no precisamente por lo que les obligaban a aprender en las clases, sino porque don Víctor, que estaba decidido a que recibieran una buena educación china, les había prohibido terminantemente hablar en casa otra lengua que no fuera el cantonés. De resultas de tan severa disciplina, las pequeñas sólo hablaban el castellano cuando se encontraban fuera de la vigilancia de su padre y, por supuesto, sólo entre ellas mismas. Ah-po, con quien las chiquillas conversaban sin el menor problema, solía compararlas con sus nietos, lamentando que no fuesen como ellas: ni Juan Carlos ni Francisco José entendían una jota del cantonés o del *hakká*.

Don Víctor respondía entonces, tratando de ser conciliador, "No se puede esperar otra cosa de ellos: después de todo, su madre es una *kuei*, y ellos se parecen más a ella que a su padre".

Y Ah-po movía su canosa cabecilla con desaliento y suspiraba. "Es verdad", concedía. "Pero Ah-men debió haberlos puesto al menos en el *Sam Men*, para que no se echaran a perder completamente".

Ah-men era el nombre de pila de *lou* Chen.

Ah-po permaneció en la tienda de don Víctor hasta pasadas las seis de la tarde, hasta que las campanas de la Iglesia de San Francisco de Paula, que siempre repicaban a esa hora, le recordaron que tenía que ir a preparar la cena para Ah-séng y para ella misma.

A PARTIR de aquel día Ah-po hacía casi diariamente una caminata de cinco cuadras de ida y otras cinco de vuelta, con sus algo deformes pies, para pasar la tarde en la tienda de don Víctor, como había hecho siempre antes de que se mudara a la mansión de Monterrico, pero entonces no tenía la necesidad de hacer tales caminatas, sino simplemente recorrer la corta escalera que comunicaba la tienda con el segundo piso.

Solía permanecer en la tienda cuando tanto don Víctor como su mujer se hallaban afuera, atendiendo. Se acomodaba sobre alguno de los tres taburetes de madera que había allí, reclinando su espalda contra las cajas de gaseosas. La conversación la llevaba por lo general la mujer del tendero, que era de extracción campesina, al igual que Ah-po. Ambas solían contarse anécdotas sobre hechos ocurridos durante la Ocupación Japonesa, cuando la escasez de alimentos obligó a muchos a practicar la antropofagia. Las mujeres jóvenes, como era el caso de la esposa de don Víctor, que contaba en aquella época unos diecisiete años, se refugiaban en los arrozales y en los bosques cada vez que los "cabezas de zanahoria" —así llamaban a los miembros del Ejército Imperial de Japón— entraban al pueblo por víveres: se rumoreaba que los japoneses se llevaban en cada excursión algo más que huevos y cerdos. Don Víctor intervenía raramente en aquellas conversaciones, toda vez que había pasado aquel lapso trabajando en la carnicería que tenía su hermano mayor en Pueblo Libre.

Cuando los temas de conversación se agotaban, o simplemente se sentía cansada de seguir hablando, Ah-po permanecía sentada en su taburete, viendo a don Víctor y a su esposa atender diestramente a los parroquianos. A veces, cuando sus manos se lo permitían, ayudaba a empaquetar el azúcar en paquetes de un kilo y de medio kilo, y, esporádicamente, a atender algunas ventas de poca significancia.

Sin embargo, los momentos más gratos de la tarde los pasaba con las niñas, cuando éstas no se hallaban viendo la televisión. La mayor de ellas, Teresa, era capaz de mantener una conversación fluida con cualquier cantonés nativo, y tenía una manera de pronunciar las palabras que hacía del dialecto un lenguaje mucho más agradable al oído. Tenía aparentemente un don natural y especial al respecto, pues nadie, ni siquiera don Víctor, le había enseñado a hablar el cantonés de ese modo.

"De no ser tan vieja y tan pobre", dijo cierta vez Ah-po, refiriéndose a la chica, "me hubiera gustado que fuese mi ahijada: es tan lista".

Don Víctor, que sentía bastante lástima por la anciana, se apresuró a decir, "Usted no es muy vieja aún, Ah-po; y hablando de dinero, usted no es precisamente una pobre".

Ah-po movió su cabeza con profunda tristeza. "El que tiene plata es mi hijo, no yo", contestó. "Y cuando Ah-men se muera, todo . . . la casa, la plata . . . , todo se irá a parar en las manos de esos dos mataperros que son mis nietos: no saben hacer otra cosa que tirar el dinero".

Sentada en su taburete o en compañía de las niñas, Ah-po era inmensamente feliz. Esta conciencia de ser feliz era un nuevo descubrimiento para la anciana: es posible que hubiese sentido lo mismo cientos y cientos de tardes pasadas así cuando aún no se había mudado a la mansión de Monterrico, pero entonces Ah-po no tenía conciencia de ello. La felicidad tiene esa peculiaridad: sólo nos damos cuenta de que hemos pasado por ella cuando ya todo se ha acabado. Ah-po había necesitado pasar cuatro meses en Monterrico para comprender que el mero hecho de estar sentada en aquellos duros taburetes de madera u oír las cantarinas voces de las hijas de don Víctor podía proporcionarle tanto consuelo.

Pasaron el verano, la primavera y el otoño; y un día de julio don Víctor le dijo a Ah-po, que se hallaba sentada en su taburete favorito, que iba a traspasar el negocio e irse a vivir a El Salvador, donde pensaba poner una tienda de ventas al por mayor en asociación con uno de sus cuñados. En aquella época muchos de los residentes chinos habían emigrado a los Estados Unidos, a

Australia y a Centroamérica, o se habían vuelto a Hong Kong y a Macao, en el temor de que el país se iba a convertir en un estado comunista. La temeraria decisión de los Choy —iba a enfrentarse a un futuro incierto, en un país nuevo y extraño para ellos— no era, pues, un caso aislado. Sin embargo, el anuncio de don Víctor sorprendió a la anciana porque hasta aquel momento, ni el tendero ni su mujer habían mencionado una sola palabra acerca de sus planes.

Durante un buen rato Ah-po no supo qué decir. Se sintió de repente más vieja aún de lo que era. Cuando por fin pudo articular un comentario, su voz era vacilante.

"Es una decisión sensata", dijo. "Todo el mundo se está yendo en estos días.... No sé realmente por qué Ah-men no piensa hacerlo aún, él que tiene más plata que muchos de los que ya se han marchado.... Cuando vienen los comunistas, todo se lo quitarán.... Me alegro mucho de que puedan irse cuando aún es tiempo...."

Y una semana después dos *sén-háks* de medianas edades llegaron a la tienda para discutir los pormenores del traspaso. Eran dos hombres de modales afectados y jactanciosos, que delataban una permanencia bastante dilatada en Hong Kong o en Macao, donde los jóvenes recién salidos de la China continental acababan casi siempre adquiriendo hábitos pocos deseables. El trato se cerró con celeridad, aunque el precio de la transacción no satisfizo del todo a don Víctor; pero don Víctor tenía prisa en desembarazarse del negocio, y los nuevos tenderos pagaban al contado. Para fines de agosto todo había concluido, y los *sén-háks* aparecieron una mañana atendiendo a los antiguos parroquianos de don Víctor, vestidos en sus guardapolvos blancos impecablemente almidonados y planchados. Trabajaban solos, no tenían esposas ni hijos, y en sus noches libres se marchaban regularmente a los prostíbulos del Callao.

Don Víctor y su familia viajaron a El Salvador en un vuelo de Lan-Chile. Ah-po les deseó buena suerte con todo su corazón y les regaló varios cortes de tela ligera, pero *lou* Chen, temiendo que pudiera coger algún resfrío serio, no la dejó ir a despedirlos al aeropuerto.

AH-PO, que solía levantarse muy temprano todas las mañanas, como una costumbre que había venido cultivando desde la
época en que era una campesina moza que iba a plantar brotes en
los arrozales, empezó a permanecer más tiempo en cama antes de
levantarse para preparar el desayuno, que tomaba siempre sola, ya
que Ah-séng trabajaba en el turno de la noche y no regresaba a
casa hasta pasadas las diez. Una profunda depresión había hecho
presa de la anciana, y cada mañana le costaba más esfuerzo
enfrentarse a la soledad y el silencio de la casona. Pero Ah-po prefería aún así a la casona antes que a la soleada y cómoda mansión
de Monterrico. En la casa de su hijo menor tenía al menos algo en
qué ocuparse: prepararle las comidas a su taciturno hijo, lavarle las
ropas y asear la casa, le ayudaban a pasar el tiempo con mayor
facilidad, aunque tales labores agravaban considerablemente su
artritis y la obligaban a tomar analgésicos con creciente frecuencia.
Ah-po nunca aprendió a hablar más que tres o cuatro expresiones
en castellano, ya que jamás tuvo necesidad de lo contrario. A
diferencia de muchas de las mujeres chinas que vinieron acá a
reunirse con sus maridos, que generalmente se incorporaban al
negocio de éstos a poco de su llegada y llegaban a aprender una
respetable cantidad de expresiones comunes por la necesidad
misma de atender al público, aunque las chapuceaban mal, Ah-po,
cuyo difunto esposo jamás llegó a poseer un negocio propio —fue
primero cocinero y luego linotipista de *La Voz de la Colonia
China*—, permaneció recluida en un departamento del Barrio
Chino por cerca de veinte años, y no hablaba con nadie más que
con sus coterráneos.

Al irse envejeciendo y al mudarse fuera del Barrio, Ah-po fue
perdiendo gradualmente a los escasos amigos y conocidos que
tenía y, al final, ya no podía entenderse sino con sus dos hijos y
con algunas familias que, como lo habían sido los Choy, le tocaban
en suerte de inquilinos o de vecinos. Ah-po jamás llegó a entenderse con sus nietos, que más se parecían a Mercedes que a *lou*
Chen, y ellos, por su lado, tampoco se esforzaron en entenderse
con su abuela, ocupados como estaban en cosas más mundanas y
más divertidas.

A principios de diciembre, *lou* Chen, que vino a llevarla a una cena en la mansión, la notó sumamente decaída y envejecida y le preguntó si no quería venirse a vivir con ellos de nuevo.

"No, Ah-men", respondió la anciana. "Estoy perfectamente bien con tu hermano. Y no estoy enferma, si eso es lo que tú piensas".

Lou Chen, que conocía bien el carácter de su madre, no insistió.

AUNQUE a Ah-po no le simpatizaban los dos *sén-háks* que ahora eran inquilinos suyos, la anciana prefería aun así hacer algunas de sus compras en la tienda de éstos, ya que los dos *sén-háks*, por razones obvias, le vendían los víveres a precio de costo.

Una tarde de sábado Ah-po emprendió su caminata de cinco cuadras, a la que estaba tan acostumbrada hasta hacía pocos meses, andando con cierta dificultad, con la finalidad de ir a recoger unos tarros de leche, que en aquellos días habían desaparecido casi por completo del mercado, y que los dos *sén-háks* le habían prometido reservar para ella. Era una tarde gris y ventosa, aunque en teoría estábamos en plena primavera. Muchos de los ocupantes de los callejones y de las desvencijadas casas de departamentos que había a lo largo de la avenida habían acomodado sillas fuera de sus casas, donde se sentaban y bebían botella tras botella de cerveza, mientras charlaban. Era obvio que no eran aquellos hombres los únicos que se dedicaban a beber cerveza aquella tarde de sábado. Todos los amantes a las bebidas lo hacían aquellas tardes y las tardes de los viernes. El conductor del Volkswagen causante del accidente pertenecía probablemente también a esa hermandad de hombres alegres, aunque nadie pudo jamás constatar su estado etílico ni nadie tuvo la oportunidad de anotar el número de la placa, pues el carro se dio cobardemente a la fuga. Ah-po no alcanzó jamás a llegar a la otra acera de la bocacalle. Sintió un terrible golpe en el brazo y el costado izquierdos y su frágil cuerpo fue lanzado tres metros hacia el centro de la avenida principal, como si fuera embestido por un poderoso toro de lidia. Tendida en medio de la pista, con la cara vuelta hacia el cielo, la anciana veía borrosamente la silueta del campanario de la Iglesia de San Francisco de Paula. Ah-po comprendió que estaba muriéndose y, aunque no podía mover un solo músculo de su cuerpo, extendió mentalmente sus dos brazos hacia los ángeles que descendían del cielo, en señal de bienvenida y de agradecimiento.

LA VIGILIA

Que la mujer sea tierna, sumisa
y obediente cuando el marido
es bueno; que sea circunspecta
y paciente si el marido es malo.
Sun-Tsé

EL GUARDIÁN, un hombre de estatura comparativamente más elevada que la de la mayoría de los cantoneses y de otros sureños, ha cerrado el pesado portón de hierro y de vidrios gruesos y opacos. El ruido producido por el último de los cerrojos al ser corrido acaba de oírse en medio del enorme y vacío recinto con gran estrépito. En el inmenso salón de reuniones de la Sociedad Chun San nos hemos quedado completamente solos, Ah-chung y yo, aparte del guardián.

El guardián se nos acerca, su larga y flaca figura adelantándose con lentitud, balanceando un manojo de llaves en su mano derecha. "*Chícuchei*", nos dice en cantonés. "¿Por qué no se van a su casa? No tienen por qué quedarse a pasar la noche aquí. Yo me puedo encargar de todo lo demás".

Ah-chung lo mira en silencio, levantando el rostro hacia su interlocutor. "Nos quedamos", dice parcamente, en un murmullo.

El guardián hace un gesto como quien dice, bueno, es cosa tuya si insistes, sólo quería darte un buen consejo, y se aleja. Va donde está la enorme y larga mesa de lectura, colocada en el lado derecho del salón y empieza a acomodar las revistas que están desparramadas encima. Luego hace lo propio con las sillas a ambos lados de la mesa, unas catorce en total, tratando de no producir mucho ruido. Ya casi desde el fondo del recinto nos dice volteando la cara en nuestra dirección, "Dejaré algunas luces para ustedes. Apáguenlas cuando empiece a amanecer".

Ah-chung asiente con un movimiento de cabeza. Yo hago también lo propio. El guardián se acerca al conmutador general y empieza a apagar las luces, dejando, como lo ha prometido, aquellas que se hallan en el rincón donde mi *si-kó* y yo estamos sentados. El salón se queda completamente a oscuras, excepto por un pequeño parche de espacio y por la amarillenta luz que proviene del cuarto que está al otro extremo. Por un instante nos quedamos como ciegos, sin distinguir nada más que nuestros propios cuerpos. Cuando por fin nos acostumbramos a la oscuridad, el guardián ya no está en el recinto. Ahora nos encontramos en verdad solos.

A mi lado, Ah-chung empieza a respirar pesadamente, con dificultad. Tal vez ha empezado a hacerlo desde mucho tiempo antes, pero no lo he notado sino hasta este momento, cuando el silencio que nos rodea es completo. Ah-chung sufre de asma. Tiene quince años, cuatro más que yo. El asma nació con él: Ah-chung vino al mundo ya asmático. En Siék-ki, nuestro pueblo nativo, le dieron a probar todo tipo de medicamentos, todo tipo de hierbas, pero ninguno le hizo el menor bien. Vinimos a Lima, y el clima de Lima sólo empeoró más sus bronquios. A veces sufre tanto que no puede dormir acostado.

"Ah-chung", digo en un susurro, sin atreverme a levantar mucho la voz, temiendo que en medio del agobiante silencio mis palabras pudieran producir el efecto de una explosión. "¿Estás bien?, ¿tu asma otra vez?"

Mi hermano tose por unos segundos antes de contestarme, "Espero que no. Ya se me pasará. ¿Tienes algún chicle de mentol?"

"Tengo dos cajitas de chicle, pero de menta".

"Bueno, dame una. La otra caja la guardas para las emergencias".

Le doy la caja de chicle. La rompe con ansia, vacía su contenido en la boca y empieza a mascar ávidamente. Al cabo de un rato su respiración ya está mejor, más aliviada. Permanecemos de nuevo en silencio, fijando nuestras miradas en la luz que proviene del cuarto al fondo del salón. Es una luz amarillenta, como he dicho antes. Proviene de seis cirios, colocados tres cada uno a ambos lados de un féretro. En aquel cuarto al fondo del salón se están velando los restos de nuestra hermana Ah-sou, la mayor de todos nosotros.

Hace seis horas he entrado a aquel pequeño cuarto, atestado de coronas florales, de cirios, de velos funerarios, junto con Ah-chung. Mi madre acababa de salir de él, hecha un manojo de nervios, sostenida por mi padre por un lado y por el otro por mi madrina. Entramos solos y nos dejaron solos allí por un buen rato. Ah-chung se acercó al ataúd y permaneció con la mirada fija en la abertura de su parte superior. Yo me quedé rezagado atrás, sin atreverme a acercar más. No tuve el valor de mirar el rostro de mi difunta hermana, aunque sabía que era la última oportunidad que tenía en hacerlo. Me puse a llorar en silencio y cuando Ah-chung se acercó a mí, noté que también tenía el rostro bañado en lágrimas. Jadeaba. El moco se deslizaba de su nariz hacia su labio superior. Sacó el pañuelo del bolsillo trasero de su pantalón, se secó las lágrimas y se sonó. Luego hizo algo inesperado: se hincó sobre el reclinatorio que había al pie del féretro. "Peter", me llamó por el nombre inglés que usaba cuando estudiábamos en Aberdeen. "Ven a rezar conmigo".

"¿Rezar?", dije. Ni Ah-chung ni yo somos católicos o protestantes. En realidad, ninguno de los dos profesamos ninguna clase de religión. "¿Qué vamos a rezar?", pregunté, incierto. "¿El Padrenuestro?". En el *Sam Men*, durante las clases de religión, nos habían hecho aprender de memoria los Diez Mandamientos, el Padrenuestro y los preceptos del Catolicismo, todo en castellano.

"¿Qué importa que sea el Padrenuestro o no?", contestó mi hermano.

En verdad, ¿qué importa que sea el Padrenuestro, el Avemaría o una letanía budista cualquiera?

Me hinqué también en el reclinatorio y recé, no con palabras, ni siquiera con el pensamiento. Recé con el corazón, si cabe la expresión.

Cuando salimos, nuestra madre acababa de sufrir un desmayo. Ah-pá nos dijo que la iba a llevar a casa, que permaneciéramos hasta la hora de cierre de la Sociedad, y que luego regresáramos por nuestros propios medios. Nos dio plata para el taxi y luego se marchó con *Ah-má* y la madrina en su carro. Los asistentes al velorio se fueron antes de las once, la hora del cierre. Ah-chung y yo decidimos no hacer caso a las palabras de nuestro padre: decidimos velar el féretro solos, hasta la mañana siguiente, como un último tributo a la difunta.

La figura enjuta y angulosa del guardián emerge de nuevo de entre las sombras. Trae entre las manos una frazada grande y usada. Sus zapatos chirrían un poco en medio del silencio.

"Va a hacer mucho frío más tarde", dice. "Será mejor que se abriguen con esta frazada". Deja la frazada en la silla vacía que está al costado de Ah-chung. Le damos las gracias por su gentileza, llamándole "*Ah-pák*" por vez primera en toda la noche.

"No tiene por qué", dice antes de marcharse. "Buenas noches, *chicuchei*".

"Buenas noches".

Tapados ahora con la enorme frazada, hemos dejado de temblar. Pero todavía siento el frío que parece surgir del suelo, sube por las piernas y me llega hasta las rodillas. Me quito los zapatos y me hago un ovillo, metiendo el otro extremo de la frazada debajo de mis posaderas.

"Trata de dormir", me dice Ah-chung. "Tenemos una larga noche por delante".

"¿Qué hora es?"

Ah-chung saca su brazo izquierdo de la frazada y trata de ver las manecillas de su reloj de pulsera, que no son luminosas, con la escasa luz que hay encima de nosotros. "Recién las doce", dice.

Fuera de la Sociedad, la calle se ha quedado silenciosa también. Ya desde algún rato no oímos pasar ningún carro. Paruro debe estar desierta a esta hora. Ah-chung ha cerrado los ojos. Su respiración se ha hecho pausada y regular. Parece que se ha dormido pero no estoy seguro. ¿Quién puede dormirse en un lugar así, en el estado de ánimo en que nos encontramos? No yo, al menos. La luz amarillenta del cuarto de al fondo está directamente enfrente mío, pero a una considerable distancia. Siento como si estuviera dentro de un túnel, y que la luz amarillenta indicara la salida de ese túnel. Pero ésa es una falsa impresión: la luz de la salida de un túnel es siempre una luz alegre, de esperanza, cálida y argéntea. Ésta, en cambio, es una luz mortecina. No indica la salida del túnel sino su comienzo.

Éramos cinco hermanos. Ah-sou era la mayor y la única que era mujer. Ah-p'ing y Ah-uing, mis *yi-kó* y *sám-kó*, están ahora en los Estados Unidos, estudiando para ser ingenieros.

Ah-sou se casó hace apenas tres años, a los veinticinco años de edad. En nuestra familia la consideraban entonces como una vieja solterona y trataban de casarla a toda costa. "¿Qué quieres?", solía decirle mi madre, que es una mujer enérgica. "¿Vas a esperar a que te salgan las canas para casarte?". Lo decía a veces delante de todos nosotros, mientras almorzábamos o cenábamos, avergonzándola. Mi hermana no era nada fea, tenía facciones más bien delicadas, pero era por naturaleza tímida, introvertida y le faltaba carácter. La mayor parte de su vida la había pasado en Hong Kong. No hablaba el castellano y como ya era mayorcita, tampoco iba al colegio chino como lo hacemos Ah-chung y yo. Era natural entonces que tuviera pocas amistades y menos aún, pretendientes. Y había llegado a una edad en que, para la mayoría de las mujeres chinas chapadas a la antigua, como *Ah-má*, no casarse era algo tan insoportablemente vergonzoso como el haber perdido la virginidad sin estar antes casada. Mi madre es una mujer autoritaria y sumamente emprendedora. "Si no puede conseguir un marido por sí sola, yo lo haré por ella", debió decirse a sí misma. El marido que consiguió para Ah-sou se llama Li Shu-Wen, y es el dueño de un próspero negocio en la calle Billingurst. Tenía entonces unos cuarenta años, no se había casado nunca, pero según se rumoreaba en el Barrio, mantenía a una amante peruana en un pisito de Jesús María. Mi madre decidió pasar por alto aquel pequeño detalle, pero se aseguró previamente de que no tuviera ningún hijo bastardo. Li Shu-Wen es un hombre bajo y pálido, y usa lentes ahumados todo el tiempo, pero no por algún defecto ocular. Aquello de los lentes es algo que nunca he llegado a explicarme satisfactoriamente. Si no sufre de ningún defecto o enfermedad a la vista, cosa de la cual estoy completamente seguro, ¿por qué, entonces, esa persistencia en usar lentes ahumados? ¿Cuestión de gusto? Entonces sus gustos son pésimos, pues los lentes ahumados, contrastados con la palidez usual de su rostro, le daban un aspecto siniestro. Como nunca he llegado a intimarme con él, jamás le pregunté sobre el tema.

La diferencia de edad entre Ah-sou y el marido escogido tan atinadamente para ella no fue obstáculo alguno. Diferencias de ese orden son eliminadas por conveniencias recíprocamente correspondidas. Y mamá sabía o creía saber lo que le convenía a Ah-sou.

Ah-sou se casó con gran pompa y derroche de dinero. Los invitados al banquete nupcial llegaron a ocupar en el *Lung Fung* unas cuarenta mesas. Para ser sincero, debo admitir que Ah-sou no parecía estar en absoluto mortificada o descontenta con el esposo que se le había impuesto. En cuanto a *Ah-má*, su corazón no cabía de gozo. Después de todo, no todas las madres tenían la satisfacción de casar a su única hija con un buen partido: uno con mucha plata.

Me he quedado dormido por un rato, no realmente un sueño, sino un momento de sopor. Cuando termino por salir de ese estado, Ah-chung está completamente despierto. Empieza a librarse de la frazada, se pone de pie y se aleja un poco para estirar sus piernas. Bajo la tenue y pálida luz de los tubos fluorescentes, Ah-chung tiene una figura extraña. Mi cuarto hermano mayor es un chico bajo, algo rechoncho. Cuando estamos parados juntos, apenas es dos dedos más alto que yo. Ahora está vestido de terno negro y corbata negra. Parece un señor maduro y serio. He echado la frazada a un lado y empiezo a ponerme los zapatos. Cuando me encuentro atando los cordones, Ah-chung me dice, "Peter".

"¿Sí?"

Ah-chung me mira gravemente, como si estuviera estudiándome.

"Voy a verla de nuevo", dice muy quedamente. "Quiero que te vengas conmigo".

El corazón se me encoge de pura aprensión. Iba a contestar para qué, pero la respuesta me pareció irreverente.

Ah-chung está impaciente ahora. "¿Te vienes o no?"

No espera mi respuesta y empieza a encaminarse hacia el cuarto al otro extremo del salón. Su figura desaparece paulatinamente del espacio de luz blanca que hay en nuestra esquina, pero mis ojos se han acostumbrado a la oscuridad y puedo verlo pasando a lo largo de la mesa de lectura, dirigiéndose hacia la luz amarillenta. Como un autómata, voy detrás de él.

Ah-chung está esperándome en el umbral del cuarto, la cara vuelta hacia mí. No puedo ver la expresión de su rostro porque está a contraluz. A medida que avanzo hacia él, siento el fuerte olor de las coronas florales. Es sólo el olor de las flores, digo para mis adentros, pero en lo más hondo de mi ser siento que es el olor de la muerte.

Una vez dentro del cuarto, Ah-chung me dice, "¿Tú no has visto aún su cara, verdad?"

"No", respondo débilmente. La angustia va apoderándose de mí cada vez con mayor fuerza. Todo alrededor mío me parece horrible, desde el inconfundible olor de las coronas, la luz mortecina de los cirios, los velos negros colgados en las paredes, hasta el reclinatorio de madera; y desde luego, el féretro de metal oscuro.

Mi hermano me rodea los hombros con uno de sus brazos. Yo me he echado a llorar de nuevo. Ah-chung me dice en voz suave pero firme, "Pues yo quiero que la veas. Quiero que la recuerdes para toda tu vida". Con la muerte de Ah-sou y en ausencia de *yi-kó* y de *sám-kó*, Ah-chung ha asumido el papel del hermano mayor y, ciertamente, lo hace bastante bien.

Yo para mis adentros me digo, "Voy a verla sólo por un segundo. Luego cerraré los ojos y no los abriré hasta que me haya alejado del ataúd". Con esa idea en mente me dejo llevar hasta la cabecera del féretro y, juntos, Ah-chung y yo, nos inclinamos para contemplar por última vez el rostro inerte de nuestra hermana.

¡Jamás podré olvidar aquella visión en tanto viva!

Ah-sou está echada en el fondo forrado de seda del féretro con los dos brazos cruzados sobre su pecho, que parece más plano que nunca. Su piel tiene un horrible tinte azulado, sobre todo en la parte de la cara, que está amoratada. Tiene los ojos semiabiertos. Alguien debió haber tratado de cerrarlos pero obviamente no logró el propósito: los ojos sin vida, pero con un brillo viscoso, miran hacia el vacío inexpresivamente. Sus labios están también entreabiertos, y puedo ver claramente la punta de su lengua asomándose entre ellos. Han soltado sus cabellos con el fin de cubrir su delgado cuello, pero sus cabellos no son lo suficientemente largos: puedo ver la marca de la soga alrededor de su carne, justo debajo de la barbilla, en la forma de una larga y circular laceración.

"Está bien", oigo decir a Ah-chung. "No mires más. Vámonos ahorita mismo".

Pocos minutos después estamos de nuevo acurrucados en nuestro antiguo lugar, cubiertos por la frazada. Yo he dejado de llorar. Ah-chung, simplemente, no ha vertido una sola lágrima en todo aquel lapso. Desde hace un buen rato ha aprendido a dominar sus emociones. Me toca con una de sus manos debajo de la frazada y me dice, "Dame la otra caja de chicle, Peter. Los bronquios me están dando problemas de nuevo".

La oscuridad ha dejado de ser tan densa como antes. Dentro del enorme salón de reuniones noto que hay ahora una especie de niebla tenue. El ambiente está más frío. Tiritamos levemente debajo de la frazada. Aun sin ver el reloj, sé que está por amanecer.

"Voy a cabecear un rato", me dice Ah-chung, masticando el chicle. "Despiértame dentro de una hora para apagar las luces". Se detiene un momento, acordándose de repente de mí. "¿Tú no te vas a dormir, verdad?"

"No lo sé", digo.

"Bueno, no importa. Duerme si quieres. Yo sabré despertarme solo".

A las tres o cuatro de la madrugada vuelvo a despertarme de un sopor intermitente. Las luces están totalmente apagadas, pero la claridad ha empezado a filtrarse por los tragaluces. Hay ahora suficiente luz en el salón como para distinguir los pequeños retratos de porcelana incrustados en sus paredes laterales. En una de las enormes placas de bronce colocadas debajo de los retratos están grabados los nombres de mi padre y de mi padrino, como unos de los que han contribuido más a la financiación del local. Está también el nombre de Li Shu-Wen. Ah-chung está sentado a un costado de la mesa de lectura, hojeando una revista. El aire es fresco, saturado de invisibles gotas de rocío. Va a ser un buen día para el funeral.

Me acerco a donde mi hermano y me siento a su lado. Juntos hojeamos todas las revistas, mirando las fotografías y leyendo, de rato en rato, algún pequeño artículo. Así permanecimos hasta que el guardián aparece de nuevo para abrir el portón. *Ah-pá* está delante del portón aguardando, cuando éste se abrió. Entra al salón con pasos cansinos. Sus ojos y su rostro denotan que no ha dormido en toda la noche. Lo primero que hace apenas puso los pies dentro es recriminarnos por no haber vuelto a casa. "No tenían por qué quedarse a pasar la noche aquí", dice. "Ah-sou está muerta. A los muertos les es igual que los velen toda la noche o no".

Ah-chung trata de ver si ha aparcado el carro afuera. "¿Ha venido *Ah-má* contigo?", pregunta.

"No", responde *Ah-pá* con voz abatida. "Tu madre está histérica. Es mejor que no viniera al funeral". Se derrumba literalmente sobre una de las sillas y allí permanece, la cabeza gacha, esperando a los de la funeraria, que deben venir a cerrar el féretro.

Ah-chung y yo salimos a la calle. Vamos a comprar algo para comer y algún jarabe para el asma de Ah-chung. Un tímido y pálido sol nos da la bienvenida afuera. Caminamos muy juntos, mi hombro derecho chocando con el izquierdo de mi hermano. Después de dudar mucho, me decido al fin a hacer a Ah-chung una pregunta que desde la madrugada ha venido torturándome. "¿Tú crees que Li Shu-Wen se atreverá a venir al entierro?". Noto que he optado por no llamar a Li Shu-Wen nuestro cuñado.

Mi pregunta ha tenido el efecto de un rayo. Por un breve instante, Ah-chung se ha detenido en medio de la calle, mirándome inexpresivamente. Luego su pálido y asmático rostro ha adquirido una expresión de ironía. Me mira como si yo fuese el chico más tonto de la tierra. "¿Tú qué crees?", me pregunta, en lugar de responderme.

Me doy cuenta entonces de que he hecho una pregunta estúpida. Li Shu-Wen no vino al velorio, y no vendrá al entierro. Cuando un mes más tarde celebremos la misa por el reposo del alma de Ah-sou, tampoco se atreverá a venir.

Son ya las nueve y media de la mañana. Nos apresuramos a buscar algún restaurante donde podamos tomar algo de desayuno, para poder alcanzar luego la procesión a tiempo.

EL DISCURSO

UNA TARDE de fines de agosto de 196*, Chiang Kei-Man, trece años, el alumno más brillante de las clases de chino de toda la primaria del *Sam Men* (y de hecho, de todo el colegio chino, pues en aquella época éste impartía solamente educación elemental), fue llamado al despacho del Jefe del Departamento de Chino, luego de haber terminado las clases del día. El Jefe del Departamento, el señor Chen, un cincuentón calvo y bonachón de cachetes abultados y colorados, que había sido su profesor el año pasado, lo esperaba sonriente detrás de su escritorio. El chico entró al vetusto despacho algo incómodo, sin saber qué era exactamente lo que le aguardaba, aunque sin mostrar tampoco temor alguno, toda vez que era consciente de ser el pupilo favorito y una especie de protégé del señor Chen. "Chen *sín-sán*", dijo respetuosamente, apenas traspuesto el umbral de la oficina. "¿Quería usted hablar conmigo?"

"Oh, sí", se apresuró a decir el Jefe de Departamento. Señaló con un grueso dedo la silla que había delante de su escritorio. "Siéntate, Chiang Kei-Man, porque lo que te voy a decir requiere algo de tiempo. ¿No tienes prisa en volver a casa, verdad?"

"No, *sín-sán*", replicó el chico, acomodándose en la silla con gran naturalidad.

El Jefe de Departamento estudió apreciativamente la figura y el garbo del chico sentado calmadamente delante suyo y secretamente se congratuló por lo acertado de su elección. Chiang Kei-Man era un chico de regular contextura, frente despejada e inteligente, y mejillas sonrosadas y saludables. Llevaba unos lentes que acentuaban aún más su singular aire de intelectualidad.

"Muy bien", comenzó el señor Chen. "El asunto por el cual te he hecho venir aquí es el siguiente: necesitamos un orador que represente al Colegio en las ceremonias a celebrarse el día diez de octubre, nuestro aniversario patrio, en la Beneficencia. No un orador adulto, sino uno escogido entre el alumnado; y mi elección, así como la de los demás profesores de chino, ha sido tú. Te hemos elegido porque has demostrado tener una excelente aptitud para memorizar largas lecciones de chino, y porque tenemos la certeza de que tienes el aplomo requerido para enfrentarte a un público de unas dos mil o más almas.... ¿No tendrás miedo en hablar en público, verdad?"

El chico titubeó unas fracciones de segundo antes de contestar, "No lo sé. Nunca lo he hecho antes. ¿Tendré que improvisar el discurso?"

"Si eso es lo que te preocupa, no", contestó el Jefe de Departamento, no sin cierto orgullo. "Para este evento yo me he hecho cargo personalmente de escribir el texto del discurso. Tú no tienes más que memorizarlo y recitarlo, pero con el énfasis y el sentimiento apropiados, por supuesto. Para un chico tan inteligente como tú, eso debe ser como voltear la palma de una mano".

El señor Chen extrajo de uno de los cajones de su escritorio unas hojas de papel —unas diez, por lo menos— en las que se podía distinguir su letra clara y cuidada, escrita en tinta china. Las puntuaciones estaban hechas con tinta roja, en forma de grandes círculos. Algunas líneas estaban también subrayadas o doblemente subrayadas con el mismo tipo de tinta. El señor Chen dijo, para tranquilizar al muchacho, que se había alarmado por la extensión del discurso, "Tenemos algo como un mes y medio para ensayarlo, el tiempo suficiente. Comenzarás memorizando una página al día. Eso quiere decir que en menos de dos semanas habrás terminado de memorizar todo el discurso. Durante aquel lapso te eximirás de las tareas escolares y de los pasos. De todos ellos, sin excepción. Ya he hablado personalmente con tus profesores al respecto, tanto los de chino como los de castellano. Después de tener memorizado el discurso comenzaremos el verdadero trabajo, que consiste en corregir y perfeccionar tu dicción. Tendrás que quedarte una hora más al término de las clases. ¿Tienes algún inconveniente que te impida hacerlo?"

"Ninguno, *sín-sán*", respondió obedientemente el chico. "Siempre y cuando mi padre me dé su aprobación".

Una sonrisa amplia y confiada apareció en el rostro colorado del Jefe de Departamento. "No creo que tu padre vaya a negarte el permiso", dijo. "Después de todo, ésta es una tarea patriótica y tu padre es, a no dudarlo, un patriota como todos nosotros, ¿no es cierto?"

"Sin duda alguna", dijo el chico.

"Bueno", dijo satisfecho el señor Chen, dando por terminada la conversación. "Eso es todo. Comenzaremos mañana".

El chico se levantó para despedirse, pero el Jefe de Departamento, que se había acordado de repente de algo importante, le hizo un gesto para que volviera a sentarse. "Siéntate, Chiang Kei-Man". Se rascó la calva. Durante unos minutos ponderó si sería oportuno hablar ahora de la recompensa. El chico debía cumplir con su patriótico deber sin esperar recompensa alguna, pero si había una de por medio, no era malo tampoco que se lo dijese ahora. Después de todo, podría servir de aliciente para que no se sintiera abrumado por las tareas arduas de los días siguientes. "Vamos a recompensarte por tus sacrificios", dijo en tono afectuoso. Y explicó en qué consistía esa recompensa, "Después del discurso, irás como invitado especial al banquete que la Beneficencia dará la misma noche. Te aseguro que vas a comer esa noche como nunca lo has hecho antes en tu vida".

Chiang Kei-Man se puso en pie de nuevo.

"Llévate ahora el discurso y trata de echarle un vistazo", dijo el señor Chen, alcanzándole el texto. "Quiero que me des mañana tu opinión sobre él".

El chico puso cuidadosamente el discurso dentro de su pesada maleta de cuero, que contenía los textos y los cuadernos de por lo menos trece diferentes cursos, y se despidió respetuosamente. Salió del despacho del Jefe del Departamento de Chino, cruzó el patio central, ahora vacío, silencioso y gris como el resto del local, y salió a la calle. Sólo cuando estuvo fuera del Colegio sintió en toda su magnitud el peso abrumador de la tarea que le habían encomendado. El aspecto desolado y lúgubre del atardecer, que le dio la bienvenida afuera, lo deprimió aún más. Se encaminó hacia el paradero de su carro arrastrando prácticamente los pies, como si aquel peso y la masa de aquellas nubes grisáceas que colgaban sobre su cabeza lo estuviesen aplastando contra el mismo pavimento.

EL SEÑOR CHEN había sido maestro por más de veinte años. Aunque su puesto nominal era solamente el de Jefe del Departamento de Chino, era en realidad, por sus relaciones directas con los miembros del Directorio, el mandamás del Colegio. La directora oficialmente nominada, una señora de ascendencia italiana que gustaba de teñirse el pelo de rubio, ejercía una función puramente figurativa. El señor Chen era también el que organizaba, todos los años, las actuaciones del alumnado en las celebraciones principales de la Colonia, tales como el Día del Doble Diez y el Día de la Juventud. En todas aquellas actuaciones el señor Chen incluía infaliblemente un discurso en chino a cargo de un alumno. Por discreción, el Jefe del Departamento Chino no participaba nunca personalmente en las actuaciones, sino que se valía del discurso para hacerlo, razón por la cual éste tenía un significado especialísimo para él.

El señor Chen era además un maestro, sin ser extraordinario, muy competente. Conocía a fondo los clásicos como muy pocos; y hablaba tanto el mandarín como el cantonés. Las lecciones de chino las impartía, con muy buen criterio práctico, en el dialecto, sabiendo que nadie, o casi nadie de la Colonia se interesaba por el mandarín. Ejercía una disciplina casi espartana dentro de los límites del Colegio. Los castigos, cuando necesarios, eran severos pero siempre justos; y jamás se olvidaba de premiar a los alumnos más destacados y ejemplares al término de cada año escolar. En resumidas cuentas, el señor Chen era una persona de gran simpatía y un respetado mentor. Sólo una cosa venía a empañar (¿o a acrecentar?) su reputación: el señor Chen era un anticomunista intransigente. El señor Chen no podía referirse a los gobernantes de Pekín por otros nombres que no fueran "bandidos comunistas" o "usurpadores"; y cuando se refería al comunismo en general utilizaba invariablemente el término "azote rojo". Los discursos que escribía estaban plagados de tales expresiones, y de una u otra forma eran siempre ataques virulentos contra el comunismo, contra las naciones que habían escogido esa alternativa ideológica, y contra sus seguidores y simpatizantes. Y de esa índole eran precisamente todos los discursos que se pronunciaban en las celebraciones del Día del Doble Diez, por intermedio de los alumnos escogidos por él. Venidos de los labios de un adolescente

—muchas veces ni siquiera un adolescente, sino un niño—, esos discursos solían producir un efecto extravagante. Tal efecto era acrecentado aún más por los gestos y ademanes grandilocuentes que el alumno encargado de hacer el discurso imprimía a sus palabras, y que el mismo señor Chen se había encargado de enseñárselos.

Durante todo el mes de setiembre y la primera semana de octubre, Chiang Kei-Man se quedaba todas las tardes, después de terminadas las clases, para recibir instrucciones de dicción del Jefe del Departamento de Chino y para practicar otros recursos de oratoria que éste le impartía pacientemente. Chiang Kei-Man demostró que por algo era el alumno más brillante de todo el *Sam Men*: logró memorizar el extenso texto del discurso en menos de dos semanas. Al principio, recitaba el discurso por partes, mientras el señor Chen le indicaba en qué palabra o frase debía poner más énfasis y en qué otra debía bajar la voz hasta adquirir el tono apropiado. Pero ya a fines de setiembre el chico podía recitar el discurso entero de un solo tirón, con la entonación adecuada y acompañando las palabras con sus correspondientes gestos o movimientos de manos. Para principios de octubre, el señor Chen pudo ya dedicarse por completo a los detalles menores, de carácter complementario. Días antes del gran acontecimiento, el señor Chen era el hombre más orgulloso, si no de toda Lima, al menos de toda la Colonia China de Lima: acababa de hacer un ensayo final en el local de la misma Beneficencia, y el chico se había comportado con asombrosa perfección y soltura. Al concluir el ensayo, dándose cuenta de que el chico se había quedado un poco ronco, el señor Chen le dio con la palma unos suaves golpes en la espalda y le aconsejó tomar diariamente un huevo crudo. "Eso te mantendrá la garganta fresca y fuerte", dijo en tono cariñoso y jovial.

EL DIA del Doble Diez —el día diez de octubre—, el Barrio Chino amaneció con banderas chinas y peruanas ondeando en las astas de los negocios. Las banderas chinas eran de color rojo, con un recuadro azul en la esquina de la parte izquierda superior. Dentro del recuadro había un sol blanco de doce puntas: el escudo oficial del Kuomintang.

Las celebraciones en la Beneficencia habían sido programadas para las tres y media de la tarde. A las dos y media, sin embargo, en el local del Colegio, los alumnos que tenían alguna participación en ellas habían empezado ya a ultimar febrilmente los detalles. Las chicas que debían integrar la Danza de los Abanicos estaban ya correctamente maquilladas y peinadas. Sólo les faltaba ponerse los largos trajes de colores llamativos, confeccionados hacía muchos años, y que habían servido antes a varias promociones para la interpretación del mismo número. En el patio del Colegio, que era a la vez el de la imprenta y redacción del *Man Shing Po*, el periódico chino, el profesor de música daba las últimas indicaciones al Coro, compuesto en su mayoría por párvulos de los primeros grados. Y en medio de este remolino de alumnos y profesores se paseaba el jefe del Departamento de Chino, apremiando a unos y otros. Miraba de rato en rato la entrada del local, esperando que Chiang Kei-Man, quien debía ser el primero, de entre todos los alumnos, en intervenir en los actos, hiciera su aparición por ella. A medida que transcurría el tiempo empezó a inquietarse y, al llegar la hora en que los alumnos debían partir hacia la Beneficencia y no aparecía por ningún lado el chico, decidió llamar por teléfono a su casa. Buscó al señor Yep, el profesor de Chiang Kei-Man, y le preguntó si conocía el número de teléfono de su pupilo. El profesor Yep buscó en su libreta de direcciones y números telefónicos, pero no encontró el número que le interesaba. "Me parece que los Chiang viven en La Punta y no tienen teléfono". Añadió inmediatamente, "Pero Chiang Kei-Man siempre ha sido un alumno responsable. No creo que vaya a faltar en una ocasión tan importante como ésta".

"No lo creo tampoco", replicó el señor Chen, "salvo, desde luego, que le haya ocurrido algún accidente. Probablemente se ha ido de frente a la Beneficencia". Pero el tono de voz del señor Chen carecía de convicción.

La delegación del colegio partió hacia la Beneficencia, que estaba a escasos metros de aquel, unos quince minutos antes de que el presidente de la Beneficencia diera por inauguradas las celebraciones. Luego de entonados los Himnos Nacionales, el presidente, un hombre corpulento que había permanecido en el puesto por más de diez años, empezó a leer un largo discurso ante un público que llenaba todo el salón principal, charlando todavía en voz audible y saludándose mutuamente, sin prestarle mayor atención.

Chiang Kei-Man seguía sin aparecer.

Cuando le tocó el turno al Embajador de dirigirse a los asistentes, el señor Chen se hallaba en un estado de franca desesperación, ya que el siguiente en hablar sería Chiang Kei-Man; y a juzgar por la expresión indulgente pero aburrida del público, que no entendía ni una palabra de lo que decía el representante de su Gobierno, quien hablaba en mandarín, el señor Chen se dio cuenta de que su discurso no tardaría en terminar. Fue entonces cuando oyó a alguien llamarlo por su nombre, "¿El señor Chen Hua?". Se volvió prestamente, esperanzado, hacia el lugar de donde provenía la voz. Un hombre maduro y delgado se iba acercando hacia él, abriendo pasos dificultosamente entre la muchedumbre que estaba de pie en los pasillos. "Soy el padre de Chiang Kei-Man", dijo el hombre, transpirando, en cuanto estuvo enfrente suyo. "Mi hijo no podrá venir ahora: le ha dado diarrea y vómitos". Los invitados especiales que estaban sentados en la primera fila, al lado del Jefe del Departamento de Chino, tuvieron por unos instantes la impresión de que éste se desmayaba. Por lo menos, vieron con claridad diáfana cómo la sangre desaparecía por completo de sus mejillas. Su cabeza calva se inclinó pesadamente hacia atrás y casi se dio contra la colilla aún encendida de alguien que fumaba en el asiento inmediatamente detrás suyo. El señor Chen tardó una eternidad en recuperar el aliento, y cuando finalmente lo hizo, tuvo el acierto de acercarse al maestro de ceremonias y pedirle que cancelase el discurso a cargo del representante del Colegio Chino.

LA MAÑANA de aquel mismo día, muy temprano, la madre de Chiang Kei-Man se despertó sobresaltada: desde la sala llegaba a sus oídos los ruidos producidos por alguien que buscaba frenéticamente algo entre los cajones de la cómoda. La buena mujer se vistió y salió a la sala para averiguar la causa del escándalo. Encontró a su hijo único, aún en pijama, apilando uno por uno los frascos de medicamentos sobre el mueble. "¿Qué es lo que quieres?", quiso saber la madre. El chico ni siquiera se volteó.

"Había ahí un frasco de aceite expelente de gas", dijo sin dejar de manipular los frascos. "¿Dónde está?"

"Está en mi dormitorio. ¿Para qué lo quieres?"

El chico se volvió hacia su madre e hizo una elocuente mueca. "Me duele el estómago", dijo. "Debe ser por los huevos crudos que tomé anoche. Me tomé dos porque quería tener la voz en buenas condiciones para esta tarde".

El dolor de estómago del chico resultó ser algo más que un simple molestar pasajero. En toda la mañana Chiang Kei-Man no cesó de entrar y salir del baño, donde se encerraba cada vez por más tiempo. Durante el almuerzo apenas sí comió, pues, según sostuvo, la comida le daba náuseas. Se le notaba preocupado por la posibilidad de no poder cumplir con su compromiso. "No sé qué haré", dijo visiblemente afligido, "si después del almuerzo no se me para la diarrea".

Y la diarrea no paró. Después del almuerzo, la condición del muchacho, en lugar de mejorar parecía todavía peor que antes. A las tres de la tarde el padre decidió ir a la Beneficencia en busca del Jefe del Departamento de Chino. El estado de salud del chico no permitía otra elección.

LAS SEIS de la tarde. Chiang Kei-Man está acostado en su cama, cubierto de pies a cabeza por una pesada frazada. Su madre acaba de obligarle a tomar un tazón lleno de un líquido oscuro. El brebaje era amargo como la misma hiel o incluso peor, pero ha conseguido lo que no pudieron los medicamentos de la medicina occidental: detener la diarrea que lo ha estado afectando. En efecto, el chico ha dejado de ir al baño desde hace una hora; ahora descansa tranquilo en su cama. Está algo agotado, no precisamente por las molestias que ha sufrido durante el día, pues en realidad no sufrió ninguna, sino por el enorme trabajo histriónico realizado, tan perfectamente llevado a cabo que en algunos momentos el chico sintió verdaderos remordimientos, al ver cuán realmente preocupados estaban sus padres. Ahora que ha dejado de actuar, se siente más aliviado. El dormitorio está en penumbra, pues las cortinas han sido corridas y el chico no se arriesga a encender la luz. Chiang Kei-Man ha cerrado los ojos, tratando de imaginar cómo el señor Chen habría reaccionado al enterarse de su "indisposición" y cómo se comportaría con él en los días por venir. Revisa por enésima vez su coartada y se complace de no encontrar en ella ninguna falla, ningún punto inconsistente. Su propio padre había ido a hablar con el Jefe del Departamento de Chino: nada pudo ser más convincente ni más perfecto. Siente algo de remordimiento al pensar en el señor Chen, que siempre lo ha tratado con aprecio y afecto. Pero la culpa no ha sido mía, se dice a sí mismo; después de todo, nunca me ha dado la oportunidad de rehusar.

Nadie discute que el señor Chen sea una persona de amplios conocimientos y gran inteligencia, pero en algunas cosas suele ser bastante negligente. Al señor Chen, anticomunista recalcitrante, jamás se le ha ocurrido —siquiera remotamente— averiguar las inclinaciones políticas de su alumno favorito. Tal vez lo consideraba innecesario, pues difícilmente puede concebir que otro miembro de la Colonia pueda tener ideas políticas distintas a las suyas, menos aún si éste es apenas un chiquillo. Si le hubieran dicho que Chiang Kei-Man era un extremista precoz, un admirador incondicional de Mao Tse-Tung, y que hubiera hecho cualquier cosa con tal de no hacerles un favor a los Nacionalistas, como el pronunciar un virulento ataque a la Revolución China en el salón de actos de la Beneficencia, el señor Chen simplemente se habría negado a creerlo. Le hubiera parecido absurdo.

Chiang Kei-Man se ha dormido. En sus sueños ve gigantescas banderas rojas ondearse en el aire, agitadas por el gélido viento que desde el norte de la Muralla llega hasta la Plaza Tien An Men.

LOS COMPADRES

I

LOU CHOU y *lou* Lam eran compadres desde hacía veinte y tantos años, pero su amistad se remontaba al mismo día en que ambos se embarcaron en el vapor que partía hacia El Callao, desde Hong Kong. En el barco, ambos compartieron juntos un camarote de tercera clase y comieron en una misma mesa. Aunque *lou* Chou era *hakká* y *lou* Lam de Chung-shan, se entendían perfectamente bien entre sí pues ambos hablaban el cantonés. Tenían aficiones diferentes, pero no incompatibles. *Lou* Chou era por entonces un tahur trasnochador, fumaba sin parar, echando humo con mayor continuidad que las calderas del vapor y tenía una nerviosa forma de hablar, como si tuviera siempre los nervios en punta. *Lou* Lam, más bajo y más corpulento que su compañero de viaje, era, en cambio, una de esas personas que suelen tardar media hora para tomar una taza de té o café, aun cuando permaneciera callado durante todo aquel lapso de tiempo. Fumaba también, pero con discreción, y se iba a la litera temprano, con una regularidad castrense. Normalmente dos personas así no suelen llegar a ser más allá de simples y casuales conocidos, pero el viaje fue largo, tenían un destino común y el futuro de ambos era igualmente incierto, de manera que si bien no intimaron inmediatamente, las bases de sus relaciones posteriores se sentaron firmemente durante aquella prolongada travesía por mar.

Una vez en Lima, *lou* Chou se instaló como carnicero y *lou* Lam como cocinero de uno de los antiguos chifas de la calle Capón. Ambos continuaron reuniéndose asiduamente, ya fuera en el *Kou Sen*, el salón de té, o en algún lugar de juegos ilícitos. La pasión de *lou* Chou por el juego había disminuido considerablemente. *Lou* Lam, en cambio, se aficionaba cada vez más por el *mah-jong* y el póker, con los que los cocineros y los mozos se entretenían para pasar las largas noches, cuando escaseaba la clientela.

Su suerte no era buena entonces, y perdía la mitad de su sueldo en los juegos, de manera que cuando, unos cuatro años más tarde, alcanzó *lou* Chou a reunir suficiente dinero como para instalar una bodega y casarse con una *tusan*, él seguía siendo un solterón y seguía empleado en el chifa. Durante algunos años más *lou* Lam continuó de mala racha, hasta que alguien le aconsejó invertir lo poco de sus ahorros en un negocio de confección, junto con otros tres asociados. El negocio de confección, manejado hábilmente por el descendiente de un culí, prosperó con inesperada rapidez. *Lou* Lam abandonó entonces su empleo de cocinero y se encargó personalmente de la distribución de las camisas y de los pantalones que el negocio producía. Aquel mismo año se casó con la hermana solterona del nieto del culí. No tenía todavía ninguna fortuna, ganaba apenas lo suficiente como para mantener a su nueva familia, pero el viento había comenzado a soplar por el lado favorable de la vela. Mientras tanto, *lou* Chou había tenido durante aquel lapso dos hijos varones: uno de ellos había cumplido los cuatro años; el otro, los tres; y ambos no habían sido aún bautizados. Ahora bien, ¿quién mejor que *lou* Lam, su "camarada de barco", con quien incluso había compartido el mismo camarote, para ser el padrino de los chicos?

Los hijos de *lou* Chou recibieron el sacramento del bautismo en la Iglesia del Carmen de los Barrios Altos. Después de la ceremonia del bautizo *lou* Chou dio un pequeño banquete de diez mesas en el *Tung Po*, derrochando los ahorros de casi un año en una sola noche. En el transcurso del banquete, *lou* Chou y *lou* Lam empezaron a llamarse "compadres" con verdadera unción.

Mucho tiempo ha transcurrido desde entonces y muchas cosas han cambiado en ese lapso. El nieto del culí, o sea el cuñado de *lou* Lam, murió de un derrame cerebral, un día en que asistía a las carreras en el Hipódromo; y el manejo del negocio de confección pasó a las manos de *lou* Lam. En menos de dos años éste adquirió todas las acciones de sus socios, falsificando hábilmente los libros de contabilidad y reduciendo a propósito la producción, haciéndoles creer que la fábrica marchaba por el camino de la quiebra. Sus socios fueron lo suficientemente cándidos como para dejarse engañar por esa treta de *lou* Lam, que había aprendido a dejar a un lado los escrúpulos y las consideraciones morales cuando se trataba de cuestiones de negocios o de cualquier otra cosa que en una u otra forma pudiera beneficiarle. En los años siguientes, *lou* Lam no sólo devolvió a la fábrica su antiguo ritmo de producción sino que la transformó de una industria pequeña a una de producción mayor. Y *lou* Lam empezó a hacerse rico, mientras *lou* Chou, su compadre, ni mejoraba ni empeoraba: seguía siendo un modesto tendero, que ganaba lo suficiente como para alimentar las cuatro bocas que constituían la familia, pero incapaz de aspirar a mayores lujos o comodidades. Mientras *lou* Lam empezaba a adquirir carros de modelos del año y a edificar una mansión en San Isidro, con amplios jardines y piscina, la mujer de *lou* Chou se volvía cada día más amargada y volcaba su frustración contra el pobre de su marido. *Lou* Chou, para acortar un poco la distancia que económicamente lo separaba de su compadre, y para no sufrir la vergüenza de ir en taxis o en autobuses a la mansión de éste, compró un Chevrolet de segunda mano y aprendió a manejarlo.

Hacia fines de los años sesenta, la fábrica de *lou* Lam se había expandido hasta ocupar toda una manzana de la avenida Venezuela; y *lou* Lam, calvo y gordo ahora, tenía todo el aspecto de un próspero hombre de negocios. Cuando *lou* Lam decidió comprar en Ancón una casa de verano, la frustración de *lou* Chou alcanzó límites peligrosos. Por momentos, *lou* Chou deseó fervorosamente no haber tenido ningún lazo de compadrazgo con *lou* Lam, no haber sido "camarada de barco" suyo ni haberse cruzado jamás con él en la vida. De haber sido así, la vida de *lou* Chou probablemente hubiera resultado más feliz o, al menos, más apacible, sin tener que aguantar a una esposa que no cesaba de incriminarlo por su "ineptitud en hacer tanto dinero como nuestro compadre", y sin tener en *lou* Lam un modelo con quien siempre se viera en la obligación de compararse, aun contra su propia voluntad. No dejaría, por supuesto, de sentir envidia por la buena suerte de *lou* Lam, pero eso hubiera sido bastante normal, pues de la misma manera hubiera envidiado a cualquier hombre de suerte, eso es, de cualquier hombre que hubiese amasado alguna considerable fortuna.

El compadrazgo con *lou* Lam le significaba además un fuerte desembolso de dinero, que por cierto no le sobraba. Había compromisos —cumpleaños, fiestas navideñas, etc.— a los que le era imposible eludir, y para no "perder la cara" en tales ocasiones,

lou Chou gastaba en ropas y regalos más de lo que un simple tendero estaba en condiciones de gastar. En cierto modo, pues, esa
relación de afinidad con *lou* Lam no sólo le ocasionaba una
frustración traumatizante: indirectamente, lo empobrecía aún más,
razón de más para que *lou* Chou maldijera el día en que se le
ocurrió pedir a *lou* Lam que fuese el padrino de sus dos hijos.

A medida que transcurrían los años sin que ningún cambio
extraordinario —cifrado éste en las suertes mayores de las loterías
y en una buena mano en los juegos— llegase a ocurrirle, *lou* Chou
se volvía fatalista. Hay hombres que han nacido para ser ricos, se
decía, y hay otros que, como yo, están condenados a ser pobres
toda su vida. Y *lou* Chou se resignaba. Curiosamente, su resignación le devolvió la paz a su espíritu.

II

TODAS las mañanas, salvo los domingos, *lou* Chou abría la
tienda a las siete y media en punto, poco después de que sus dos
hijos se hubieran marchado a sus respectivos centros de trabajo.
Invariablemente, el primero en entrar en la tienda era la señora
Victoria, la canillita, una mujer entrada en años pero aún muy
fornida. Entraba, saludaba a todo el mundo con su animada y recia
voz y dejaba sobre el mostrador un ejemplar de *El Comercio*, que
lou Chou compraba para mantenerse al tanto de los precios de los
artículos que estaban sujetos al control oficial. Su mujer era quien
leía el periódico, pero *lou* Chou, que entendía algunas palabras y
expresiones corrientes, siempre les echaba una ojeadita a las fotografías y a los titulares.

Aquella mañana de julio *lou* Chou había abierto la tienda como de costumbre, la señora Victoria había dejado el periódico en el
mostrador como de costumbre, y como de costumbre, *lou* Chou
había empezado a hojearlo, aprovechando que ningún parroquiano
había aparecido todavía, cuando pegó un grito que sacó rápidamente a su mujer de la trastienda.

"¿Qué es lo que ocurre?", quiso saber su mujer, alarmada.

Lou Chou estaba en un estado de visible agitación. Señaló el
periódico abierto con un dedo que le temblaba en el aire. "Mira
esto", dijo. "¿No es ésta la fábrica de nuestro compadre?"

"¿Qué ocurre con la fábrica de *lou* Lam?", preguntó su esposa. Hablaba una curiosa mezcla de cantonés y castellano, con la que, sin embargo, se entendía perfectamente con su marido.

"Parece que se ha quemado", dijo *lou* Chou; y fue todo lo que, durante un considerable tiempo, le dejó articular la emoción que lo embargaba completamente. Quiso mostrarse apesadumbrado, pero el tono de su voz, con gran desconsuelo de su parte, sonó casi jovial. Para entonces su mujer ya se había apoderado del periódico y leía rápidamente las dos columnas insertadas en la página local, debajo de la fotografía que mostraba la fábrica damnificada. El incendio, decía el periódico, se había iniciado a las once de la noche, probablemente a causa de un corto circuito, y había afectado a todo el almacén y parte de las instalaciones principales. El fuego duró cuatro horas enteras. Al momento del cierre de la edición, los escombros aún echaban pesadas y altas columnas de humo negro. Los daños ocasionados, en una primera estimación, se calculaban alrededor de los cuarenta millones de soles.

La mujer de *lou* Chou tradujo toda esa información para su esposo, quien la escuchaba con avidez. Cuando su mujer terminó de hablar, *lou* Chou echó de nuevo un vistazo a la fotografía y trató infructuosamente de leer la noticia por su propia cuenta. "¡Qué desgracia!", suspiró cuando levantó al fin el rostro del periódico. Movió la cabeza de un lado al otro en señal de pesar. "No es justo", comentó, "que lo que uno ha tardado veinte años en edificar el fuego se lo consume en una sola noche, en pocas horas".

Pobre *lou* Lam, se dijo *lou* Chou, aliviado de repente de un enorme peso que por años había tenido sobre sus espaldas, y al mismo tiempo sintiéndose algo culpable de ser capaz de un sentimiento tan poco loable.

Y a medida que oía la versión de su mujer, repetida por enésima vez, y comprobaba reiteradamente la magnitud del siniestro por lo mostrado en la fotografía, *lou* Chou se sentía de nuevo reconciliado con el Destino, al que había repudiado desde hacía mucho tiempo. Por fin se hizo justicia, se dijo *lou* Chou; la suerte no puede ni debe durar a alguien toda la vida; *lou* Lam no podía acapararla para sí siempre. Pero a poco rato de cruzar este pensamiento por su cabeza *lou* Chou se arrepintió. Es malo alegrarse de una desgracia ajena, se reprochó a sí mismo, más aún si este alguien es el padrino de sus propios hijos. *Lou* Chou escudriñó el rostro flácido de su mujer, tratando de averiguar si sentía lo mismo que él. Por la expresión incómoda del rostro de ésta y por su mirada esquiva, el tendero comprendió que él no era el único por cuya cabeza habían pasado pensamientos tan poco encomiables.

"Será mejor que llamemos a *lou* Lam para decirle cuánto sentimos por todo lo que le acaba de pasar", dijo *lou* Chou a su mujer. "¿Crees que estará ahora en casa?"

"Lo dudo mucho", contestó ella juiciosamente, "Pero haré el intento de todas maneras".

La sirvienta de la mansión de *lou* Lam contestó la llamada. El señor Lam, dijo, se había marchado a la fábrica apenas se enteró de lo del incendio y no había regresado en toda la noche. ¿La señora Lam? Pues acababa también de irse a la fábrica en el carro de su hijo. La mujer de *lou* Chou, quien fue la que hizo la llamada, colgó inmediatamente la bocina y marcó el número de la fábrica. Esperó en vano unos quince minutos: la línea sonaba a ocupado.

"No hay caso que lo llamemos ahora", dijo cuando volvió a colgar la bocina. "Va a estar muy ocupado toda la mañana y tal vez todo el día".

Durante el almuerzo *lou* Chou comió con inusitado apetito. A pesar de todos sus esfuerzos por reprimir su jovialidad, ésta persistía terca y desvergonzadamente, como una erección. *Lou* Chou prendió el televisor para ver si en el noticiero del mediodía pasaba más información acerca del incendio. Al encender el aparato y esperar la aparición del rostro del locutor en la pantalla, se sintió embargado de emoción, como si fuera un chiquillo que aguardaba la aparición de la caballería salvadora, que siempre lo hace tan oportunamente en los westerns. Pero le esperaba una decepción: el noticiero no sólo se limitó a repetir las pocas informaciones que ya habían sido proporcionadas por los periódicos, y que *lou* Chou se las sabía de memoria, sino que redujo considerablemente el monto de las pérdidas de los cuarenta millones originales a apenas unos quince. Al término del noticiero, que no pasó tampoco filmación alguna del siniestro, *lou* Chou se halló a sí mismo muy confundido e intranquilo. En fin, ¿las pérdidas eran de cuarenta millones o solamente de quince?

Con esta interrogante en la mente *lou* Chou ya no podía echar su siesta como de costumbre. Después de estar acostado un ratito en la cama se levantó, subió a su viejo Chevrolet y enrumbó hacia la avenida Venezuela. No se había decidido aún si entraría a la fábrica y hablaría con su compadre o simplemente pasaría cerca de ella, pero de una cosa sí estaba completamente seguro: no podía quedar un segundo más en casa, sin hacer nada por despejar aquella terrible duda.

Al llegar al cruce de la avenida Venezuela con la avenida Tingo María, *lou* Chou, en vez de seguir adelante, se desvió por la avenida Arica, para ir a situarse justo en la parte posterior de la fábrica, donde estaba seguro de poder observar los efectos del incendio sin tener que toparse con su compadre. La parte posterior de la fábrica daba a un terreno baldío que estaba ahora medio cubierto por el agua de las bombas. En algunas partes del terreno la tierra había absorbido el agua, saturando el lugar de numerosos charcos de barro. A pesar de que el incendio se había extinguido hacía horas, había allí todavía una buena cantidad de curiosos, la mayoría de ellos palomillas. *Lou* Chou se acercó prudentemente, tratando de mirar más allá del muro que rodeaba toda la fábrica.

Pese al muro, que por cierto no era muy alto, los daños de las instalaciones eran visibles desde afuera. Tres de las construcciones habían sido quemadas hasta su techo de calamina, y estaban ennegrecidas por completo. En una de ellas la intensidad del fuego había abierto un enorme hueco, torciendo la calamina como si fuera un rollo. *Lou* Chou, que había visitado la fábrica en muchas ocasiones, se dio cuenta de que el almacén había sido reducido prácticamente a escombros, y que dos de los talleres, por lo menos, estaban en una situación muy similar.

Lou Chou permaneció parado en medio de un charco de barro por más de una hora, evaluando mentalmente los daños en términos monetarios. Cuando se dio finalmente por satisfecho, subió de nuevo a su Chevrolet y se alejó dando un complicado rodeo por los alrededores, para no tener que pasar por delante de la fábrica.

Dos días más tarde logró ver a su compadre. *Lou* Lam se veía cansado y soñoliento. Sin duda alguna no había pegado los ojos en días y, ciertamente, no le faltaban motivos. Estaba echado sobre un sillón de mimbre, cerca de la piscina, tomando un vaso de vodka. "Hola, compadre", dijo levantando el vaso, al verlo entrar. "¿Quieres una copa?"

Lou Chou dijo que no. Había preparado de antemano un breve discurso de pésame y se lo largó de inmediato. Mientras hablaba, *lou* Chou notó que su compadre lo miraba de una manera muy peculiar, como si quisiera escudriñar dentro de él, y aquello lo incomodó. Durante el trayecto de regreso, *lou* Chou se preguntó intranquilo si la expresión de su rostro o el tono de su voz no le habría traicionado en algún momento de aquella conversación.

A partir de aquel día del incendio, *lou* Chou se transformó prácticamente en otro hombre. Dejó de sentirse frustrado y amargado, y su humor fue mejorándose de día en día. Una mañana incluso bromeó brevemente con la más roñosa de sus parroquianas, a quien antes odiaba casi a muerte. *Lou* Chou mismo estaba asombrado por esta transformación suya. No ignoraba, sin embargo, a qué obedecía esta sorprendente transformación; y por ello a veces se reprochaba a sí mismo. ¿Es que necesitaba ver a alguien en desgracia para poder sentirse feliz?

III

A MEDIADOS de setiembre *lou* Lam envió a su compadre una invitación para que fuera, con toda la familia, a una cena privada en su mansión. Desde el incendio, ambos habían dejado de verse por diferentes razones: *lou* Lam estaba entonces muy ocupado con las compañías de seguros y con las reparaciones; y *lou* Chou, siendo un hombre de tacto, no quiso ser inoportuno. Las cenas privadas las preparaba *lou* Lam mismo, que de vez en cuando gustaba de rememorar sus lejanos días de cocinero y ejercitar sus conocimientos culinarios. *Lou* Chou tuvo la sensación de que su compadre lo había invitado para anunciarle algo importante y digno de ser motivo de una pequeña celebración. De no ser así, *lou* Lam no se habría encargado personalmente de preparar los platos. La cena fue deliciosa. Uno de los platos resultó ser *páu-yui*, que *lou* Chou no había probado en años. *Lou* Lam lo había mandado traer de contrabando desde Ecuador y lo reservaba para las grandes ocasiones.

Después de la cena, las esposas y los hijos de ambos se retiraron a la sala y los dejaron solos en el comedor, tomando vodka. *Lou* Lam estaba muy formalmente vestido, con terno, corbata y todo. Había tomado una buena cantidad de licor y tenía el rostro encendido. La sirvienta se retiró después de que *lou* Lam le ordenara traer otra botella de vodka.

Lou Lam encendió un cigarrillo y fumó en silencio durante un buen rato. Finalmente rompió el silencio. "Las compañías de seguros acaban de pagarme", dijo, satisfecho.

Conque ése es el motivo de esta pequeña celebración, se dijo *lou* Chou, sorprendido de que su compadre pudiera hallar en ello una razón para festejarse. Las indemnizaciones pagadas por las compañías de seguros nunca alcanzan a cubrir el monto total de las pérdidas, por la sencilla razón de que las instalaciones y otros activos fijos nunca son asegurados en forma adecuada. Y *lou* Chou lo sabía perfectamente. Contestó sin mucho entusiasmo, "¿De veras?"

"Muy de veras", dijo *lou* Lam; la poco entusiasta reacción de *lou* Chou no hizo que su buen humor sufriera ningún desmedro. Tiró la colilla al piso, que no estaba alfombrado en esta parte del comedor, la pisó enérgicamente con el pie y encendió otro Marlboro.

Lou Chou se sirvió para sí otro trago.

"Dime, compadre", dijo *lou* Lam, después de dar unas largas chupadas a su cigarrillo y, al parecer, apartándose del tema anterior, "¿crees tú que soy un hombre de suerte?"

Lou Chou no esperaba ni en sueños que le hicieran una pregunta semejante. Podía un hombre, que acababa de perder nada menos que treinta y cinco millones de soles, considerarse a sí mismo un hombre de suerte? Aun cuando las indemnizaciones de las compañías de seguros pudieran reducir esa pérdida a menos de la mitad, el asunto no era de ningún modo un golpe de buena fortuna. Por unos segundos *lou* Chou miró a *lou* Lam desconcertado, sin saber exactamente si éste le estaba tomando o no el pelo.

"Siempre lo has sido", optó finalmente por una cautelosa respuesta. "¿Por qué?", agregó con curiosidad.

Lou Lam sacó el cigarrillo de la boca, tomándolo con el dedo pulgar y el índice, de una forma poco elegante. Aquel gesto era lo único que discrepaba con su aspecto externo, pulcro y sofisticado, y hacía recordar a *lou* Chou de aquel hombre callado y pobre que tuvo de compañero de camarote varias décadas atrás. *Lou* Lam se rió con aire de misterio, y obviamente muy complacido de sí mismo por haber dejado a *lou* Chou totalmente despistado.

"Siempre he sido un hombre de suerte, como acabas de decir", dijo luego, ya completamente en serio, "pero no sabes realmente en qué medida soy afortunado. ¿Sabes, por casualidad, que no he perdido plata con el incendio sino todo la contrario, que he salido ganando?"

Lou Lam era sin duda alguna un hombre dotado de un talento histriónico natural, que sabía perfectamente bien cómo crear un clímax y cómo obtener el mejor efecto de ello. Inmediatamente después de haber dicho esas últimas palabras volvió a insertar el cigarrillo entre sus labios, sin prestar atención a su compadre. Todo su interés parecía concentrarse en el cigarrillo. *Lou* Chou, por su parte, no daba crédito a lo que había oído.

"¿Lo dices en serio?", dijo al cabo de un largo silencio.

Lou Lam levantó finalmente el rostro. "Desde luego", dijo con aparente candidez, como si se sorprendiese de que fueran capaces de dudar de sus palabras.

La perplejidad de *lou* Chou llegó al colmo. "¿Y cómo?"

"Si te lo digo", dijo *lou* Lam socarronamente, "¿me prometes no decírselo a nadie más?"

Estaba de más exigir una promesa como ésa a *lou* Chou y él lo sabía perfectamente, pero se divertía sacándolo de quicio. *Lou* Chou replicó molesto, como él esperaba. "Nunca he sido un chismoso. Tú lo sabes mejor que nadie".

"Bueno, bueno", dijo *lou* Lam en tono un poco condescendiente, tratando de aplacarlo. Permaneció un rato callado, tomando su tiempo, mientras su compadre lo miraba con indisimulable expectación. "¿Sabías que desde hace unos cinco años la fábrica no marchaba bien?", dijo al fin. "¿Sabías que me estaba yendo derechito a la bancarrota?". Al parecer, el recuerdo de aquello todavía lo inquietaba, pues dejó de repente su socarronería y sus afectaciones a un lado.

"No", respondió *lou* Chou con franqueza. La idea de que el negocio de *lou* Lam, siempre tan próspero al parecer, pudiera haberse ido a la quiebra tal como lo afirmara el mismo *lou* Lam, no sólo no había pasado jamás por su cabeza, sino que hubiera sido la última cosa que sería él capaz de imaginarse.

"No, por supuesto", dijo *lou* Lam, suspirando. "Después de todo, tú jamás has podido entender el funcionamiento de una fábrica. Pero lo cierto es que la fábrica marchaba mal: producíamos mucho y no vendíamos bien. El stock se iba acumulando en los almacenes y yo no podía parar la producción ni despedir a los obreros. ¿Has visto mis almacenes? Estaban repletos hasta el techo. ¿Qué iba yo a hacer con tantas camisas y tantos pantalones que no podían venderse? Las planillas y los gastos me tenían prácticamente asfixiado. Me endeudé y me desesperé. Un buen día —debí haber estado loco o cerca de estarlo— le dije al contador que comprara más pólizas contra incendio. Aseguré la fábrica en cuatro compañías de seguros por una suma exorbitante. ¿Sabes qué fue lo que había cruzado entonces por mi cabeza?"

La expresión del rostro de *lou* Chou, que lo miraba incrédulo, era de sobresalto. "¿No querrás decir que tú mismo has quemado la fábrica?", dijo.

Lou Lam volvió a reírse alegremente. "Pues eso fue lo que me pasó entonces por la cabeza", dijo. "Pero, naturalmente, no hice nada de eso. A pocos días de haber comprado las nuevas pólizas ya me encontraba reprochándome por la tontería que acababa de cometer. Yo no he nacido para incendiario: me falta valor para serlo. Si lo hubiera hecho, de seguro me habrían descubierto y me habrían mandado a la cárcel. No, yo no hice nada de eso". *Lou* Lam tiró la colilla al suelo y extendió la mano derecha hacia su vaso de vodka, que no había tocado casi. "Ahora bien", continuó su relato después de haber remojado sus labios en el licor, "imagínate ahora que una noche, mientras todavía seguía lamentándome por mi estupidez, el guardián nocturno de la fábrica me telefonea y me dice que el almacén acaba de incendiarse y que el fuego se va propagando hacia los talleres. ¿Alguien le ha prendido fuego? le pregunté asustadísimo al guardián, porque si alguien lo hubiera hecho la sospecha recaería inmediatamente sobre mí, por lo de las pólizas extras. Cómo iba a ser, me contestó el guardián: seguro que ha sido un corto circuito. Y así fue: unos cables que se fundieron enhorabuena, mucho viento y mucho material inflamable acumulado en un solo lugar. . . . ¿No es eso un verdadero golpe de suerte? El incendio me quemó todo el stock y tres talleres quedaron dañados, pero me salvó nada menos que de una quiebra inminente". *Lou* Lam se detuvo de nuevo para apurar un largo sorbo de vodka, miró sonriente a su compadre y dijo en un tono más bajo, más pausado y al mismo tiempo más confiado, "No cabe la menor duda de que soy un hombre de lo más afortunado".

"No cabe la menor duda", repitió *lou* Chou mecánicamente, con una voz apenas audible. Muy adentro de él, en la parte más íntima de su ser, algo había comenzado a desmoronarse, lenta pero inexorablemente, como un castillo de arena abandonado por los chicos que lo han levantado, mientras las olas del mar se rompen muy lejos de él y no pueden alcanzarlo.

Lou Chou se despidió a las dos de la madrugada. Regresó a casa en su viejo Chevrolet con su mujer y se metió de inmediato en la cama. A la mañana siguiente, *lou* Chou se despertó indispuesto y, por vez primera en más de diez años, no pudo salir a la tienda a atender a sus parroquianos. Quizá la culpa la tuvo la gran cantidad de licor que había ingerido, o quizá fue porque el *páu-yui* no estaba del todo fresco.

Quizá.

LA CONVERSION DE UEI-KUONG

QUINCE días antes del Año Nuevo, Uei-Kuong, el ex dependiente del Tío Keng, llegó, como lo hiciera todos los años desde hacía una década y algo más, a la tienda del anciano, para presentarle sus respetos. Era un *pai-nin* adelantado —el *pai-nin* se hace el mismo día del Año Nuevo o en los días posteriores—, no del todo en regla con las costumbres regulares del caso, pero al Tío Keng no le importaba en absoluto esta irregularidad insustancial, menos aun sabiendo que Uei-Kuong, que vivía en Chincha, no venía todos los días desde tan lejos con el solo y exclusivo propósito de visitarlo y presentarle sus saludos. Uei-Kuong aparcó su viejo camión, polvoriento por el trayecto transitado, frente a la tienda del Tío Keng y entró en ella arrastrando un enorme saco de yute repleto de hortalizas, oliendo él mismo a polvo y a chacra. Las hortalizas, escogidas de entre las más frescas y las mejores de la cosecha que le daban las tierras que labraba en Chincha, era su presente de Año Nuevo. El Tío Keng había cedido el manejo de la tienda a su yerno varios años atrás y estaba virtualmente retirado, aunque solía aún, para matar el tiempo, salir a la tienda de vez en cuando y echar alguna mano. Vivía en el segundo piso pero pasaba la mayor parte del día en la trastienda, cuando no iba al Barrio Chino a pasearse. Había visto a Uei-Kuong cuando estacionaba el camión, de manera que cuando éste entró en la tienda el Tío Keng se había adelantado ya a su encuentro.

"Pasa, Uei-Kuong, pasa", dijo con no disimulado placer, como si fuera a un hijo a quien estuviese dando la bienvenida.

"Buenas tardes, Keng *tai-súk*", dijo Uei-Kuong mientras trataba de introducir el enorme saco de hortalizas a través de la portecilla del mostrador. Llevaba el pelo bastante corto, un corte que no había variado desde que el Tío Keng lo conociera, y se había puesto su mejor camisa. Excepto por las manchas de sudor que mostraba la camisa bajo las axilas, la fina capa de polvo en el cuero de los zapatos y el rostro transpirado, el aspecto de Uei-Kuong no presentaba mayores huellas del largo y agotador viaje.

El Tío Keng, tratando de ayudarlo, sostuvo abierta la portecilla con su mano derecha. "¿Cómo están tu señora y los niños?", preguntó solícito.

"Están muy bien", dijo Uei-Kuong sin levantar el rostro, aún ocupado con el saco de hortalizas. Su voz era fuerte, poderosa, casi atronadora: era la voz típica, si no obligada, de un hombre del campo. "Es muy amable de su parte".

Hablaban en cantonés, en voz alta y sin mostrar inhibición alguna frente a los numerosos parroquianos que había en la tienda en aquel momento. Estos últimos se habían quedado mirando boquiabiertos a Uei-Kuong. Uei-Kuong logró introducir finalmente el saco a través de la portecilla del mostrador. Dejó entonces el bulto sobre el piso, extendió su callosa mano derecha al viejo y estrechó la suya afectuosamente. "Keng *tai-súk*", dijo sonriendo, feliz de haberlo vuelto a ver. "Usted no ha cambiado en nada. Por usted parece que no pasan los años".

El Tío Keng suspiró. "Qué va a ser", dijo filosóficamente. "Si fuera efectivamente así mis viejos huesos no estarían sufriendo ahora de reumatismo. En cambio, tú sí tienes un magnífico semblante".

El aspecto de Uei-Kuong era por cierto envidiable: era corpulento como un toro, musculoso, ancho de espalda y lucía de pies a cabeza un saludable bronceado. El Tío Keng se percató de la forma cómo los parroquianos miraban asombrados a su ex dependiente y sonrió para sus adentros. Aquella era una expresión que había visto en no pocos rostros cada vez que Uei-Kuong se expresaba en cantonés. Por lo general, los *kueis* suelen mostrarse curiosos, si no burlones, cuando oyen hablar el cantonés o cualquier otro dialecto chino, pero jamás cuando lo hacía Uei-Kuong. Entonces sus reacciones eran de pura incredulidad y asombro, como lo fueron las reacciones del Tío Keng la primera vez que oyó hablar a Uei-Kuong. Aquello ocurrió veinte o más años atrás.

EL CAMBIO de avión fue en el aeropuerto de San Francisco y se llevó a cabo muy a despecho del Tío Keng, que volvía a Lima luego de un viaje de dos meses a Hong Kong y al continente.

Había regresado allá para ver por última vez a su septuagenaria madre, en compañía de Ah-lang, su hija, que tenía entonces ocho años. El avión era un DC de modelo nuevo y tan confortable y seguro como el anterior, en el que había cubierto el trayecto de Hong Kong a San Francisco. El único inconveniente consistía en que el Tío Keng y Ah-lang eran los únicos pasajeros chinos que había en él. Este detalle era desconsolador, sobre todo teniendo como perspectiva el hecho de que aún les faltaban dos continentes enteros por cruzar. En cambio, en la nave anterior hubo al menos cuatro compatriotas suyos en el compartimiento de turismo. Aunque uno de estos pasajeros, una señora delgada que pasó todo el trayecto sujetando debajo de su mentón una bolsa de plástico para los vómitos, no tuvo siquiera la urbanidad —o tal vez el tiempo— de responder a un simple saludo suyo, el Tío Keng pudo disfrutar sin embargo de la oportunidad de alternar con los demás. Con ello el viaje se hizo menos aburrido y las paradas, pasadas en cordial camaradería, mucho más gratas. Ahora, rodeado por *kueis* por todos los lados, el Tío Keng no tenía con quién conversar salvo atender y responder a las preguntas sosas que le hacía su hija. El Tío Keng había comprado en San Francisco un ejemplar de *The Young China*, un periódico editado en chino y trató de distraerse leyéndolo, pero abandonó la idea casi inmediatamente: nunca le había sido posible leer nada dentro de un medio de transporte en movimiento, menos aún tratándose de uno al que no estaba acostumbrado, como era un avión. Guardó de nuevo el periódico, cerró resignado los ojos y trató de dormitar; no esperaba obtener resultados muy halagüeños, sin embargo. El pasajero que se sentaba a su derecha, cerca al pasillo, se movió en su asiento y carraspeó algo. Al Tío Keng le pareció distinguir algunas palabras en cantonés dichas en una voz masculina. Desechó inmediata e instintivamente semejante idea descabellada y siguió con los ojos cerrados. Su hijita le tiró de la manga de su terno y dijo, "*Ah-pá*, el señor quiere hablar contigo". El Tío Keng abrió por fin los ojos y se irguió en su asiento. El pasajero de al lado lo estaba mirando y sonreía tímidamente. "Usted disculpe", dijo en perfecto y fluido cantonés, "pero, ¿me podría prestar su periódico por un momento?". Por unos segundos el Tío Keng tuvo la sensación de que su oído le estaba jugando una mala pasada. "¡Pero si éste es un *kuei*!", se dijo asombrado, mirando sin pestañear el rostro oscuro de su interlocutor.

Y no había la menor duda al respecto: el desconocido no tenía ni un solo rasgo físico que recordara a un chino; ni los ojos, que eran hundidos; ni la piel, que era cobriza; ni la nariz, que era muy pronunciada. Era corpulento, de estatura probablemente mediana, y a pesar de estar metido en un traje nuevo y de moda tenía el aire franco, rudo, casi inconfundible de un hombre que no está acostumbrado a la vida de las ciudades.

La hijita del Tío Keng fue la que se recobró más rápidamente de la sorpresa inicial. "¿Usted habla cantonés?", preguntó con gran interés.

"No sólo lo hablo", dijo en respuesta el desconocido. "Yo mismo soy de Kuangtung".

"¿Es usted de Kuangtung?", dijo la hijita del Tío Keng, abriendo incrédula los ojos.

"Me llamo Lau Uei-Kuong", dijo el desconocido, introduciéndose. Seguía sonriendo tímidamente, algo incómodo por haber resultado ser objeto de tanto asombro.

Para entonces el Tío Keng había recuperado ya su ecuanimidad. Estrechó la mano que Uei-Kuong le ofrecía y se introdujo a su vez. "Usted no se parece en absoluto a un cantonés ni a ningún otro nativo chino", señaló luego. "¿Es usted tal vez un *tusan*?"

Aun en el caso de que Uei-Kuong fuera un *tusan*, su total falta de rasgos orientales era realmente notable, ya que por regla general los *tusans* suelen heredar alguna que otra característica racial de su progenitor chino, cuando no lo son los dos de ellos.

Uei-Kuong movió la cabeza en señal negativa. "No soy un *tusan*, ni soy propiamente dicho un chino", respondió sin abandonar su tímida sonrisa. "Para ser exacto, soy lo que se llama un *kuei*, pero fui criado en el continente como un chino desde que tuviera memoria, y no sé hablar otra lengua ni comportarme de manera diferente a las de ustedes y de otros chinos".

Y lentamente, mientras el cuatrimotor atravesaba los bancos de nubes con aparente indolencia, sobrevolando el estado de California o tal vez los territorios de México, el Tío Keng fue enterándose de la vida poco usual de su compañero de al lado. Uei-

Kuong se llamaba en realidad Manuel Lau Manrique, y era el sobrino de un inmigrante chino que estuvo casado con la hermana mayor de su madre, ambas nativas. Uei-Kuong jamás supo nada de su propio padre. Jamás le hablaron acerca de él, ni siquiera cuando tuvo la edad y la madurez suficientes como para escuchar y aceptar la revelación más dura y desagradable. Su madre murió a poco tiempo de su nacimiento y Uei-Kuong vivió, prácticamente desde el momento en que nació, bajo la tutela de su tío, quien le dio el apellido. El viejo Lau, su tío, un comerciante que ya había amasado cierta pequeña fortuna y añoraba volver a su terruño para acabar allí apaciblemente los años que le restaban, vivía en una ciudad lejos de la capital. Un buen día el viejo Lau tomó a su sobrino de apenas dos años de edad en los brazos, cogió a sus dos hijos propios y se escabulló de la casa sin despedirse de su mujer. Se dirigió a la capital y ahí se embarcó en un vapor con rumbo a Japón. Luego de varios cambios de barcos y de trenes, el viejo Lau, acompañado por sus hijos menores y por su sobrino, volvió finalmente a Pun-yi, donde había visto por vez primera la luz de este mundo. En Pun-yi se reunió con su primera mujer, a la que siempre había considerado como la legítima, se hizo edificar una espaciosa casa y compró tierras para arrendárselas a los campesinos pobres. En algún momento de esta cobarde fuga, el viejo Lau puso a su sobrino el nombre de Uei-Kuong, y su verdadero nombre fue relegado al olvido.

En Pun-yi Uei-Kuong vivió y creció como cualquier niño chino del campo. A los cinco años fue puesto en una escuelita particular donde le hicieron aprender el *Sam Chi Ken*, un libro de palabras elementales agrupadas en "versos" de tres ideogramas cada uno, y le enseñaron a escribir con pinceles. En otoño se iba a los cerros a volar cometas y en verano a nadar en los riachuelos. Se subía a los árboles para robarles los huevecillos a los pajaritos, cazaba a los grillos para enfrentarlos en duelos contra los de otros chicos, y de noche iba a los arrozales a atrapar luciérnagas. El viejo Lau había reservado una pequeña —pero la mejor— parte de sus tierras para labrarla él mismo; y Uei-Kuong, acompañando a sus primos, ayudaba de vez en cuando a plantar brotes y a acarrear el agua. Uei-Kuong hallaba en estas labores mayor placer y satisfacción que asistir a la escuela, y a medida que crecía iba más a menudo a los arrozales que a ella, hasta que finalmente dejó de ir por completo. El viejo Lau no sólo no riñó a su sobrino por eso, sino que aceptó su decisión casi con complacencia. "La época de oro de los letrados ha terminado hace tiempo", solía decir. "Ahora es la era de los militares y de los terratenientes. Y puesto que jamás aceptarían a Uei-Kuong en la Academia Militar de Wang-pu, lo mejor es que trate de ser un terrateniente rico. Cuando me muera le dejaré un pedazo de mis tierras", prometió.

Pero el viejo Lau jamás llegó a cumplir esa promesa: calumniado por sus arrendatarios de terrateniente explotador y de haber cometido otras supuestas atrocidades, fue fusilado a comienzos del Primer Plan Quinquenal, luego de un proceso sumario. Sus tierras fueron confiscadas, sus hijos se desbandaron. Uei-Kuong logró escaparse a la colonia inglesa de Hong Kong. Tenía entonces veintidós años de edad y durante el tiempo que permaneció en la isla, vivió en las llamadas "tierras nuevas". Siete años más tarde, recurriendo a su nombre y a su nacionalidad originales, se embarcó en una nave de la Panagra rumbo a su país originario, para iniciar una vida nueva, pero a la vez llena de incertidumbre.

Cuando Uei-Kuong terminó su relato, el Tío Keng quiso saber adónde se dirigía.

"Me voy al Perú", declaró Uei-Kuong. Y temiendo que su interlocutor no supiera de qué lugar se trataba, agregó a modo de explicación, "Es un país de Sudamérica".

"¡Qué feliz coincidencia!", exclamó el Tío Keng. "Es allá adonde nos vamos de regreso ahora. He estado viviendo en ese país desde hace más de veinte años".

Uei-Kuong lo miró gratamente sorprendido. Y su sorpresa, o más bien dicha, fue tan grande que sólo después de varios minutos logró articular algunas palabras para expresar la satisfacción que sentía por el hecho de que tuvieran el mismo punto de destino.

DESPUÉS de estrecharles la mano al yerno y a la hija del Tío Keng, Uei-Kuong siguió al viejo a la trastienda, dejando el saco de hortalizas afuera.

La trastienda tenía más bien el aspecto de un almacén. Excepto por un espacio de tres metros de largo y dos de ancho, donde se habían colocado una sencilla mesa cubierta con un mantel a cuadros y algunas sillas, la trastienda había sido adaptada para servir de depósito para las mercancías de un negocio en creciente prosperidad. Sobre el mantel a cuadros azules había un termo, varias tacitas de porcelana para el té y una grabadora portátil que contenía grabaciones de algunas de las óperas cantonesas que tanto gustaban al anciano.

"Siéntate", le dijo el Tío Keng a Uei-Kuong, indicando una de las sillas. "Recuerda que ésta es como tu propia casa".

"Lo sé", dijo Uei-Kuong, sentándose con familiaridad en la silla, que estaba arrimada contra la pared. "Gracias".

El Tío Keng se sentó enfrente suyo. Tomó dos de las tacitas de porcelana, colocó una delante de Uei-Kuong y otra delante de sí mismo y extendió su mano derecha hacia el termo. "¿Una taza de té?", dijo.

"Gracias", volvió a decir Uei-Kuong. La necesitaba muy de veras: desde hacía más de tres horas no había tomado agua ni ningún otro líquido.

"Tengo té de jazmín arriba", señaló el Tío Keng mientras le servía el té, "pero creo que preferirás éste, que es más fuerte".

VARIAS semanas después de su regreso a Lima, el Tío Keng recibió una llamada de Uei-Kuong, a quien había dado su dirección y su número de teléfono antes de despedirse ambos en el aeropuerto. Uei-Kuong se había ido a vivir momentáneamente en la casa de la hermana de su madre, la ex mujer del viejo Lau, quien había vuelto a casarse y vivía ahora en Lima. Su tía, ya anciana, había ido a recibirlo en el aeropuerto acompañada de su hija, fruto de su segundo matrimonio, y allí se produjo una escena a la vez enternecedora y embarazosa: el embarazo se debía a que ninguno de los dos, es decir, ni Uei-Kuong ni la anciana, entendía al otro. El Tío Keng, no obstante su castellano nada envidiable, tuvo que improvisarse de intérprete. La anciana, que después de cerca de treinta años volvía a ver a su sobrino, a quien consideraba más bien un hijo suyo por haberlo tomado personalmente a su cuidado desde muy tierna edad, no pudo contener sus emociones y prácticamente se abalanzó sobre Uei-Kuong, cubriéndolo de besos. Uei-Kuong no estaba acostumbrado a tan efusivas formas de exteriorizar los sentimientos, propias de temperamentos más apasionados que los de los chinos, y se quedó tieso como un trozo de leña dentro de aquellos brazos maternales, incómodo y colorado. La anciana sollozó durante un buen rato, sin que él pudiera consolarla, dada su ignorancia del idioma, y cuando ella lo llamó "Manuel", Uei-Kuong tardó varios segundos antes de reconocer que se trataba de su nombre legítimo.

Uei-Kuong había llamado al Tío Keng para preguntarle si podía conseguir un trabajo para él, entre sus conocidos o entre otros miembros de la Colonia China. Su tía, dijo Uei-Kuong, había hecho lo imposible tratando de conseguirle algún empleo; no tuvo ningún éxito, pues el hecho de que Uei-Kuong no hablaba ni una sola palabra del castellano lo colocaba en clara desventaja en relación con otros candidatos. El Tío Keng vaciló unos minutos antes de responderle que lo llamaría días más tarde, y que entretanto iría haciendo las indagaciones. Uei-Kuong le dio las gracias, se despidió y colgó.

Aquella misma noche el Tío Keng libró una encarnizada lucha entre sus prejuicios y la simpatía que sentía por su nuevo conocido. El socio del Tío Keng había decidido venderle la parte que le correspondía e instalar su propio negocio de encomendería. De muy poco en adelante, el Tío Keng iba a necesitar otro par de manos, un ayudante que, aparte de trabajador y de competente, debía de ser además —o mejor dicho, debía de ser por encima de todo— de origen chino. Y es que el Tío Keng tenía enraizados prejuicios contra los empleados que no fueran de su misma nacionalidad; en otras palabras, empleados de origen *kuei*. El Tío Keng había empleado a varios de ellos tiempo atrás, y tarde o temprano siempre los había sorprendido robando el dinero o escamoteando las mercancías de la tienda. En cambio, ningún empleado compatriota suyo le había robado nunca, ni recordaba haber oído muchos casos de esa índole dentro de su círculo. Era de esperar, pues, que el Tío Keng arribara a una conclusión como ésta: los *kueis* no son de fiar. El Tío Keng jamás se había puesto a pensar por qué los empleados de su propia nacionalidad eran aparentemente diferentes: de haberlo hecho se habría dado cuenta de que no eran menos proclives al dinero ajeno o realmente más honrado que los empleados *kueis*. Los empleados chinos, en su mayoría reducidos a moverse dentro del círculo cerrado y estrecho que era la Colonia, a causa de sus limitaciones idiomáticas, eran conscientes de lo que un acto como el hurto pudiera significarles: no sólo su despido inmediato, sino la imposibilidad de hallar en el futuro cualquier otro trabajo dentro del restringido perímetro de la Colonia, su única fuente de empleos. Perder el buen nombre entre sus propios compatriotas no sólo era ignominioso: era suicida. Desgraciadamente, estas ideas jamás pasaron por la cabeza del Tío Keng. Creía firmemente que las pasadas experiencias con los empleados *kueis* le habían dado más que suficientes motivos como para desconfiar, indistintamente, de todos los *kueis*. Y ahora el Tío Keng debía enfrentarse a un difícil dilema. Pasó la noche en desvelo y en debate consigo mismo. A la mañana siguiente, cuando marcó el número de teléfono de Uei-Kuong, aún no estaba del todo decidido.

Una voz de mujer le contestó al otro lado de la línea. El Tío Keng pidió hablar con Uei-Kuong. Al cabo de un rato se dejó escuchar la voz potente, viril, de aquel. "Buenos días, ¿quién habla?", dijo en correcto cantonés, incluso más fluido y natural que el del Tío Keng, que no supo hablar el dialecto sino a partir de los dieciocho años, cuando se fue a vivir a la capital de la provincia. Apenas oyó la voz de Uei-Kuong todas sus dudas anteriores se disiparon como por arte de magia.

"Tengo un empleo para usted, señor Lau", dijo el Tío Keng. "¿Le gustaría trabajar para mí?"

Hubo una breve pausa.

"Nada me gustaría más", contestó Uei-Kuong al término de la pausa, con genuina sinceridad y aún no completamente repuesto de la sorpresa, "pero debo advertirle que no conozco otra cosa fuera de arar la tierra y plantar brotes de arroz". Y agregó tímidamente, a modo de disculpa, "Usted tendrá que perder mucho de su tiempo enseñándome el oficio, el idioma y quién sabe cuántas otras cosas más. . . ."

La última observación le hizo bastante gracia al Tío Keng: ¡enseñarle él el castellano a un *kuei*! ¿Cuándo se ha oído una ocurrencia como ésa? Pero Uei-Kuong no había querido de ningún modo ser gracioso, ni lo que dijo era ocurrencia alguna. Por muy increíble que pudiera parecer, eso iba a ser efectivamente parte de las futuras ocupaciones del Tío Keng.

Uei-Kuong se mudó a vivir en la trastienda, que entonces no tenía aún el aspecto de un almacén, aunque una buena parte de ella servía ya como tal. Compartía un cuarto con el otro dependiente del Tío Keng, un hombre marchito que hablaba muy poco y cuyo único interés parecía ser las carreras de caballos. Uei-Kuong jamás logró intimar con él. Cuando el hombre no estaba ensimismado en los pronósticos de las carreras, se quedaba sentado sobre su cama fumando un cigarrillo tras otro, la mente absorta en algo que se hallaba más allá de su propia persona y de todo lo que le rodeaba. El Tío Keng solía burlarse a espaldas de él diciendo que le recordaba a ratos a un viejo monje del Templo de las Nubes Blancas de Cantón, que se decía estaba próximo a alcanzar el estado del Nirvana.

Como era natural, la presencia de Uei-Kuong en la tienda constituía motivo de no poca extrañeza para los parroquianos del Tío Keng: no alcanzaban a comprender por qué no hablaba el castellano pero en cambio sí una lengua tan exótica como el cantonés. Uei-Kuong aprendía el castellano con gran lentitud y dificultad, pero, por otro lado, era fuerte, infatigable, empeñoso, de trato fácil y agradable.

Los sentimientos que el Tío Keng sentía con respecto a su nuevo dependiente eran complejos y muchas veces contradictorios. En tanto Uei-Kuong no dejara de hablar en cantonés, el Tío Keng era capaz de olvidarse completamente de su origen *kuei* y lo trataba con la misma confianza y la misma fe que a un compatriota suyo. Pero Uei-Kuong no podía quedarse hablando en cantonés todo el tiempo. Cuando permanecía en silencio, inescrutable la expresión de su rostro, o cuando se expresaba con lo poco que sabía del castellano, al Tío Keng le asaltaban temores y recelos repentinos. Toda la desconfianza hacia los empleados de origen *kuei* renacía de nuevo en aquellos momentos, al observar el rostro oscuro de Uei-Kuong, sus ojos profundamente hundidos y su nariz pronunciada. La ilusión de que Uei-Kuong fuera un chino se desvanecía, y el Tío Keng se veía obligado a aceptar la ingrata realidad de que por las venas de su empleado no corría ni una gota de la sangre del Emperador Amarillo, el ancestro mitológico de los chinos. Sin embargo, cuando Uei-Kuong volvía a dirigirse en cantonés a él, a su mujer, que de vez en cuando bajaba a la tienda a hacer alguna labor, o al otro dependiente, la ilusión se repetía de nuevo; la actitud del Tío Keng volvía a cambiar, y en ocasiones, llegaba incluso a recriminarse por haber abrigado tales recelos. Estos cambios de humor y de actitud se sucedían cíclicamente, y hubieran sido interminables de no ser por ciertos acontecimientos acaecidos más adelante, que vinieron a acabar de una vez para siempre todas las reservas que el Tío Keng sentía por su empleado *kuei*.

UEI-KUONG saboreaba su té con verdadera fruición. En su chacra no se permitía el lujo de tomar té directamente importado de Hong Kong muy a menudo. Normalmente no tomaba sino té nacional, de calidad infinitamente inferior, o simplemente agua hervida. Sólo en las grandes ocasiones, tales como el Año Nuevo o su propio cumpleaños, el té importado era sacado de su lata y puesto a cocer.

Uei-Kuong miró detenidamente al Tío Keng, mientras éste se iba al segundo piso a traer algún bocadillo. El anciano tenía veintitantos años más que él y había perdido a su mujer no hacía mucho, pero se conservaba admirablemente bien. A pesar de sus setenta años bien ganados, sus cabellos eran todavía más negros que grises. Sus ojos tampoco habían perdido el brillo, como suele ocurrir a las personas de cierta edad, cuyas miradas se apagan a medida que envejecen. Viéndolo, Uei-Kuong tuvo la confortante certeza de que al Tío Keng le quedaba aún muchos años por vivir.

HABÍA pasado Uei-Kuong cuatro años en forma ininterrumpida en la tienda del Tío Keng cuando, una noche, luego de cerrar el negocio, pidió hablar a solas con su empleador. Casi inmediatamente, el Tío Keng comprendió de qué se trataba, pues no era la primera vez que algún pariente, amigo o incluso empleado suyo se le acercara para pedirle un préstamo. Entre los chinos —excepto, por supuesto, a aquellos que viven de una u otra forma de la usura— es práctica común dar dinero en préstamo sin exigir a cambio garantías, ni hacerse firmar letras u otros engorrosos documentos de respaldo. El prestador obra en esos casos únicamente en base a la confianza que le tiene a la persona que ha pedido el préstamo; y por ello corre un riesgo potencial. Dadas las características tan especiales de este tipo de préstamos, el favorecido, por lo general, es siempre algún familiar muy cercano o algún amigo muy íntimo del prestador. No teniendo ningún nexo familiar con el Tío Keng y siendo su mutuo conocimiento relativamente reciente, Uei-Kuong, íntimamente, no creía tener el derecho a hacer una petición semejante. Por eso se mostró bastante cohibido e indeciso antes de abordar el tema, y de no ser por la mirada de aliento que el Tío Keng le dirigió, seguramente hubiera optado por dar marcha atrás.

"Vengo a pedirle en préstamo cierta suma de dinero", dijo Uei-Kuong, yendo directamente al asunto. "Un amigo mío y yo hemos pensado en poner una tiendecita en La Victoria, pero nos hace falta capital". Y agregó, refiriéndose a su amigo y futuro socio, "Tal vez usted lo conozca: es el hijo menor del viejo Chao, el de Miraflores".

Uei-Kuong tuvo de repente la impresión de que el viejo sabía ya todo lo referente a sus planes, incluyendo la identidad de su compañero en la aventura empresarial. Esperó que le hiciera un riguroso interrogatorio, pero el Tío Keng dijo simplemente, "¿Cuánto necesitas?"

Uei-Kuong carraspeó. "Ciento veinte mil soles", dijo casi en un susurro: en aquella época ciento veinte mil soles eran una fuerte suma. Era la cantidad exacta que necesitaba para cubrir la parte faltante del capital, pero Uei-Kuong se hubiera contentado con obtener del Tío Keng la mitad de esa suma.

El Tío Keng se reclinó contra el respaldo de la silla en que estaba sentado, mirando con el ceño fruncido algún punto imaginario en la parte superior de la pared opuesta. Uei-Kuong se sintió abatido repentinamente. No habrá préstamos, se dijo. Pero el viejo volvió a posar la mirada en él después de unos segundos. "No tengo tanta plata en efectivo", dijo tranquilamente. "Te daré ochenta mil ahora. El resto lo tendrás de ahora a tres meses, después de que capitalicen los intereses de mi cuenta de ahorro".

El Tío Keng conocía los planes de Uei-Kuong de antemano. Sabía que sólo era cuestión de tiempo que viniera a pedirle plata. Tuvo, pues, suficiente tiempo para meditar y tomar una decisión. Y decidió tomar todo el asunto como una apuesta y el préstamo como una inversión (no de orden económico, sino afectivo). Era consciente de los riesgos que entrañaba esta extraña apuesta, pero los cuatro años que Uei-Kuong había pasado con él habían borrado muchos de los prejuicios que sentía contra los *kueis* (De no ser esto cierto, por lo menos sus sentimientos hacia este *kuei* en particular era diferente a los que sentía hacia los demás). A sus ojos, su empleado se parecía cada día más a un chino nativo que a un *kuei*. Al igual que un chino, Uei-Kuong no podía hablar decentemente ni siquiera el castellano más elemental, pese a los cuatro años transcurridos. Su vocabulario se reducía a los nombres de los artículos que se vendían en la tienda y a unas cuantas expresiones de uso común, y su pronunciación era tan deplorable como la del Tío Keng o incluso peor. El Tío Keng siempre había creído que los chinos eran las personas con menos aptitud natural para aprender lenguajes; después de conocer a Uei-Kuong, se dio cuenta de que no era en realidad una simple cuestión de aptitud o don natural. La proverbial incapacidad de los chinos en aprender el español o cualquier otro idioma occidental se debe a la diferencia abismal existente entre éstos y su lengua materna: una diferencia no sólo de orden gramatical y fonético, sino fundamentalmente sintáctico. Uei-Kuong, para quien el cantonés era su lengua materna y no el español, padecía de esa ineptitud de la misma forma que cualquier chino.

El préstamo permitió a Uei-Kuong instalar su propio negocio e independizarse económicamente. Con ello el Tío Keng perdía a un empleado modelo, que cada día era más difícil de hallar, pero el viejo se consolaba diciendo a sí mismo que a cambio ganaba la gratitud y la amistad de un buen hombre. Y el Tío Keng no se equivocó.

Uei-Kuong solía hacer frecuentes visitas a su ex empleador, pero había una en cada año que tenía para él un significado especial. Esa visita la hacía varios días antes de cada Año Nuevo; era el día en que Uei-Kuong venía a *pai-nin*. Era, asimismo, el día en que venía a devolver al Tío Keng parte del dinero que le adeudaba. Como el Tío Keng se había rehusado a cobrarle intereses por el préstamo, la única forma para Uei-Kuong de testimoniar su gratitud era atiborrando al viejo y a su familia de obsequios, aprovechando la ocasión de la fiesta. Cuando, años más tarde, terminó finalmente de devolver al Tío Keng los ciento veinte mil soles, Uei-Kuong continuó trayendo regalos año tras año, al término de cada uno de ellos.

Cuando logró tener la marcha del negocio asegurada y ahorrar cierta buena suma de dinero, decidió por fin casarse. Tenía entonces cerca de cuarenta años. Hacía tiempo que debió haberlo hecho. Su anciana tía, que por años había tratado de convencerlo para que dejase la soltería, se había cansado ya de que sus palabras cayeran siempre en oídos sordos. Pero Uei-Kuong sostenía obcecadamente que no debía casarse mientras su situación económica no fuera estable y no estuviera en condiciones de dar a su futura esposa y a sus futuros retoños una vida más o menos asegurada. Uei-Kuong no quería vivir, como muchos de sus primos, con la carga de una familia pendiendo sobre su cabeza como una espada de Damocles, en constantes zozobras a causa de apuros pecuniarios.

Con la finalidad de que hiciera amistad con las chicas, la tía lo llevaba en lo posible a todas las reuniones familiares y sociales; pero Uei-Kuong, que iba siempre muy renuente, se mostraba tan inepto en el galanteo como en el manejo del español. Uei-Kuong no bebía cerveza; no sabía ningún baile ni le gustaba bailar; parecía torpe porque se conducía con una simplicidad desusada en el medio; y era increíblemente tímido para un hombre de su edad. Se sentía fuera de lugar en aquellas reuniones y aprovechaba cualquier oportunidad que se le ofrecía para escurrirse. No llegó jamás a intimar con ninguna de las chicas que le eran presentadas. La barrera idiomática, si bien existió en alguna forma, no jugó un rol importante en ello. Si había algo que se interponía entre las chicas y él, y que él no era capaz de franquear, aquel algo era de índole psicológica. Aunque Uei-Kuong podía comunicarse con las chicas, con gran esfuerzo por cierto pero más o menos inteligiblemente, esa comunicación era meramente superficial: carecía siempre de profundidad e intimidad. Las chicas le parecían a Uei-Kuong como pertenecientes a otra raza, otro pueblo u otro mundo, muy distinto al suyo. Y fue por eso que un día, durante una de sus visitas regulares a la tienda-casa del Tío Keng, y después de un breve preámbulo en la trastienda con el viejo, Uei-Kuong subió al segundo piso y por más de una hora se encerró con la mujer de aquel: la Tía Keng tenía cierta fama de casamentera.

No fue difícil para la Tía Keng encontrar una chica apropiada para Uei-Kuong, aun cuando no fuera casamentera profesional sino amateur, pero convencer a los padres de la chica de que Uei-Kuong era el marido idóneo que esperaban para su hija ya es harina de otro costal. ¿Cuántos padres chinos que tengan algo de buen criterio y sensatez permitirían que sus hijas se casen con un *kuei*? No muchos, por cierto. Por otro lado, ¿qué muchacha de origen chino, salvo que fuera una *tusan*, preferiría a un *kuei* de marido? Tal vez ninguna.

Después de dos tentativas frustradas en que en vano trató de demostrar que Uei-Kuong era un *kuei* muy diferente a los otros y a quien no debían mirar con los mismos cristales del prejuicio, la Tía Keng no tuvo más remedio que cambiar de *modus operandi*. ¿Por qué mencionar la verdadera nacionalidad de Uei-Kuong? ¿Por qué no dejar que piensen que es un *tusan*? Después de todo, Uei-Kuong llevaba el apellido del viejo Lau y por ello bien podía hacerse pasar por un *tusan*. No era por cierto un *tusan* muy convincente, por su falta total de rasgos chinos; pero, a fin de cuentas, un *tusan* poco convincente era mucho más preferible que un *kuei* confeso. Sin embargo, pese a esta concesión Uei-Kuong fue considerado aún con recelo: ¡bien puede ser que un *tusan* no haya heredado ninguna de las tantas cualidades y virtudes de su progenitor chino, y en cambio sí todos los defectos indeseables de su otra estirpe! Cuando *lou* Koc, de Jesús María, aceptó finalmente dar a Uei-Kuong su hija de veintisiete años en matrimonio, no fue sino después de haberlo convidado a comer, en su casa, en más de cuatro oportunidades. Aquellas cenas fueron en realidad lo que lo envalentó a tomar una decisión tan temeraria. Escuchar hablar a Uei-Kuong en cantonés fluido y verlo comportarse con timidez — cualidad o defecto que difícilmente puede esperarse de un *kuei*— y la sencillez de un hombre que había crecido en el campo y cuyo corazón aún le pertenecía, fueron argumentos más efectivos que todas las alabanzas y encomios de la Tía Keng.

La boda de Uei-Kuong se realizó con una ceremonia sencilla. Hubo un pequeño banquete, y a él asistieron los pocos de sus parientes, los familiares más cercanos de la novia y la familia del Tío Keng. En cambio no hubo viajes de luna de miel, pues las limitaciones de Uei-Kuong no le permitían mayores gastos; y porque, para ser fiel a la verdad, la idea de una "luna de miel" jamás pasó por la cabeza de Uei-Kuong, que no era precisamente un espíritu romántico.

En los cuatro años siguientes, la mujer de Uei-Kuong le dio dos varones y una niña. Uei-Kuong habló con el Tío Keng sobre su deseo de poner al primogénito en el *Sam Men*, cuando éste cumpliera los seis años; pero el plan nunca llegó a materializarse. En el quinto año de su matrimonio, Uei-Kuong vendió a su socio la parte de la tienda que le correspondía, se mudó a Chincha, compró allí una chacra y se puso a trabajarla. Más pudo su vocación innata de hombre del campo que todas las ventajas y promesas que ofrecen las grandes ciudades.

"¿CÓMO va tu chacra?", preguntó el Tío Keng, mientras partía un pastelillo chino en dos mitades. "Oí decir que ha habido sequía en la región del sur".

"Por suerte ha sido sólo por unos pocos meses", dijo Uei-Kuong, sonriendo, "aunque nos tuvo preocupados a todos. Si duraba más se habría malogrado la cosecha de las hortalizas".

"Ah, las hortalizas", dijo el viejo. "¿Has tratado alguna vez de plantar *wo-si* en tus tierras? Se está vendiendo muy bien el *wo-si* en el Barrio. Parece que lo cultiva alguien de Sen-ui en Cañete".

El Tío Keng metió una de las mitades del pastelillo en la boca y prácticamente la tragó sin masticarla con su dentadura postiza, que le había costado una buen suma de dinero y que no había resultado del todo satisfactoria. "Come", instó a Uei-Kuong, indicando el plato que contenía los pastelillos.

Uei-Kuong prefirió servirse otra taza de té. Se dijo para sí que después de despedirse del Tío Keng aprovecharía la ocasión para ir a dar unas vueltas por Paruro y por Capón, y que antes de marcharse de regreso iría al *Sen Chun Wa* a comprar una lata de té y una botella de salsa de marisco. No me debo olvidar sobre todo de la salsa de marisco, se dijo. Trató de recordar qué otras cosas debía de comprar además, pero la voz del Tío Keng lo sacó de su involuntaria distracción. El viejo quería saber en qué año estaba su hijo mayor.

"Está en el cuarto de primaria", dijo Uei-Kuong.

"Es un chico inteligente", aseveró el Tío Keng. No pretendía halagar a su ex dependiente; simplemente reafirmaba algo que era un hecho ya reconocido. "Lástima que no puedas ponerlo en el *Sam Men* y que en Chincha no haya un colegio chino", agregó un poco decepcionado.

"Lo sé", contestó Uei-Kuong con resignación. El único inconveniente en vivir lejos de Lima siempre había sido para él el no poder colocar a sus hijos en el colegio chino. Los chicos fueron puestos en una escuela pública, y ni Uei-Kuong ni su mujer estaban contentos con este hecho. La mujer de Uei-Kuong sostenía que, estudiando al lado de chicos *kueis*, sus propios hijos corrían el riesgo de ser "estropeados" por aquellos. Uei-Kuong mismo no estaba lejos de sentir lo mismo.

"Tal vez debieras mandarlos a vivir en Lima, con tus primas, para que pueda estudiar en el *Sam Men*", prosiguió el Tío Keng. "De lo contrario no tardará en convertirse completamente en un *kuei*".

"De hecho ya es todo un *kuei*", contestó Uei-Kuong, suspirando, sintiéndose más que nunca impotente. Solía sentir lo mismo cuando algunas veces, ya fuera en Pun-yi o en Chincha, no había lluvia por meses y las tierras labradas se secaban y se cuarteaban ante sus ojos, sin que él pudiera hacer nada para remediar la situación. "Por más que le pego no quiere hablar cantonés en casa", dijo; "y no nos tiene respeto ni a mí ni a su madre".

"Deberías tratarlo con mayor severidad", dijo el Tío Keng gravemente. "Todos los chicos aprenden si les dan suficientes palizas en los lugares apropiados". Y añadió a modo de ilustración, remontando su memoria unos sesenta o más años atrás, "Mi padre solía darme de latigazos con una vara de mimbre en las pantorrillas cada vez que me portaba mal. ¡Hay que ver cómo dolían y también cómo me enderezaron aquellos varazos!"

Uei-Kuong tomó uno de los pastelillos chinos y empezó a pelar su capa exterior en silencio. Sus ojos hundidos se concentraron en el pastelillo y en lo que hacían sus ásperas manos. Era difícil adivinar lo que pasaba en ese instante por su cabeza, pues su rostro oscuro, como siempre que se hallaba serio, no mostraba expresión alguna. El Tío Keng lo miró atentamente y la vista no le gustó: cuando Uei-Kuong se callaba y se ponía adusto, daba la impresión de que fuera un *kuei*. Para romper esta ilusión tan poca grata el viejo extendió de nuevo la mano hacia el termo y se apresuró a decir, solícito, "¿Un poco más de té?"

El hombre de nariz pronunciada que se hallaba enfrente suyo levantó su rostro del pastelillo, contestó en suave y cálido cantonés, "Gracias, Keng *tai-súk*", y adelantó su taza media vacía para que se la llenara nuevamente.

EN ALTA MAR

EL BARCO, una fragata de novecientas toneladas, se llamaba *Luisa Canevaro* y se dirigía al otro lado del océano, a nueve mil millas de distancia de Macao, de donde había partido. La travesía había durado ya más de dos meses y medio. Inicialmente se habían embarcado setecientos treinta y nueve culíes; para ahora ciento ochenta de ellos habían muerto. La disentería era el señor absoluto y déspota dentro de las atiborradas bodegas. Arriba, en la cubierta, lo era el capitán extranjero de tupidos bigotes negros y largas patillas, el mismo que, cuando se produjo a bordo el primer brote de rebelión, había hecho arrojar a uno de los culíes por la borda nada más para demostrar a aquellos hombres de tez amarilla y ridículas coletas quién era el que mandaba en el barco. En las tres ringleras de plataformas dispuestas dentro de las bodegas los culíes se hacinaban como puercos, el aire era irrespirable por el hedor que esa multitud infrahumana despedía, y los piojos y las ratas se multiplicaban por doquier a medida que se agravaban el abandono y la suciedad. A partir del decimosexto día de travesía hubo tempestades y vientos huracanados que duraron por espacio de más de un mes. Las escotillas fueron cerradas. Semanas antes, ya se había prohibido a los culíes subir a la cubierta para tomar aire fresco: cuando la nave entró en el puerto de Yokohama, uno de los culíes que se encontraban en cubierta se había arrojado al mar y había tratado de nadar hacia uno de los barcos fondeados allí, pero se ahogó antes de poder alcanzarlo. A partir de aquel desagradable incidente el capitán dispuso la prohibición. La prohibición no sólo regía durante el tiempo en que el *Luisa Canevaro* tocaba algún puerto, sino también cuando la fragata se hallaba en alta mar. Esta parte de la medida tenía por finalidad evitar que los culíes se matasen en las agitadas aguas del océano, como escapatoria a mayores y más padecimientos, aumentando de ese modo el índice de mortalidad que de por sí ya era excesivo. Echados, sentados o acurrucados sobre los tarimones, apretujados unos contra otros, los culíes habían perdido desde tiempo atrás cualquier ilusión que alguna vez hubiesen abrigado respecto a lo que les aguardaba al otro lado de las aguas. Muchos de ellos, los que fueron raptados y embarcados a la fuerza, ni siquiera habían tenido el placer de disfrutar, al menos brevemente, de esa ilusión falaz. Entre estos cientos de infelices uno se retorcía ahora sobre su tarima de madera sin que nadie le prestase la menor atención. El hombre había comenzado a desvariar la noche anterior o quizá antes. En su delirio hablaba, gritaba y se quejaba en un dialecto tan extraño (seguramente no era nativo, como los demás, de la provincia de Kuangtung o de Fukien, sino de alguna otra) que ninguno de sus compañeros de infortunio pudo entenderlo. Desde hacía cuatro días se había rehusado a tomar su ración, que era de arroz, cecina y verduras. Nadie sabía con exactitud si el hombre se rehusaba a comer porque su debilitado estómago no podía soportar la comida, o si se había enfermado porque se había negado deliberadamente a probar alimentos.

PARA PODER subir al junco había tenido que pagar a los guardias de seguridad quince onzas de oro, que eran todo lo que había podido salvar del otrora próspero negocio que tuvo en Cholon. Antes de abordar el junco, que no tenía nombre alguno, los doscientos y tantos pasajeros fueron agrupados en un área cercada por alambres de púas. En ese lugar llenaron unos formularios de color amarillo, se pesaron las láminas y los objetos de oro, y a cambio de éstos recibieron, en una irónica muestra de eficiencia y corrección burocráticas, un comprobante que acreditaba su recibo. El junco partió con el mar en calma, pero casi al anochecer fue sorprendido por un terrible huracán, que por poco no lo volcó. Los refugiados que viajaban en la cubierta se mojaron de pies a cabeza y muchos de ellos cayeron enfermos. El dueño del junco hizo subir a los que viajaban en la bodega y mandó bajar de la cubierta a los que tenían calenturas. A él lo colocaron en una dura litera de madera. Alguien, sin duda un alma caritativa, le trajo y le hizo tomar una aspirina; pero la fiebre no bajó, sino que prosiguió su espiral ascendente. El vaivén de la nave era incesante, intenso. El olor nauseabundo de los vómitos llenaba todo el cerrado ambiente de la bodega, que hasta hacía poco había servido para almacenar pescados. Una Torre de Babel de miniatura bullía en torno suyo: a pesar del sopor febril en que se iba sumiendo pudo reconocer el cantonés, el amoy, el *hakká*, el swatow y algunos otros dialectos chinos. También oyó hablar el anamita y el francés, sobre todo entre los pasajeros más jóvenes. Los niños y las mujeres chillaban cada vez que el junco se inclinaba demasiado: cada vaivén entrañaba el peligro de una volcadura.

En el tercer día de la travesía el junco fue abordado por piratas a plena luz del día. Desde la litera donde se hallaba tendido, oyó primero los gritos y luego los sollozos de las mujeres a través de las hendiduras que había en la cubierta de madera. Oyó también una especie de tumulto que no tardó en acallarse. Cuando los tailandeses terminaron de quitarles sus posesiones a los que viajaban arriba, y después de saciar largamente sus bajas pasiones en las niñas y las mujeres, bajaron a la bodega a saquear. A él le palparon el cuerpo y la ropa. El primer pirata que lo registró, ya fuera porque llevaba prisa o porque carecía de suficiente experiencia, pasó por alto la sortija de oro que había pegado cuidadosamente, con esparadrapos, en la parte inferior de su pierna izquierda. Pero luego vino otro, y éste en cambio no vio la menor inconveniente en meter su mano entre sus piernas. El pirata le arrancó la sortija de un tirón inmisericordioso. El hombre enfermo pegó un lastimero grito y su frente, empapada ya a causa de la alta fiebre, se cubrió aún más de sudor. Oyó a alguien a su lado suplicar en amoy para que no tocasen a su mujer. No la tocaron: ¿quién iba a interesarse en mujeres afiebradas, con toda probabilidad enfermas de pulmonía? Cuando los piratas se marcharon al fin el hombre dio rienda suelta a las lágrimas, mientras palpaba el lugar donde había estado su sortija, su última posesión de valor, y mientras los demás lloraban también sus pérdidas, su impotencia o el cruel vejamen del que fueron víctimas. Y aquella misma noche su respiración se hizo más difícil y empezó a sufrir ahogos.

EN SU DESVARÍO se vio a sí mismo muerto y su cadáver devuelto a la pequeña aldea de campesinos en donde había nacido y de donde había partido en busca de mejores horizontes. Lo velaron en el viejo templo de la aldea y su mujer, vestida de riguroso luto, en un traje de lino grueso de color blanco, pagó a los bonzos para que rezaran los vedas por el descanso de su alma. Cuando el ritual concluyó, aseguraron el rojo ataúd de tablones con clavos de madera y lo llevaron en varas de bambú colina arriba. En el camino hacia el cementerio ancestral donde sería sepultado al lado de sus antepasados, alguien iba dejando caer al paso de la raleada procesión hojitas rectangulares de papel impreso. Su mujer había cuidado hasta el menor de los detalles, pensó, y no había escatimado gastos con tal de darle un funeral decente, pues los "papeles moneda" cubrían casi cada tramo del descuidado sendero. Hizo mentalmente un rápido cálculo del monto al que ascendería esa cantidad de "dinero", y no pudo evitar sentirse complacido ante el resultado: era poco menos que una fortuna, una suma que de sobra le permitiría llevar una vida holgada en el mundo de los muertos.

El *Luisa Canevaro* se dirigía a todo vapor hacia su puerto de destino, donde los dueños de las grandes haciendas, los administradores de las islas guaneras y los constructores de los ferrocarriles aguardaban con impaciencia la llegada de las nuevas manos de obra. El hombre que deliraba esperaba poder morir a tiempo, antes de que el barco atracase.

AHORA sentía dolores en los costados de su pecho y en la espalda; dolores que hasta entonces no había sentido, dolores penetrantes, como si le hubiesen apuñalado en esos lugares. A la respiración entrecortada se le sumaron lacerantes accesos de tos, tan violentos que le hicieron temer que acabarían por desalojar el corazón de su lugar, por la boca. Los vómitos, los esputos, las heces y la orina cubrían el fondo del junco, y a su derredor otros tosían también dolorosamente. Notó que la gente hablaba ahora menos o en susurros; en momentos incluso dejaban de hacerlo por completo. Era como si ellos también estuviesen en agonía. Una mujer de edad le trajo arroz aguado en un tazón y el hombre hizo un gran esfuerzo para incorporarse sobre sus codos. Unos días más y llegaremos, se dijo el hombre, para darse ánimo. Como todos los demás, no tenía la menor idea de adónde llegarían, de cuál sería su destino final, pero mientras hubiese la esperanza de poder llegar a alguna parte, seguiría ávidamente aferrado a la vida, que por el momento era todo lo que contaba. Ya después pensaría en la forma de rehacer su vida y de reconstruir su familia.

En el preciso instante en que el hombre tuvo entre sus debilitadas manos la taza de arroz aguado, el junco fue arrojado por las olas al aire y el arroz aguado se volcó sobre su regazo. Durante un largo rato no supo qué hacer y se limitó a mirar su ropa mojada y la comida volcada. Después, sin hacer el menor caso del pegajoso líquido que se adhería a su piel penetrando a través de la tela de su pantalón, empezó a recoger febrilmente el arroz desparramado.

EL *LUISA CANEVARO* llegó al Callao finalmente y el junco tocó también puerto seguro.

Uno de los dos hombres enfermos murió y el otro sobrevivió.

Dejo a criterio del lector decidir cuál de los dos, el culí o el refugiado, fue el feliz sobreviviente.

HISTORIA DE DOS VIEJOS

DESPUÉS de la muerte de Umeo Tsuruda, a raíz de una embolia pulmonar, la pequeña tienda de abarrotes permaneció cerrada por espacio de cuatro meses, y la devota y asidua clientela del japonés tuvo que hacer sus compras, con cierta renuencia, en la tienda de la arequipeña del costado de la panadería. Durante aquellos cuatro meses poco se supo de la viuda y de los hijos de Tsuruda, que no se dejaron ver, y nada se sabía de la suerte que correría la tienda. Muchos creyeron firmemente, sin embargo, que la viuda, ayudada por sus dos hijos mayores, tomaría a su cargo las riendas de la tienda y continuaría en el negocio dejado por su difunto esposo. Después de todo, tenía dos hijos fuertes y saludables que, si no deseosos de trabajar, al menos habían demostrado siempre cierta buena disposición para ello. La tienda volvió a abrir sus puertas a mediados de noviembre, pero en lugar de dos jóvenes corpulentos y rebosantes de energía atendiendo a los parroquianos, aparecieron detrás de los mostradores dos chinos canosos y decrépitos, cuyas edades, una vez sumadas, excederían sin la menor duda la cifra de ciento treinta.

Pocas semanas después del entierro de su marido, la viuda de Tsuruda había colocado un anuncio de traspaso en *El Comercio*, y los dos chinos acudieron prestamente, al tercer día de la aparición del anuncio. El traspaso se efectuó en contados días, pero los nuevos dueños del negocio no lo reabrieron sino en noviembre, probablemente con la finalidad de hacer algunos arreglos y modificaciones dentro de la tienda. Si tales modificaciones y arreglos se llevaron realmente a cabo, el resultado no se hizo notar: para los antiguos clientes de Tsuruda, la tienda permaneció inmutable; sólo los que atendían detrás de los mostradores eran otros. No tardaron en conocer los nombres de los nuevos tenderos: el más alto y también el más decrépito de los dos se llamaba don Pancho; y el otro, don Manuel. Éstos no eran, desde luego, sus nombres verdaderos, sino de conveniencia. Don Pancho era un viejo de maneras suaves y pausadas; llevaba lentes para la presbicia, que colgaban casi sobre el extremo del puente de su nariz y amenazaban —pero se sostenían milagrosamente en esa incómoda posición— con caérsele al suelo; era delgado, sin ser enjuto, y a causa de su estatura y de los años se encorvaba ligeramente. Don Manuel era menos alto, más corpulento y menos decrépito, pero su edad era probablemente, si no la misma, muy próxima a la de su socio. Llevaba el cabello cortado casi a pelo, por lo que, a pesar de tenerlo completamente cano, aparentaba ser más joven, si cabe la expresión. Don Manuel tenía maneras y temperamento opuestos a los de don Pancho: era más impaciente, tenía un impresionante vozarrón, revelador de una mejor condición de salud, y le gustaba beber de vez en cuando. Los dos ancianos formaban, al menos en apariencia, una pareja ideal de tenderos; y la tienda, siendo pequeña y no excesivamente concurrida, pero con una clientela regular y leal, parecía hecha a las medidas de ellos, sin demandarles demasiada energía y demasiados esfuerzos de los que no disponían. Los viejos tenderos no tenían familias: al menos, ésa fue la impresión de los vecinos. Vivían solos en la trastienda y tomaban sus días libres turnándose: don Pancho salía los martes por la tarde; y su socio, los jueves. Don Manuel era el que se encargaba de hacer las compras de mercancías en el Cercado e ir al mercado todas las mañanas. Fuera de sus días libres, don Pancho rara vez dejaba la tienda: su salud no era buena; procuraba en lo posible no cansarse en demasía.

ANTES de asociarse con don Manuel, *lou* Chiong —tal era el nombre verdadero de don Pancho— era dueño de una tiendita en la avenida La Marina, a pocos metros del Hospital Militar. Vivía entonces con su esposa y su hija, que lo ayudaban en las labores del negocio. En los años setenta, cuando se produjo el éxodo masivo de los residentes chinos hacia afuera del país, la mujer de *lou* Chiong, presa del mismo pánico colectivo que se había apoderado de sus coterráneos, decidió marcharse a San Francisco. *Lou* Chiong se opuso terminantemente, afirmando que no había razón alguna para temer la implantación de un régimen comunista en el Perú y, por lo mismo, eran completamente injustificados el pánico y el éxodo. Hubo acaloradas discusiones entre *lou* Chiong y su mujer, y la relación conyugal se deterioró en forma irreversible. La mujer de *lou* Chiong empacó sus cosas y viajó a San Francisco acompañada de su hija, que se había puesto del lado suyo. *Lou* Chiong se quedó solo, jurando que no las volvería a ver nunca en lo que le restaba de vida, y durante los años siguientes mantuvo a flote el negocio sin más ayuda que la de un empleado *kuei*. Este estado de cosas duró unos seis o siete años. *Lou* Chiong envejecía rápidamente; lo acosaban los malestares; en su soledad lamentaba no haber tenido un hijo que pudiera sucederle en el negocio y que fuera más *jau-suen* que su primogénita. Aunque había ahorrado lo suficiente como para retirarse, no quiso nunca hacerlo porque temía no tener luego en qué ocuparse y, en parte, porque temía también que pudiera vivir más años de lo que suponía pudiese vivir, que sus ahorros pudieran acabarse antes de que el fin lo alcanzase.

Año y medio atrás, *lou* Chiong recibió una notificación del propietario del local donde estaba ubicada su tienda, invitándolo a desocuparlo dentro del lapso de tres meses. *Lou* Chiong entabló juicio contra el propietario del local, lo perdió, como era de esperarse, y fue desahuciado. *Lou* Chiong se mudó a vivir en un pequeño departamento situado en el Barrio Chino, y allí permaneció en retiro forzado hasta que *lou* Lo, una tarde, mientras tomaban té en el *Kou Sen*, le propuso instalar un negocio en participación. *Lou* Lo —o don Manuel— se había retirado de los negocios tiempo atrás, cuando su mujer murió de cáncer. *Lou* Lo era un buen comerciante pero lego en cuestiones de finanzas: en lugar de invertir sus ahorros en propiedades y terrenos los colocó simple y despreocupadamente en los bancos. Pensaba vivir de los intereses que generaban sus depósitos, pero la galopante inflación de los últimos años acabó por mermar el valor real de su pequeña "fortuna". Cuando *lou* Lo se dio cuenta al fin de que corría el peligro de quedarse sin un solo centavo dentro de pocos años, buscó frenéticamente invertir lo poco que le quedaba de sus ahorros en un nuevo negocio. No quería volver a trabajar, deseaba pasar sus últimos años de vida en ocio, que bien merecía después de cuarenta años de bregar sin descanso, pero no tenía otra alternativa.

De haber sido mejor su salud y de ser menos decrépito, *lou* Chiong hubiera preferido instalar solo una tienda y ser su único dueño, en lugar de asociarse con alguien, aun cuando este alguien fuera un viejo y buen amigo suyo. Los negocios en participación siempre terminan mal, solía decirse. La experiencia le había enseñado que los socios de cualquier negocio, aun cuando fueran entre sí parientes tan cercanos como hermanos carnales o padre e hijo, casi invariablemente acababan por pelearse hasta el punto de ser irreconciliables, y muchas de las veces por motivos realmente triviales. *Lou* Chiong dudó mucho antes de decidirse a asociarse con *lou* Lo, pero comprendió que él solo ya no era capaz de manejar un negocio que, a pesar de su insignificante magnitud, requería de él una dedicación que ciertamente no podía demandar de sus cada vez más disminuidas energías.

DESDE el principio, una división de trabajo fue tácitamente establecida entre los dos tenderos. *Lou* Lo se encargaría de las compras que tuvieran que hacerse en el Cercado y en el mercado y, siendo él el que habría que *mai-sung*, era por lógica el que tendría que encargarse también de preparar las comidas. *Lou* Chiong, en tanto, se limitaría a todas las demás labores relativas a la tienda.

Lou Lo no era un mal cocinero, aunque tampoco podía calificarse de bueno. De todas maneras, *lou* Chiong había perdido desde hacía un buen tiempo la costumbre y la habilidad de cocinar, de modo que poco podía reprochar a su socio en ese aspecto, salvo por la cuestión de la sal. *Lou* Lo padecía de hipertensión, aunque fuera de eso, su salud era relativamente buena. Para mantener su presión sanguínea en condiciones de normalidad, *lou* Lo seguía cuidadosa y concienzudamente una dieta escasa de sal. Al principio, *lou* Chiong soportó la insípida comida con estoicismo, para no ofender a su socio, pero esta situación de cosas no podía continuar por tiempo indefinido. Luego de tres semanas de gustar comidas que no sabían a nada, *lou* Chiong decidió hablar claro a *lou* Lo.

"Si no te importa", dijo titubeante, "me gustaría que el *sung* fuera servido en platos diferentes".

Lou Lo tardó varios segundos en captar el significado de aquellas palabras: nunca se le había ocurrido con anterioridad que lo que él consideraba como normal pudiera no serlo para otros; había seguido tal dieta por tantos años que ella se había convertido en algo natural para él.

Lou Lo no se sintió molesto ni contrariado: se mostró más bien muy comprensivo. "Lo siento mucho", dijo disculpándose. "Debí haber pensado en ello antes". Y en adelante siempre sirvió el *sung* en platos separados, uno de ellos más salado y sazonado que el otro.

Los dos tenderos vivieron en gran armonía por varios meses. La conversación entre ambos fue disminuyendo en forma paulatina, pero eso era natural: después de dos o tres semanas juntos, poco tenía el uno que contar al otro que no fuera una reiteración de algo ya dicho antes. En sus salidas al Cercado *lou* Lo solía traer de vuelta un ejemplar del *Man Shing Po*, que leía en el trayecto de regreso y volvía a leer en la tarde, después de que hubiera pasado por las manos de *lou* Chiong. Sobre las escasas noticias contenidas en las cuatro páginas del tabloide versaban sus conversaciones ocasionales. *Lou* Chiong no era partidario de los nacionalistas pero tampoco simpatizaba con los comunistas, pero su socio sí era un derechista radical. En todo caso, no existían hondas discrepancias en cuestiones políticas entre ambos ni mucho menos se suscitaban entre los dos discusiones por tales motivos. *Lou* Chiong no se molestó siquiera cuando *lou* Lo, en un gesto de fervor partidario, luego de recibir en la División Local del Kuomintang un retrato a todo color del Generalísimo Chiang Kai-Shek, lo colgó encima de la mesa de la cocina, que también servía de comedor.

EL VERANO tocaba ya a su fin; los días de sol se alternaban ahora con días nublados y húmedos. En las tardes, el viento formaba remolinos de polvo y desperdicios a ras del suelo. Los huesos reumáticos de los viejos tenderos empezaron a resentirse, aunque —a decir verdad— ambos lo preferían al calor agobiante de los meses anteriores. Con algo de retraso, el otoño llegaba.

Una tarde, cuando la clientela escaseaba, *lou* Lo tomó un lapicero y se puso a garabatear versos chinos sobre unos cartones que utilizaban para sacar cuentas. Pero la atención de *lou* Lo se desvió casi inmediatamente de los versos hacia unas sumas que aparecían en uno de los cartones. Las sumas las había hecho *lou*

Chiong, pues aquellos trazos temblorosos no eran suyos, que todavía podía escribir con bastante firmeza. *Lou* Lo volvió a sumar las cifras una y otra vez, hasta que al fin no le quedó ninguna duda: las sumas arrojaban un error de trescientos soles. *Lou* Lo llevó el cartón a *lou* Chiong, quien en aquel momento se encontraba tomando té en la trastienda, y le hizo ver su error. *Lou* Chiong miró las sumas, sin mostrarse aparentemente muy contrariado, se encogió de hombros y respondió con cierta ligereza, "¿Qué son trescientos soles ahora?"

Lou Lo frunció el ceño con disgusto pero no replicó. Aquella noche se preguntó a sí mismo cuántos errores de ese tipo habría cometido su socio en los cinco meses pasados. La plata que se pierde por culpa de esos errores de cálculo es también mi plata, se dijo para sus adentros. Y este pensamiento acrecentó aún más el desagrado que había sentido ante la actitud poco responsable de *lou* Chiong. Trescientos soles de pérdida no eran ninguna cifra de poca importancia en un negocio tan pequeño como el que tenían; y al pensar que pudieran no ser el único error que había cometido su socio a lo largo de los cinco meses, a su disgusto inicial se le agregó una seria preocupación.

A la mañana siguiente *lou* Lo volvió a insistir sobre el asunto y pidió a *lou* Chiong tener en adelante más cuidado con las cuentas. *Lou* Chiong, avergonzado en realidad de la declinación de sus propias facultades mentales, trató de disimular su vergüenza asumiendo una actitud de terquedad. "Si tanto te importan esos trescientos soles", replicó aparentemente enojado, "puedes deducirlos de las utilidades que me corresponden al fin del año". Y en el resto de aquel día no volvió a dirigir palabras a su socio. Ni éste a él tampoco.

Aquel fue el primero de los incidentes que empezaron a deteriorar las buenas relaciones de los dos socios. Aunque muchos de esos incidentes se habían producido casi enteramente por culpa suya, *lou* Chiong veía sombríamente cómo se cumplía el curso de los acontecimientos que había presentido desde mucho antes de su asociación con *lou* Lo, sin poder él hacer nada para remediarlo.

Los dos tenderos se habían conocido unos cuarenta o más años atrás, cuando ambos trabajaban para un mismo empleador en una de las tiendas más antiguas de la calle Capón. Como eran casi de la misma edad, la relación existente entre ellos era más íntima con respecto a otros compañeros de trabajo. Solían salir juntos en busca de diversión, y juntos iban de trasnochada en trasnochada. Cuando cada uno de ellos se estableció independientemente y se casó, dejaron a un lado las alegres juergas, pero no por ello dejaron de reunirse regularmente, ya fuera en los salones de té u otros lugares frecuentados por ambos. Tanto *lou* Chiong como *lou* Lo ansiaban tener un hijo varón que pudiera perpetuar su linaje, pero desafortunadamente, ninguna de sus mujeres alcanzó a darles esa satisfacción. La mujer de *lou* Lo resultó ser estéril; la de *lou* Chiong, por su parte, sólo pudo dar a su marido una hija única, luego de dos sucesivos partos prematuros. Esta fatalidad de destino unió aún más a ambos. Si no llegaron jamás de ser compadres, fue sólo porque *lou* Chiong, que era un ateo recalcitrante, se había negado rotundamente a que su hijita recibiese el bautizo católico. *Lou* Chiong era de Lung-tú y *lou* Lo, de Si-chuíng: en otras palabras, los dos pertenecían a la misma Sociedad Chung-shan y eran en cierto modo paisanos. Durante su juventud los dos fueron miembros activos de la Agrupación de la Danza del Dragón de la Sociedad. *Lou* Chiong, alto y ágil, fue la "cabeza" del Dragón durante varios años, mientras *lou* Lo lo acompañaba en todas sus actuaciones tocando el tambor. De aquella feliz época quedaba ahora sólo un lejano recuerdo: ni *lou* Chiong era ahora capaz de sostener la "cabeza" del Dragón y hacer las cabriolas y los brincos que habían maravillado tanto a moros y cristianos, ni *lou* Lo tenía la suficiente fuerza como para arrancar redobles al grueso cuero del gigantesco tambor. Ambos padecían ahora de enfermedades crónicas y habían empezado gradualmente a chochear. Habían alcanzado ambos la edad en que, para muchos otros, más afortunados o adinerados que ellos, era ya tiempo de retirarse y de descansar.

En agosto *lou* Chiong empezó a sentir un dolor agudo y punzante debajo del diafragma y tener diarreas. Al principio no les prestó mayor atención a estos síntomas pensando que había cogido simplemente una colitis. Sólo cuando los medicamentos que se autorecetó no surtieron ningún efecto que decidió acudir al médico. Éste le diagnosticó un principio de úlcera gástrica, le advirtió que era algo serio y le aconsejó guardar cama, aparte de seguir una dieta especial a base de leche, galletas y huevo.

Cuando *lou* Chiong volvió del consultorio y contó a su socio que tenía que guardar cama por un tiempo indefinido, *lou* Lo respondió magnánimamente que él solo podía encargarse de la tienda durante su convalecencia y que no se preocupara sino en restablecerse. "Después de todo", señaló, "¿no harías tú lo mismo si yo estuviese en tu lugar?". Aunque el rostro de *lou* Lo reflejaba sinceridad y no mostraba ningún signo de estar seriamente contrariado, *lou* Chiong se retiró a su cuarto con un oscuro presentimiento en su corazón y muy pesaroso. Sentía por las molestias —que sin lugar a dudas serían muchas y grandes— que tuviera que ocasionar a su socio en los días por venir.

Durante los primeros días de la convalecencia de *lou* Chiong, *lou* Lo se comportó comprensivamente. ¿Qué mortal está libre de sufrir una seria enfermedad, sobre todo si a éste le faltaba ya poco para traspasar el umbral de los setenta? *Lou* Lo mismo, ¿acaso no sufría también de hipertensión, si bien esta enfermedad no lo obligaba a guardar cama? Las enfermedades, al igual que los placeres, las preocupaciones, las penas y la alegría, constituyen elementos o factores infaltables en la vida de cualquier hombre. Sin embargo, a medida que transcurrían los días sin que el estado de *lou* Chiong presentara mejorías notables y lo capacitara a salir a la tienda, y a medida que las labores abrumaban cada día más a *lou* Lo, éste empezó a sentirse molesto. ¿Cuándo dejará *lou* Chiong de estar echado en su cama, sin hacer nada en absoluto, mientras él se mata afuera? Y poco a poco, un corrosivo pensamiento se deslizó dentro de la cabeza de *lou* Lo. ¿No estará *lou* Chiong exagerando la gravedad de su estado?

Una noche, mientras ambos tomaban su cena en la trastienda —*lou* Chiong su dieta de Sippy y *lou* Lo su dieta de poca sal—, *lou* Lo sacó a colación el asunto como por pura casualidad.

"¿Cómo está tu úlcera?", preguntó sin mirar a *lou* Chiong, mientras pescaba con los palillos un trozo de carne de lechón asado. "¿Todavía sientes ese dolor en la barriga?"

Lou Chiong miró a su socio por encima de sus lentes, que colgaban tambaleantes sobre el puente de su nariz, y comprendió en seguida. "Me quedaré en cama por tres días más y luego saldré", contestó con voz cansina.

Lou Lo, dedicado a su tazón de arroz, pretendió no haber oído la respuesta de su socio.

Los tres días pasaron y *Lou* Chiong seguía temeroso de levantarse de la cama. La tarde anterior había ido de nuevo a ver al médico y éste le había aconsejado sacar una radiografía de su estómago, para constatar la gravedad de la dolencia. Mientras tanto, la paciencia de *lou* Lo había llegado a su fin. Sobreabrumado por el trabajo en la tienda, que se veía obligado a cerrar cuando tenía que ir al mercado, *lou* Lo había comenzado a perder peso y se sentía cada mañana más cansado que en la anterior. Dios sabe por cuánto tiempo seguirá así, se dijo sin poder reprimir su irritación. No es justo, agregó, las utilidades las repartimos por igual pero yo solo tengo que hacer todo el trabajo. Secreta pero injustamente, ofuscado por la sobrecarga de trabajo, *lou* Lo había empezado a pensar que su socio se quedaba en la cama simplemente porque se había acostumbrado a ella. Perdió la ecuanimidad necesaria para considerar las cosas con objetividad y se vio a sí mismo víctima de una explotación.

Lou Lo no fue capaz de decir en su cara a *lou* Chiong lo que pensaba de él, pero supo manifestar su irritación por otros medios no menos eficaces: no volvió a dirigir la palabra a su socio, cuando se hallaban juntos; y se cuidó de cerrar las puertas, descargar los paquetes o mover las sillas, cuando fuera necesario hacerlo, con tanto estrépito que hacía sobresaltarse al enfermo que convalecía en la pieza de adentro. Con ciertas frecuencias, *lou* Lo arrojaba cosas pesadas al suelo completamente adrede. *Lou* Chiong, acostado en su lecho, oía y entendía perfectamente el significado de aquellos "mensajes".

Una mañana, muy temprano, *lou* Chiong se levantó de su cama de convalecencia, se puso su guardapolvo blanco y salió a la tienda. Tenía un aspecto casi normal, sólo había perdido dos kilos de peso, pero caminaba y se movía con evidente dificultad, pues el dolor debajo del abdomen seguía ahí, como una larga y gruesa aguja clavada en las paredes del estómago. *Lou* Lo continuó despachando como si no hubiese advertido su presencia. Durante el resto de aquel día y los siguientes, ambos atendieron a los parroquianos sin intercambiar palabras. Al cuarto día de la reincorporación de *Lou* Chiong a las labores diarias del negocio, *lou* Lo creyó justificada su anterior sospecha de que su socio había estado exagerando la gravedad de su estado, para escamotear horas de ocio a expensas suyas. El enojo de *lou* Lo desapareció finalmente y empezó tentativamente a tratar a *lou* Chiong con la misma intimidad de siempre. *Lou* Chiong respondía a sus tentativas de reconciliación sin encono, pero la mayoría del tiempo prefirió permanecer en silencio.

El martes de la semana siguiente, *lou* Lo dejó a su socio solo en la tienda y se dirigió al Cercado para hacer algunas compras. A su regreso halló la tienda cerrada. Nadie vino a abrir la puerta. El inquilino del piso de arriba bajó corriendo a su encuentro, al escucharlo tocar fuerte pero inútilmente la puerta metálica del negocio. *Lou* Lo tuvo casi inmediatamente, aun sin oír el relato de su vecino, la seguridad de que alguna desgracia había acaecido a *lou* Chiong. La sensación fue tan fuerte y firme que el corazón de *lou* Lo sintió inmediatamente un rudo golpe, como un puñetazo dado en pleno pecho.

El inquilino del piso de arriba le explicó que *lou* Chiong había sentido un súbito e intenso dolor abdominal a media hora de haber salido él, y que tuvo que ser llevado de emergencia al Hospital de Empleados. *Lou* Lo tomó de inmediato un taxi y se dirigió al Hospital. Cuando después de un cuarto de hora arribó al nosocomio, *lou* Chiong, cuyo estómago se había perforado, había entrado ya en coma.

Lou Chiong murió al día siguiente sin recobrar la conciencia. Faltaban escasos días para su sexagésimo noveno onomástico.

Después de la muerte de su socio *lou* Lo siguió solo con el negocio, pero ya no era el mismo hombre de antes. La decrepitud se había apoderado por completo de su cuerpo y de su mente. Chocheaba ya y comenzaba a hablar consigo mismo cuando estaba a solas. Cierto día vendió doscientos tantos soles de mercancías a un parroquiano ocasional y se olvidó de cobrarle. Se adelgazó increíblemente y empezó a parecerse a *lou* Chiong, cuando vivía. Incluso se encorvaba ligeramente como él. Al término del mes de setiembre liquidó la parte del negocio y las utilidades que le correspondían a *lou* Chiong, pero no pudo enviar el dinero a su viuda y su hija, ya que no era posible conseguir dólares. El primero de noviembre, el Día de Todos los Santos, *lou* Lo fue al cementerio para depositar flores ante la tumba aún sin lápida de su ex-socio y lloró largamente. Un encargado de los nichos lo encontró golpeándose el pecho con ambos puños, como si con ello pudiera exorcizar la culpa que lo consumía.

Varios meses después, *lou* Lo, ya andando con dificultad y titubeante en todos sus movimientos, fue a la Beneficencia Pública y se compró un nicho. La noche anterior, lo mismo que otras noches, había soñado con su ex-socio.

LA DONCELLA ROJA

"¿ES ÉSTE el lugar?", preguntó la tía mayor, asomándose por la ventanilla abierta, cuando el pequeño taxi, un Volkswagen, se detuvo frente a uno de los edificios de departamentos de la cuadra nueve de Paruro, a un costado de la Beneficencia China. La tía mayor era una mujer de apariencia distinguida, que acababa de franquear el umbral de los cincuenta y empezaba a padecer los primeros síntomas y molestias de la menopausia, cuyos estragos supo sin embargo disimular muy hábilmente. Llevaba el cabello teñido de gris plateado, a la manera de muchas de las mujeres maduras de las urbes de los Estados Unidos, que consideran el teñido más bien como un fino toque de distinción que un mero artificio para ocultar las primeras canas. La tía mayor había pasado más de treinta años viviendo en un elegante suburbio de San Francisco; pero más que por esta larga residencia, es por su innato don de adaptación que había asimilado tan perfectamente las costumbres y los hábitos de la clase media del país del norte.

"¿Es éste el lugar?", preguntó por segunda vez la tía mayor. Su sobrino asintió en silencio con la cabeza. El chofer del taxi abrió la portezuela y la tía mayor trató de salir del pequeño Volkswagen. No le fue fácil: tuvo que forcejear con el asiento plegable de la parte delantera. Cuando logró al fin ponerse en pie firme afuera, sobre la acera, Ying-Chun pagó al taxista y salió también del automóvil.

"El departamento de los Pun está en el segundo piso", dijo indicando con una mano la entrada del edificio, y mientras ofrecía el otro brazo a su tía. La entrada conducía a un pasadizo embaldosado que, por lo largo que era, daba la falsa impresión de que fuera muy estrecho. El terminal del corredor se perdía en la penumbra del ambiente cerrado, hermético; y de una tarde gris, sin sol. A pesar de que eran las cinco de la tarde, normalmente una hora de mucho movimiento en el Barrio, no había una sola alma en el corredor, y el edificio entero permanecía bastante silencioso.

Había por lo menos seis escaleras a lo largo del pasadizo, repartidas a ambos lados en igual número. Mientras Ying-Chun la conducía con gran soltura hacia una de las escaleras, la tía mayor señaló suspicazmente, "Pareces conocer bastante bien a los Pun".

"En el Barrio Chino todo el mundo conoce al otro", replicó el sobrino con cierta inquietud, que no pasó inadvertida para la tía mayor. La escalera escogida por Ying-Chun resultó ser la más acertada, pues los condujo directamente al departamento 203 del edificio. Es demasiada coincidencia, razonó la tía mayor cuando estuvieron delante de la puerta: nadie puede escoger tan acertadamente una de tantas escaleras sin haber estado aquí con anterioridad. Como para confirmar sus sospechas, Ying-Chun encontró el timbre eléctrico y lo tocó tres veces en forma sucesiva y breve, con solo un intervalo de fracciones infinitesimales de segundo entre uno y otro apretón; y la naturalidad y ligereza de alguien que jugueteara con el teclado de un piano de posesión familiar. Nadie que no fuera muy allegado a los Pun, como trataba Ying-Chun de hacerle creer a la hermana mayor de su madre, se hubiera atrevido a tocar el timbre de un modo como ése. Sin embargo, en lugar de enfadarse con su sobrino por no haber sido completamente sincero con ella, la tía mayor se alegró más bien de saber que Ying-Chun era más allegado a los Pun de lo que ella había creído al principio, pues no cabe la duda que ello contribuiría a hacer más fácil su "trabajo", y a aumentar las posibilidades de éxito del mismo.

Alguien abrió la puerta del departamento por unos centímetros, una abertura lo suficientemente ancha como para poder echar una prudente mirada hacia fuera y lo bastante estrecha como para impedir que mirasen dentro de la pieza. Ying-Chun se colocó delante de la abertura para que quien quiera que fuese ese alguien pudiera verlo mejor o reconocerlo. La puerta se abrió enteramente casi en seguida; y una mujer madura, de estatura baja y nariz ligeramente aguileña, apareció con una expresión entre sorprendida y encantada, en el umbral. Era una mujer *kuei*. La tía mayor dedujo rápidamente que era la madre de Rosa, o "Rose", como la llamaba Chang Po-Shan, de quien venía en representación. La mujer lanzó en dirección de la tía mayor varias miradas de curiosidad.

Hubo luego una breve conversación entre la mujer y Ying-Chun; y la tía mayor aparentó escuchar atentamente mientras ambos hablaban en español. Por supuesto, no entendía nada de lo que decía ninguno de ellos, pero mostrarse atenta, aun cuando no comprendía en realidad nada, era una forma de manifestar cortesía y solicitud; y en su "trabajo" la cortesía y la solicitud eran cosas tan importantes como la elocuencia.

La madre de Rose hizo un gesto elocuente hacia la tía mayor.

"La señora Pun la invita a entrar", dijo Ying-Chun, traduciendo la invitación de la dueña de casa al cantonés.

La tía mayor expresó su agradecimiento contestando sin proponérselo con un cumplido en inglés; y entró al departamento seguida por su sobrino.

El departamento era pequeño y de poca altura. La sala y el comedor constituían una sola pieza indivisible. Un estrecho corredor conducía a los dormitorios y otros cuartos. En una palabra, era un hogar, aunque limpio, ordenado y bien cuidado, muy modesto.

La tía mayor fue invitada a tomar asiento en uno de los sofás de la sala, mientras la madre de Rose se dirigía a la cocina para traer algún refresco. La tía mayor no hizo caso a la invitación. Se acercó a una cómoda colocada al lado del corredor y se puso a examinar, dejando momentáneamente a un lado su habitual comedimiento, los retratos que había encima. Uno de ellos, encuadrado dentro de un sencillo marco de metal niquelado, mostraba a una simpatiquísima chica de unos diecinueve años de edad, vestida de una blusa azul y sonriendo risueñamente al fotógrafo ocasional. Era una sonrisa esbozada con cautivadora timidez e indescriptible gracia. La tía mayor no recordaba haber visto nunca antes una sonrisa tan encantadora.

"Ésa es Rose", explicó. Ying-Chun se había acercado también a la cómoda, colocándose a su lado. "¿Verdad que es muy simpática?"

Su sobrino, por toda contestación, sonrió ladinamente, encendió un cigarrillo, se alejó y se dedicó a pasearse alrededor de la sala-comedor. El retrato no pareció haberle impresionado.

La señora Pun volvió trayendo una bandeja con tres vasos de limonada.

"No debió molestarse por nosotros", dijo la tía mayor, mientras tomaba asiento en un sofá. Como Ying-Chun seguía revoloteando alrededor de la sala distraídamente, la tía mayor le dijo en tono molesto que se sentara a su lado y que tradujera lo que ella acababa de decir. "¿Cómo crees que voy a entenderme con la señora si tú no traduces por mí?"

Ying-Chun se sentó sumisamente a su lado, y por segunda vez volvió a sonreír con un brillo particular en los ojos. "¿Qué quiere que le diga a la señora?", dijo en un tono que le pareció burlón a la tía mayor.

"Pues", dijo la tía mayor después de una breve reflexión, "dile en primer término que he venido de San Francisco para visitar a mis parientes acá y que traigo conmigo un recado del señor Chang Po-Shan, que su encantadora hija conoció brevemente cuando estuvo de paso por San Francisco el año pasado".

Ying-Chun tradujo sus palabras de corrida, con sorprendente habilidad, mientras la madre de Rose, para asegurarle a la tía mayor que su sobrino estaba cumpliendo su cometido en forma apropiada, asentía en intervalos regulares con un movimiento de cabeza.

"Dile ahora", continuó la tía mayor, en un tono más firme con el fin de imponer su ascendiente sobre el hijo de su hermana menor, "que deseo hablar personalmente con su señor esposo".

Ying-Chun se volvió hacia la tía mayor. "Su marido no se encuentra en casa, como es fácil de ver", señaló juiciosamente.

"De todas maneras", ordenó la tía mayor, "traduce lo que he dicho. Pregúntale cuándo puedo encontrarlo en casa. Si es cosa de unas cuantas horas, estoy dispuesta a esperar".

La madre de Rose escuchó atentamente a Ying-Chun y luego replicó algo en español.

"Dice que su esposo no estará en casa hasta pasado mañana", dijo Ying-Chun en cantonés, "pero que puede darle el recado a ella".

Para pasado mañana ya no estaré acá, se dijo descorazonada la tía mayor. Sabía perfectamente, por sus amplias experiencias en la materia, que nunca era lo mismo tratar con la cónyuge *kuei* de un padre chino que con éste mismo. La contrariedad hizo vacilar a la tía mayor por unos buenos segundos. Casi nunca había fallado en una comisión de ese tipo, y la posibilidad de sufrir un revés, aun cuando fuera por algo que no estaba en sus manos, le pareció un injusto corolario a su largo viaje, como si su viaje no tuviera otra razón de ser que aquella.

"¡Qué remedio!", se dijo disgustada, pero al mismo tiempo resignándose a su mala suerte.

Ying-Chun había apagado el cigarrillo y estaba tomando su limonada, esperando. Dijo alegremente, "¿Qué otra cosa quiere que le diga?"

"Pues", dijo la tía mayor lentamente, después de otro momento de vacilación. "Di a la señora que he venido por encargo del señor Chang Po-Shan, para hacerle saber que se ha quedado muy impresionado por la gracia y las cualidades de su hija, a pesar del poco tiempo que ha tenido el placer de tratarla; y que desea pedirle en matrimonio. Dile también que el señor Chang tiene el total consentimiento y la aprobación de sus señores padres. El señor Chang es una persona de lo más decente, de intachable conducta y probada solvencia económica, cualidades que su hija ha podido comprobar por ella misma".

Ying-Chun tomó esta vez algún tiempo para traducir al español el parlamento de su tía. Parecía indeciso, y al mismo tiempo era evidente que disfrutaba de su mediación en el asunto. Era comprensible que Ying-Chun, siendo joven y haber crecido en el seno de una sociedad liberal y moderna, se riera de las arcaicas prácticas de las casamenteras, que debieron, en teoría, haber desaparecido luego de la extinción del sistema feudal que significaba el Imperio Manchú. Pero, ¿por qué titubeaba Ying-Chun? ¿O solamente era la imaginación de la tía mayor?

"Vamos", dijo la tía mayor, apremiante. "¿Qué esperas?"

La tía mayor no quitaba los ojos del rostro de su anfitriona: quería verificar sus reacciones. Mientras Ying-Chun traducía, las fracciones de la madre de Rose adquirieron —cosa curiosa— una expresión que era más de incredulidad que de asombro. Esta reacción no estaba entre los cálculos de la tía mayor. La mujer interrumpió varias veces a Ying-Chun, y al final de lo que a la tía mayor le parecía ser la versión íntegra de su pequeño discurso, se suscitó entre su sobrino y la madre de Rose una curiosa discusión, sostenida en voz baja. La discusión —si era efectivamente una discusión— terminó con una jovial risotada de Ying-Chun, que acabó por dejar completamente perpleja a la tía mayor.

Cuando Ying-Chun contuvo al fin su hilaridad, se volvió hacia ella, que lo miraba ya algo exasperada.

"La señora Pun desea expresarle", dijo asumiendo un semblante más serio, "que éste es un asunto en el que ni a ella ni a su esposo les compete tomar la decisión final; que sólo su hija y nadie más puede decir el sí o el no definitivo. Dice que los tiempos han cambiado, y que los padres ya no pueden tomar decisiones por cuenta de sus hijos".

La contestación era en cierto modo esperada por la tía mayor: después de todo, los *tusans* nunca son lo mismo que los verdaderos chinos (eso es, los nativos), más aún si uno de los padres es un *kuei*.

La tía mayor hizo todavía un último esfuerzo: quiso saber si existía la posibilidad de que Rose aceptara que Chang Po-Shan le escribiese en el futuro, y que a la vez le correspondiera de igual modo.

La madre de Rose respondió, mientras miraba fijamente a Ying-Chun por alguna razón que la tía mayor no alcanzó a entender, que todo dependía de su hija, y que ella no podía hacer otra cosa fuera de hacerle saber del interés y de la propuesta del señor Chang.

Se despidieron. Cuando tía y sobrino salieron del edificio, la calle había oscurecido, el cielo presentaba un azul violáceo impresionante, pocas veces visto, y Júpiter era visible en él. Tuvieron que ir a pie hasta la avenida Abancay para conseguir un taxi. Pasaron por debajo del arco chino construido poco tiempo antes, con donativos de la Colonia, y ahora, más que cualquier lugar menos característico del Barrio Chino, señorío de los desperdicios y de los malos olores. Al pasar al lado de las columnas, la tía mayor tuvo que taparse la nariz con un Kleenex que extrajo apuradamente de su bolso.

LA TARDE del día siguiente, Ying-Chun esperó pacientemente fuera de la Agencia de Viajes donde Rosa trabajaba, hasta que ella salió, y la llevó al cine. Rosa era por cierto una muchacha muy simpática, tal como la había calificado la tía mayor, aunque tenía veintidós años y no diecinueve. Era alta y espigada, de la misma estatura que Ying-Chun; tenía la piel algo oscura y la nariz pronunciada, características que había heredado sin duda alguna de su madre. En lo demás, sin embargo, se parecía a su padre, un natural de Pun-Yi de escasa fortuna, que trabajaba de cajero en el chifa *Yut Kung*. A pesar de su edad, Rosa era singularmente tímida e introvertida. Tal vez sea precisamente por su timidez que su sonrisa, reflejo del más genuino candor, fuera tan encantadora e irresistible. Aquella sonrisa era la de una jovencita recién abierta al amor y a la vida, cuya alma emerge como el primer loto de un estanque, pura y aún no contaminada. En la mayoría de las chicas, este tipo de sonrisa o bien nunca ha existido, o bien sólo existió en forma brevísima, perdiéndose al alcanzar su dueña la madurez o incluso mucho antes. En el caso particular de Rosa, sin embargo, ella se había conservado inmutable como por obra de un milagro. Ying-Chun había conocido a Rosa tres años atrás, en una excursión a Huampaní organizada por el Club de Tenis de Mesa de cierta Sociedad de la Colonia, cuyo nombre ya no recordaba. Durante el viaje de ida Rosa estuvo sentada directamente enfrente suyo, aunque a cierta distancia, y en todo el trayecto Ying-Chun no fue capaz de quitar su mirada de aquellos labios finos, graciosamente curvados de la muchacha. De los demás rasgos físicos de Rosa, Ying-Chun apenas sí se fijó. Si alguien puede enamorarse de una sonrisa, Ying-Chun lo hizo.

El año pasado Rosa había aprovechado uno de los pasajes que las aerolíneas suelen obsequiar a las Agencias de Viajes e hizo un tour por las ciudades principales de los Estados Unidos, entre ellas San Francisco. Estuvo en ella menos de una semana. Rosa jamás contó a Ying-Chun de su encuentro con el mentado señor Chang, y Ying-Chun no lo supo hasta el día en que la tía mayor llegó a Lima para pasar algunos días con su hermana menor, y pidió a su sobrino que la llevara a la casa de los Pun. Ying-Chun era un hombre que, contrario a la mayoría de los chinos, que suelen tomar todas las cosas con enojosa seriedad, poseía un agudo sentido del humor. Aceptó jovialmente el papel de la Doncella Roja, y lo hizo tan bien que la tía mayor, si bien había sospechado algo, jamás llegó a tener la certidumbre de que su sobrino le estaba tomando el pelo. Ying-Chun pasó la noche anterior festejando su propia broma, con un desusado y poco oportuno despliegue de jovialidad y de animación en el aeropuerto, adonde había ido a despedir a la tía mayor.

Mientras se encaminaban hacia el cine Tacna, el brazo derecho de Ying-Chun rodeando el suave y delicado talle de su enamorada, el primero, burlonamente, quiso saber si Rosa había recibido, de boca de su madre, el recado que la tía mayor había traído desde San Francisco. Por toda respuesta, Rosa le dio un fuerte pellizco en el otro brazo, mientras se ponía toda colorada. Ying-Chun, espoleado por la curiosidad, quiso saber acerca de su encuentro con Chang Po-Shan y la acometió de preguntas. ¿Era Chang Po-Shan un hombre joven o de edad? ¿Era simpático? ¿Tenía mucho dinero? ¿De qué manera la había conocido? Las insistentes preguntas de Ying-Chun obedecían netamente a su curiosidad por conocer la personalidad de un hombre que, en pleno siglo veinte, recurría aún al recurso de las casamenteras —ya fueran profesionales o solamente amateurs, como lo era la tía mayor— para conseguirse una esposa. No estaba en modo alguno celoso de que hubiera cortejado a su enamorada, sino más bien orgulloso de que ella fuera capaz de encender tan absurda pasión en un lapso de tiempo tan breve, pues era obvio que Chang Po-Shan no pudo haber conocido a Rosa por más de una semana. En la imaginación de Ying-Chun, Chang Po-Shan era, en el mejor de los casos, un hombre de negocios cuarentón, de ideas anticuadas, uno de esos hombres que aún creen que son capaces de arreglar cualquier cosa con dinero, hasta un matrimonio. Las respuestas de Rosa dejaron a Ying-Chun menos entusiasmado de su broma anterior. Chang Po-Shan no sólo no era un cuarentón chapado a la antigua, sino un joven médico recién graduado del Harvard Medical School, un hombre que tenía todo un porvenir por delante; era, además, el hijo del dueño de dos prósperos viñeros en California. En otras palabras, era y tenía todo lo que Ying-Chun no era ni tenía.

Durante la función entera Ying-Chun estuvo bastante distraído y no vio ni oyó la mitad de la película. Empezaba a lamentarse de haber llevado a la tía mayor a la casa de los Pun el día anterior. ¿Cómo no se le ocurrió averiguar más acerca del pretendiente de su enamorada antes de hacer el papel de la Doncella Roja por él? De haber sabido entonces cómo era Chang Po-Shan habría procurado disuadir a su tía mayor de no ir en busca de los Pun, o habría ingeniado cualquier otro recurso con tal de no llevarla hasta la puerta de donde vivía Rosa. Aquella misma noche Ying-Chun no pudo conciliar el sueño, y durante el día siguiente permaneció todo el tiempo a la vez distraído y huraño en la tienda de importaciones donde trabajaba como empleado. Después del trabajo Ying-Chun aguardó a Rosa fuera de la Agencia de Viajes y luego la acompañó a su casa. Permaneció silencioso durante casi todo el trayecto. Rosa lo miraba de reojo, inquieta, pero no se atrevió a preguntar por el motivo de su mutismo. En la entrada al edificio de departamentos Ying-Chun tomó a la chica por los hombros, casi estrujándola, y le dijo en un rapto casi de locura, "Si aceptas la propuesta de ese bastardo te mato".

Rosa no intentó siquiera zafarse de sus brazos, a pesar de que lastimaban sus hombros. Permaneció sumisa, pero por primera vez desde que ambos se conocieron lo miró directa y largamente a los ojos, y no había en su mirada la timidez o la turbación acostumbrada. "¿Por qué crees que voy a aceptar la propuesta matrimonial de un hombre a quien apenas conozco?", replicó con desusada serenidad y dominio de sí misma. Ying-Chun, arrepentido de su brusquedad y avergonzado de tan patente muestra de celos, aflojó el apretón, dejó que el cuerpo de Rosa se deslizara hasta pegarse suavemente contra el suyo, y besó tiernamente sus tibias mejillas. La llevó hasta su departamento y se quedó a cenar, pretendiendo con cierto esfuerzo que nada había pasado entre ellos.

En los meses siguientes, nada de relevancia ocurrió. Ying-Chun continuó con la rutina de esperar a Rosa fuera de la Agencia de Viajes y llevarla luego ya fuera al cine o a algún restaurante. Algunas veces se quedaba a cenar en el departamento de los Pun y no se retiraba sino hasta pasadas las once de la noche. Nada parecía haberse alterado, todo parecía estar en su cauce normal, salvo el hecho de que Rosa se iba volviendo cada día más hermosa y al mismo tiempo más llena de vitalidad, como una flor que alcanzaba su pleno florecimiento. Pero uno no puede calificar a aquello como algo irregular. ¿Qué cosa más natural que un capullo que se abre hasta mostrarse en todo el esplendor de su belleza? Cada día Ying-Chun descubría en Rosa más perfecciones, más cualidades nuevas e insospechadas, pero, inexplicablemente, aquellos descubrimientos sólo alimentaban en Ying-Chun una cada vez más creciente sensación de pérdida, cuya razón él mismo no atinaba a elucidar. Cuando contemplaba el rostro animado y radiante de belleza y juventud de Rosa, Ying-Chun, en lugar del orgullo natural y de la satisfacción que debiera sentir como el virtual dueño de tan hermosa criatura, sólo sentía inquietud. Ying-Chun no pudo explicar las causas de su desazón hasta el día en que se le ocurrió comparar unas fotos de Rosa tomadas en el pasado y otras recientes. Sólo entonces notó que la tímida sonrisa que tanto lo había cautivado desde el comienzo de su idilio había sido reemplazada por otra, igual de encantadora por cierto, pero ya sin el asomo de candor que la había caracterizado. Era una sonrisa deslumbrante, propia de una mujer hecha y derecha, y no de una muchachita.

En noviembre Rosa le dijo que planeaba hacer un viaje a Canadá, en uso de un pasaje que la Canadian Pacific le había regalado.

"Te traeré de regalo un oso polar cuando regrese", dijo gozosamente, para confortar a Ying-Chun. Su enamorado la miró sin mostrarse demasiado entusiasmado: Iba a replicar preguntando si en su recorrido pasaría por San Francisco, pero prefirió al final no hacerlo. ¿Para qué si con seguridad iba a obtener una mentira de respuesta?

La noche en que Rosa partió en el avión de la Canadian Pacific Ying-Chun se quedó en el espigón del aeropuerto luego de que el avión había despegado y desaparecido en el firmamento. El viento soplaba fuerte y el espigón, excepto por él, estaba completamente desierto. Ying-Chun tenía la mirada puesta en el lugar donde el avión había desaparecido, convertido primero en un minúsculo punto y luego dejado de verse por completo. Ahí va, señor Chang, se dijo Ying-Chun, la linda novia que gracias a mis buenos oficios se ha conseguido. Curiosamente, aunque una sensación de pérdida le oprimía el pecho, Ying-Chun no se sentía tan desmoralizado como esperaba. Lamentaba que el romance se terminara al cabo de tantos años, pero se dio cuenta súbitamente de que ya no se hallaba tan enamorado de Rosa como había estado hasta meses atrás. Acaso no estaba enamorado siquiera del todo. Más que por otras razones, había amado a Rosa por su candor, que la hacía diferente de todas las demás muchachas. Pero el candor sólo es perdurable en los niños y en los tontos, y en escasos meses Rosa había madurado hasta convertirse en una mujer juiciosa y práctica, siguiendo el curso ineludible de toda chica normal.

En los cuatro años pasados, Ying-Chun había estado viviendo simplemente una ilusión.

Y Rosa no volvió. Era una mujer hecha y derecha, y las mujeres hechas y derechas saben escoger lo que más les conviene.

VOCABULARIO

Sén-hák : Recién llegado; inmigrante nuevo.

Tusan : Hijo de chinos nacido en el país donde éstos se hallan en condición de inmigrantes.

Mah-jong : Un juego de origen chino en el que se usan azulejos similares al dominó.

Jaum-cá-chang, Cháo-cán : Improperios.

Lou : Literalmente: viejo. Expresión frecuentemente empleada en el trato familiar.

Ah-po : Abuela.

Ah-má : Madre.

Aberdeen: Un suburbio de Hong Kong.

Ah-pá : Padre.

Ah-pák : Tío.

Chícuchei : Palabra híbrida, resultante de la combinación de la voz castellana *chico* y de la voz cantonesa *chei*, que significa exactamente lo mismo que la primera.

Sám-kó : Tercer hermano mayor.

Si-kó : Cuarto hermano mayor.

Yi-kó : Segundo hermano mayor.

Sam Men : Un colegio chino en Lima (C.E.P. "10 de Octubre").

Sín-Sán : Señor o profesor.

Día del Doble Diez: Fiesta patria de los nacionalistas, que se celebra el día diez de octubre de cada año; la fiesta nacional de los comunistas es el primero de octubre.

Tung Po : Un restaurante chino.

Páu-yui : Un marisco.

Tai-súk : Tío.

Kuei : Literalmente: demonio. Expresión despectiva con la que los chinos se refieren a los extranjeros, particularmente los occidentales.

Cantonés: Nativo o lengua de la provincia de Kuangtung (y no de la ciudad de Cantón).

Wo-si : Un tubérculo.

Cholon : Barrio Chino de la ex Ciudad de Saigón.

Jau-suen : Calidad de ser un buen hijo y, cumplir con el amor filial hacia los padres.

Kuo Sen : Un salón de té.

Mai-sung : Comprar los comestibles que se emplean para preparar el *sung*.

Sung : Comida (carne, hortalizas, etc.) que se sirve en forma separada del arroz.

Doncella Roja, La (Jung-Niang): Personaje secundario de *El Pabellón Occidental*, obra teatral de la dinastía Yuan basada en una historia original de Yuan Chen de la dinastía Tang. Sinónimo de celestina.

LA PRIMERA ESPADA DEL IMPERIO

(1988)

EL VIAJERO

I

EN UN TRAMO arbolado del camino principal que conducía a Ch'ang-an, sentado sobre una roca y abanicándose con un sombrero de paja que sostenía en una mano, se hallaba un hombre. El calor del momento era agobiante. La sombra que los altos álamos proyectaban sobre el polvo resultaba ser un pobre paliativo. Camino a Ch'ang-an marchaba la gente en pos de dorados sueños, ya fueran asequibles o imposibles, nobles o bajos, ridículos o no; y el hombre del sombrero de paja la aguardaba en medio de su ruta para truncárselos, pues el hombre era un bandido. Y lo que es peor: era un bandido que no dejaba salir con vida a ninguna de las víctimas a quienes asaltaba.

El bandido era un hombre que frisaba los cincuenta años, pero aún fuerte y ágil como un mocetón. No tenía la apariencia de un temible malhechor: más bien se parecía a un apacible labriego. Su rostro era moreno, gastado por el tiempo, y sus trajes tan ordinarios que resultaba imposible describirlos. Contribuía aún más a esa falsa impresión de un campesino haciendo un alto en su camino, en lugar de un despiadado salteador, el rastrillo que descansaba sobre uno de sus hombros. Resultaba difícil concebir que este inocente instrumento de labranza fuese el arma con que había destrozado hábilmente el cráneo de más de un viajero desprevenido. En una época más feliz, el bandido había sido un maestro en el manejo de la maza, tanto de asta larga, empleada en combates a caballo, como de mango corto.

Había estado aguardando su oportunidad desde muy temprano, infructuosamente. Durante ese lapso había pasado delante de él una buena docena de personas. Algunas de ellas eran simples campesinos o gente pobre, que de ninguna manera podían interesarle. Otras viajaban en carruaje o iban en grupo, y atacarlas en tales circunstancias resultaba demasiado arriesgado. Pero el bandido, después de diez años en el ejercicio de tan difícil oficio, había aprendido a esperar, a aguardar la víctima y el momento propicios. Y siguió esperando pacientemente, mientras se abanicaba con el sombrero de paja para mitigar el calor.

Cuando el sol alcanzaba precisamente el cenit, pasaron un jinete y su sirviente, quien iba a pie detrás de su amo. El jinete iba montado sobre un precioso corcel de pelaje negro, cuerpo bien proporcionado y largas patas: por este caballo solo el bandido hubiera arriesgado su pellejo. El jinete vestía ropa ligera de seda y llevaba, en una de sus manos, una fusta, que al parecer no tenía ninguna necesidad de usar, pues iba muy despacio, con el fin de que el sirviente pudiera seguirlo. Éste llevaba sobre el hombro derecho un atadijo.

El bandido esperó a que ambos hubiesen pasado delante de él y alejado unos veinte pasos de donde se encontraba. Luego se incorporó rápidamente, se colocó el sombrero de paja y, rastrillo al hombro, empezó a darles alcance. Mientras pasaba al lado del sirviente con pasos ligeros y ágiles, lo estudió con el rabillo del ojo: notó que llevaba una espada de vaina y empuñadura de hechura muy sencilla atada a la espalda. Este descubrimiento no le preocupó seriamente: estaba seguro de poder darles cuenta con facilidad, a amo y sirviente. Aminoró los pasos cuando dio alcance al jinete. Se quitó de nuevo el sombrero de paja y con él comenzó a abanicarse.

—¿Vaya calor, verdad? —dijo casualmente, mientras estudiaba de soslayo a su futura víctima. Al mirar el rostro del jinete, ladeando un poco su propia cabeza, se quedó pasmado por la hermosura de su interlocutor.

El jinete era un hombre bastante joven, prácticamente un adolescente: no tendría más de veinte años. Sus facciones eran de una perfección y delicadeza casi femenil. Su piel era tersa y blanca como la nieve o como los pétalos de loto. A causa del calor, sus mejillas se habían cubierto de un intenso rubor, y diminutas gotas de sudor adornaban la parte superior de sus labios, entreabiertos como un capullo a punto de florecer. El bandido, que no era del todo lego en materias de estética, dejó escapar, admirado, una exclamación, y por un momento estuvo tentado a creer que se trataba de alguna doncella disfrazada. Pero la complexión del jinete era incuestionablemente masculina, pese a que no era musculosa.

Iba muy erguido sobre la montura y se protegía del sol con un enorme sombrero redondo de estera, forrado con tela blanca. No llevaba arma alguna, ni sobre el cinto ni sobre la montura, y a juzgar por lo bien cuidadas que tenía las manos, tampoco parecía que estuviese acostumbrado a su uso.

Como respondiendo al comentario del bandido, el joven había sacado un pañuelo de seda fina y se enjugaba la frente, que era alta y despejada y denotaba gran nobleza e inteligencia.

—Terrible — dijo, refiriéndose al calor—. Buen hombre — agregó después de un rato—, ¿siempre hace tanto calor en esta parte del Imperio?

El bandido ignoró la pregunta.

—¿Venís de muy lejos, señor? —dijo sin poder aún apartar la mirada del agraciado rostro del jinete.

—De muy lejos, ciertamente —dijo el mozo, que al parecer había recorrido un largo trecho sin poder conversar con nadie y se alegraba ahora sinceramente de poder hacerlo, aunque no fuera sino con un vulgar campesino.

—Perdonad mi impertinencia —dijo el bandido—, ¿vais en camino a la capital?

—Vuestra conjetura es absolutamente correcta, buen hombre.

—Perdonad mi impertinencia —volvió a decir el bandido, asumiendo una actitud de humildad acorde con el disfraz que había adoptado—, ¿vais a la capital por alguna importante razón?

El jinete lo miró desde arriba del caballo con condescendencia.

—Me habéis hecho una pregunta ociosa —dijo—. ¿Hubiera yo recorrido tanto camino de no ser por una muy buena razón?

Mientras tanto el bandido iba razonando: "Si ha venido desde tan lejos como afirma y tiene un negocio importante que atender en Ch'ang-an, debe venir bien pertrechado de dinero. El problema está en saber si lo lleva él encima o lo lleva el sirviente en su atadijo; y, por tanto, en decidirme a cuál de ellos debo liquidar primero. Si liquido a este hermoso señorito, que no podría ser de lo más fácil, es posible que el sirviente, en lugar de acudir en su defensa, se escape y se lleve el dinero consigo. Pero si liquido al sirviente, cosa que me tomará seguramente algún pequeño trabajo, el mozo se escaparía en su corcel y yo no podría alcanzarlo nunca. Lo atinado sería entonces matar a este mozo primero y luego ocuparme del sirviente". Echó una mirada furtiva hacia atrás y, para su disgusto, vio que el sirviente, que era un hombre de mediana edad, se había quedado rezagado. Tampoco escapó a la perspicacia del bandido el nerviosismo con que aquel los miraba a él y a su propio amo. Indudablemente, el hombre recelaba, y el bandido se preguntó qué detalle de su disfraz o qué parte de su caracterización no había resultado lo suficientemente convincente. Tal vez el sirviente tenga algún sexto sentido, pensó, pues su amo seguía charlando confiadamente.

El bandido volvió a mirar al jinete, y la belleza y la nobleza de continente de éste le hicieron sentir cierta desazón. "Es una pena que no tenga más remedio que matarlo", se dijo pensativo. "Tal vez al hacerlo le estoy quitando al Cielo uno de sus hijos predilectos".

El bandido no era un malhechor corriente. Hasta la purga de los príncipes de Tang por el actual Emperador, había sido el comandante del Cuerpo de Guardias del Norte, encargado de la custodia de la Ciudad Prohibida. La purga alcanzó a todos los jefes militares de importancia: él logró escapar de la muerte apenas por un pelo. Se había dedicado al oficio de salteador de caminos por necesidad y no por lucro, pero, por otro lado, era el más despiadado de todos los bandoleros de la región: nadie que hubiese visto su cara había sobrevivido para describirla. Ésta era una precaución elemental que tomaba para protegerse de la persecución de que era objeto, pues el Emperador había puesto alto precio a su cabeza. Y precisamente porque no era un malhechor cualquiera, no obstante los diez años pasados en tan azarosa forma de vida, aún solía sentir remordimientos de conciencia al llevar a cabo alguna de sus fechorías, cuando su víctima era gente de bien, o alguien tan agraciado y tan joven como el mozo que tenía ahora a su lado.

Empezaban a salir del tramo boscoso. Más adelante el camino se extendía descubierto. "Acabemos esto de una vez", se dijo finalmente el bandido. Una vez tomada la decisión, se sintió más aliviado. Volvió la mirada hacia atrás para cerciorarse de que el sirviente los seguía: éste se había rezagado aún más. El bandido frunció el ceño, al pensar que sería algo difícil tratar de alcanzarlo más adelante; se aseguró el sombrero de paja sobre la cabeza, empuñó con ambas manos el rastrillo y, diestramente, pero con una contundencia terrible, lo descargó contra la parte posterior del cráneo del jinete. Éste, que había adelantado el paso de su caballo, no vio la llegada del golpe y posiblemente tampoco lo sintió, pues rodó al suelo sin proferir la menor queja. Lo certero y contundente del golpe satisfizo al bandido. Todo el incidente le tomó sólo dos o tres segundos, y no fue necesaria sino una mirada al boquete abierto en el cráneo del joven para asegurarse de que éste estaba muerto. Inmediatamente se volvió contra un posible ataque de parte del sirviente, pero el hombre se había echado a correr en la dirección opuesta.

El primer pensamiento del bandido fue el de lanzarse en pos suyo, pero después de una breve vacilación, decidió que el sirviente no podía irse muy lejos, y que con el caballo que ahora estaba a su disposición podría alcanzarlo más tarde sin mucho apremio. Se puso en cuclillas al lado del cadáver y empezó a registrar su ropa y luego el cuerpo todavía tibio. Mientras lo hacía, procuró no mirar el rostro del mozo que ahora yacía sin vida sobre el polvo del camino: no se sentía con el valor de hacerlo. No encontró nada en la ropa ni en el cuerpo, salvo una pieza de jade en forma de moneda, que estaba sujeta entre las prendas interiores: era un amuleto contra los malos espíritus. En la pequeña alforja que colgaba de un lado de la montura tuvo mejor suerte, pues había en él un monedero de paño bordado, al lado de un largo sobre de papel. El monedero pesaba. El bandido no tuvo necesidad de abrirlo para convencerse de que había hecho una buena jornada. El sobre, que contenía con seguridad alguna carta o documento de importancia, pues estaba cuidadosamente lacrado, en cambio no le interesó. Volvió a colocar el monedero y el sobre dentro de la alforja, junto con la pieza de jade que había arrancado del cuerpo del viajero, recogió el rastrillo y montó sobre el caballo, que se dejó cabalgar sin oponer resistencia. Más adelante, mientras iba en persecución del sirviente, sacaría el sobre lacrado de la alforja y lo arrojaría, convertido en una pelotita de papel, entre las altas hierbas que crecían en uno de los bordes del camino.

Antes de desaparecer en el recodo más próximo, el bandido volvió por última vez la mirada detrás de la grupa y miró el bulto inerte que era el cuerpo sin vida del joven viajero. Sintió de repente un tremendo pesar, cosa a la que no estaba en absoluto acostumbrado.

Los cadáveres del infortunado mozo y de su sirviente fueron hallados horas más tarde y conducidos a la aldea más cercana. Los aldeanos que se agruparon alrededor de ellos para comentar la última fechoría del "Lobo Gris del Camino Real", el temible salteador cuyo rostro nadie había sobrevivido para describir, se quedaron fascinados por la figura del joven que, aun muerto, conservaba casi intacta su sorprendente belleza. Tenía los ojos abiertos, y los labios de finos trazos parecían esbozar una sonrisa, como si en el momento de recibir el golpe fatal hubiese estado pensando en algún luminoso porvenir que lo aguardaba camino adelante. Uno de los aldeanos sugirió que podría tratarse de algún letrado de talento, que se dirigía a la capital para buscar su consagración definitiva, y la idea fue inmediatamente secundada por el maestro de la única escuela del pueblo. Después de todo, aseguró el maestro, el célebre poeta Sima Sien-Yu de la dinastía Han no era mucho mayor que el muerto cuando se ganó el favor del Emperador Wu y de la Corte de la época.

II

EL SIGUIENTE texto corresponde al contenido de una carta que fue hallada, con el sobre intacto, en un tramo del camino principal que conducía a Ch'ang-an. Estaba firmada por el Gobernador de Ching-ch'ow y dirigida a su majestad el Emperador de Chou [1].

"Su majestad (comenzaba la carta), el portador de la presente, Wei An-Tsing, ha pedido a este fiel súbdito suyo interceder ante

---

[1] El Emperador de Chou era en realidad una mujer: Lady Wu Tse-Tien. Nacida en el año 625, fue sucesivamente doncella del Emperador Tai-Tsung, fundador de la dinastía Tang; "dama de compañía" del Emperador Kao-Tsung y finalmente su esposa. De 684 a 689 fue Emperatriz Regente. En 690, luego de encarcelar a sus hijos propios y purgar a los demás príncipes, abolió la dinastía Tang y se declaró Emperador (*ti*, en lugar de *hou*, "Emperatriz") de otra nueva, a la que denominó Chou. En 697, cuando tenía ya setenta y dos años, formó un harem de mancebos conocidos como el Instituto de la Grulla para su propio disfrute. Lady Wu murió en el año 705 y la dinastía Tang fue restablecida poco antes de su muerte.

Su Majestad para ser admitido al Instituto de la Grulla, y poder así servir a su Majestad y al Imperio, como es deber de todo súbdito calificado para tal puesto. El joven Wei, como su Majestad podrá verificar con sus propios ojos, está dotado de todos los atributos que le dan justo derecho a aspirar al alto honor de formar parte del personal del Instituto de la Grulla. Por mi lado, estoy dispuesto a garantizar con mi vida el desempeño de este mozo en el ejercicio del arte de la nube y la lluvia [2], que practica con extraordinaria competencia, siendo como es dueño de una rara y vigorosa belleza sub-abdominal. . . .”

La carta fue descubierta en invierno. Aunque la muerte a rastrillazos del joven desconocido y de su sirviente aún permanecía en el recuerdo de los aldeanos, a nadie se le ocurrió relacionar la carta con aquel doble crimen. Durante un buen tiempo, se siguió comentando la muerte del primero con profundo sentimiento.

---

[2] El arte amatorio.

LA PRIMERA ESPADA DEL IMPERIO

I

ME ENCONTRABA algo ebrio cuando se presentó al anochecer en mi casa, dentro de la Cancillería. Estaba ataviado con su vistoso uniforme de Comandante del Cuerpo de Guardias del Sur. Se veía más buen mozo que nunca, pero su rostro tenía esa expresión tan adusta que yo siempre había odiado; uno de sus pocos defectos era esa seriedad ascética con que siempre tomaba las cosas. Un hombre tan joven como él —tenía treinta y tres años—, aun cuando fuese el comandante de una caballería compuesta por más de dos mil hombres y tuviera a su cargo la enorme responsabilidad de resguardar el orden dentro de la capital, debería tomar la vida con más calma y menos severamente. Cierto sabio de la antigüedad, cuyo nombre no recuerdo, dijo una vez que un hombre carente de sentido del humor es siempre de cuidado; que puede ser tan peligroso para quienes se crucen con él en el camino como lo puede ser una serpiente, para no decir una víbora. Me gustaría añadir a esa sabia observación algo de mi propia cosecha: un hombre carente de sentido del humor puede ser tan peligroso para él mismo como para los demás.

Lo invité a sentarse enfrente mío y llamé a la doncella para que trajese más vino. Tenía entonces a aquella pequeña muchacha que el Lord Canciller acababa de darme como obsequio: era fina, frágil y hermosa como una pieza de jade. Trajo en una bandeja un nuevo jarro de vino y una segunda copa, que colocó delante de él. Después de servirnos la despedí, y ella salió del recinto tan silenciosamente como había entrado. En todo aquel lapso de tiempo mi visitante permaneció sentado, muy solemne y erguido, sobre el piso, la vaina de su espada tocando el mismo. No pareció siquiera haberse fijado en la chica. Le guiñé un ojo y dije, refiriéndome a la doncella:

—Hasta hace tres días era una virgen, pero ya no lo es más.

Quisiera dejar perfectamente en claro que nunca fui uno de esos truhanes que, valiéndose de su condición de amos, acostumbran aprovecharse en forma impune y ruin de sus doncellas y de otras mujeres a su servicio, no contentos con tener un harem de concubinas. De hecho, lo que dije no era más que una mentira: sucede que su expresión tan adusta e impasible me estaba sacando de quicio y quise fastidiarlo.

Si tal era mi intención, no obtuve el menor éxito.

Me bebí otra copa y esperé pacientemente a que se decidiera a decir lo que había venido a decirme. Hacía casi un año que no nos veíamos. Desde el mismo momento en que puso los pies dentro del cuarto supe que no había venido precisamente a hacerme una visita de cortesía. Se decidió al fin.

—Vine a hacerte una pregunta —dijo mirándome directamente a los ojos—. ¿Aún te consideras la Primera Espada del Imperio?

"Ajá", me dije para mis adentros, casi triunfalmente. "¡Conque era eso!". No estaba en absoluto sorprendido: sabía que tarde o temprano me haría esa pregunta o alguna otra similar. En los últimos meses había oído insistentes rumores de que se había proclamado a sí mismo la Primera Espada del Imperio, aduciendo que, a causa de mis cuarenta y tantos años y de mis borracheras, había perdido mi derecho a la posesión de ese título. No me sorprendería que él mismo fuese el que se encargó de propalar tales rumores. Y la razón era comprensible, si no loable: aspiraba a suplir al viejo general Yuan en la jefatura del Cuerpo de Guardias Imperiales, la guarnición de la Ciudad Prohibida. Para lograr ese objetivo, la posesión del título de la Primera Espada del Imperio, que estaba aún en mi poder, no podría ser un argumento más válido y poderoso. Contesté lentamente:

—No conseguí el título de la Primera Espada del Imperio por herencia; lo obtuve por méritos propios. Y puesto que desde la muerte del Abad Yu-Cheng, mi predecesor, no ha habido aún nadie que pueda medirse conmigo, no veo por qué tenga que renunciar a él.

Al pronunciar aquellas palabras, estaba totalmente sobrio. Y serio.

Me estudió atentamente y yo le devolví la mirada, pero sin animosidad, sino más bien con pena. Me apenaba que algo tan fútil como un título hubiera podido sembrar el germen de la codicia en un alma noble como la suya.

Dijo después de una larga pausa:

—¿Cómo puedes estar seguro de merecer aún ese título si no te has medido en años con nadie?

Dije algo sarcásticamente:

—¿Con quién, por ejemplo? Nadie se ha ofrecido a hacerlo.

Sabía cuál iba a ser su respuesta, tan bien como sabía cuál era su intención al venir a verme.

—Me gustaría medirme contigo —dijo, temblándole ligeramente la voz—, si aceptas.

El muy bribón había dicho "si aceptas", como si la opción de aceptar o no el reto estuviese en mis manos. La verdad es que si me hubiera rehusado a medirme con él, los rumores sobre mi negativa se habrían esparcido inmediatamente por toda la capital y fuera de ella —de hecho, por boca de él—, y mi supuesta "cobardía" redundaría en su provecho. Me acababa de lanzar, muy sutilmente, un desafío que, pese a mi renuencia, no tenía más remedio que aceptar.

—Encantadísimo —respondí, pero en realidad no me sentía encantado con la idea en lo más mínimo.

Empezamos a discutir sobre la hora y el lugar donde nos mediríamos. Rápidamente se decidió que la hora fuese el atardecer del día siguiente, pero en lo que respecta al lugar hubo cierto desacuerdo. Propuse que la Sala de Armas de la Cancillería, donde yo era Jefe de Seguridad, fuese la arena de nuestra justa; o, en su defecto, la Sala de Armas de su Comandancia. Rechazó ambas propuestas.

—A quince *li* fuera de la ciudad hay un lago, que ahora estará congelado —replicó afectando casualidad, pero con muy pobre resultado—; podríamos combatir allí sin que nadie ni nada nos distraiga.

Si cree que soy un estúpido se equivoca, me dije. Lo que teme no es que nos puedan distraer, sino que nos puedan *ver*; o, para ser más preciso, que puedan verle a *él* en el caso de que fuese derrotado.

En principio, siendo el retado, hubiera podido imponer mis propias condiciones, pero decidí que el lago, después de todo, no era un mal escenario. Además, era preferible que el duelo no trascendiese hasta los oídos del Lord Canciller y de la Corte, que desaprobaban los duelos de índole personal entre sus oficiales.

—Está bien —dije despreocupadamente—; que sea el lago. —Señalé con una mano su copa—: No has tocado nada de tu vino.

—Tú sabes que no bebo —replicó mientras se levantaba. Se arregló su coracina de láminas de bronce y su espada y se dispuso a marcharse.

—Aún no es tarde para comenzar —dije en tono jovial, pues me sentía de veras jovial: el duelo no me preocupaba.

Después que se hubo ido, me bebí el resto del vino a su salud. Era entonces un buen bebedor y lo sigo siendo todavía. El vino nunca ha podido afectar la efectividad de mi espada. Si algún día muero bajo el arma de alguien, espero que no culpen a ese dulce y precioso néctar. Busquen la explicación en cualquier otro lado.

II

EL CAMINO que conducía al lago donde habríamos de medirnos no era en realidad muy largo, pero con el tiempo que hacía —había estado nevando sin parar todo el día— el recorrido distaba mucho de ser uno de placer. Apenas traspuse los muros de la ciudad, ya los oídos me dolían de puro frío, y empezaba a lamentarme de no haber llevado conmigo alguna botella de vino para calentar el cuerpo. Me cubrí la cabeza con la capa tártara y proseguí mi camino lentamente, cuidando de que el caballo no se resbalase en los pendientes cubiertos de nieve. En el camino no me crucé con nadie, pero por un buen trecho me acompañó un halcón, que sobrevolaba las montañas circundantes. Decidí que era una señal de buen augurio. Aunque no sentía en absoluto que el concurso de la suerte me fuera necesario, pues me encontraba muy seguro de mí mismo, el detalle me alegró de todas maneras. El cielo era de color gris. Calculé que parte del combate, de prolongarse más de lo que yo estimaba necesario, habría de efectuarse a la luz de la luna o en la oscuridad de la noche.

Cuando llegué al lago, se hallaba ahí desde ya algún buen rato, por lo que pude deducir de la expresión de impaciencia que mostraba su rostro. Observé también que estaba visiblemente nervioso, y frotaba las dos manos como si tratase de quitarse el frío de encima. Llevaba ropas de uso común, rellenadas de seda. Me bajé del caballo y aseguré las riendas a uno de los árboles desnudos que había al borde del lago. El agua del lago se había congelado por completo.

—¿Quieres que combatamos sobre el lago o en sus orillas? —pregunté en voz alta. Las montañas devolvieron el eco.

—Sobre el lago —dijo secamente.

Me encogí de hombros y empecé a quitarme la capa. Desaté la espada de mi cinto, la desenvainé y tiré la vaina a un lado. Tenía entonces esa espada conocida como "Aurora Púrpura", que una vez perteneció al Abad Yu-Cheng. El Abad me la regaló, al tiempo que renunciaba al título de la Primera Espada del Imperio en favor mío, después de que llegué a aguantarle ciento veinte vueltas de combate. Probablemente hubiera acabado por derrotarme de haber seguido, pero el buen Abad era un hombre a quien le importaba muy poco la fama y las posesiones mundanas, para no hablar de títulos que no son sino simples palabras o frases. Al regalarme su espada, fue más allá del protocolo de reconocimiento de un nuevo poseedor del título de la Primera Espada, que no exigía nada semejante. La "Aurora Púrpura" era una espada delgada y larga. Era en extremo liviana y al mismo tiempo resistente, de modo que se podía dar con ella golpes contundentes con escaso esfuerzo. Era una maravilla.

Luego de dar algunos golpes al aire dije:

—Estoy listo.

Había desenvainado su propia espada, dio unos veinte pasos hacia el centro del lago, se cuadró ahí y me esperó. Empezaba a salir la luna y su luz se reflejaba sobre el hielo.

Voy a abreviar. Combatimos en silencio, yo muy seguro de mi propia habilidad y fuerza y él algo nervioso, cuidándose de no arriesgar demasiado. Al principio todo me parecía un simple juego: estaba, aunque tal vez no me crean, de buen humor. Adivinaba todos sus golpes y se los devolvía sin ninguna dificultad. Y como no tenía prisa en acabar la diversión, no ataqué a fondo: me limité a defenderme y a ensayar, casi con condescendencia, esporádicos contragolpes. Ése fue mi error: de haber atacado con toda mi habilidad y fuerza en aquel momento, hubiera acabado muy pronto el combate, con el resultado a mi favor. Pero no: ¡quería jugar al gato y al ratón! Normalmente no soy un hombre arrogante, envanecido, pero esa vez hice una funesta excepción.

El hecho es que en la quincuagésima vuelta o alrededor de ella empecé a notar que me faltaba el aire, y que los golpes que rechazaba con mi espada eran cada vez más fuertes. No tardé en darme cuenta de que lo que sucedía no era que la fuerza de mi contendor estuviese en aumento: era la mía la que se iba debilitando. Preocupado por primera vez desde el inicio del combate, empecé a pelear con seriedad y tratar de acabarlo lo más rápidamente posible. Pero ya era demasiado tarde: se había replegado y se limitaba a defenderse, esperando pasar al ataque en cuanto mis fuerzas se agotasen. Llegamos a la vuelta septuagésima y aún no podía quebrar su defensa. Comprendí que mi suerte estaba echada: era sólo cuestión de tiempo que se acabaran mis fuerzas. Me ganaría, ciertamente, no por destreza o por la superioridad de su escuela de esgrima, sino por un factor que yo no había tomado en consideración: el vigor de un cuerpo joven y disciplinado. Me detuve y dije, corto de aire:

—Está bien, tú ganas. Desde ahora eres la Primera Espada del Imperio.

Había hablado con cierta tristeza en el corazón: después de todo, había tenido el título en mi posesión por más de quince años y, si bien no le daba mayor importancia que la que daría a una rara pieza de antigüedad o de arte, me había acostumbrado a él por tanto tiempo que el perderlo no podía menos de causarme un poco de desazón. Que quede, sin embargo, esto en claro: me sentía triste, pero no adolorido.

Estaba parado bajo la luz de la luna, sosteniendo su espada, que tenía el frío resplandor de un témpano de hielo. Supuse que se mostraría contento, pero no lo hizo: tenía esa odiosa expresión adusta en su rostro. Tal vez celebre el acontecimiento más tarde, me dije. Me volví y me dirigí hacia el lugar donde estaba atado mi caballo. Por costumbre, como siempre hacía después de terminar algún combate y tenía aún a mi rival o mis rivales a mis espaldas, no envainé mi espada. Repito: no envainé inmediatamente mi arma debido a una antigua y muy enraizada costumbre, y no porque recelase algún ataque artero de parte de él. Fue una suerte que todavía conservase aquella costumbre. No había dado más que unos cuantos pasos cuando sentí que algo rasgaba el aire detrás de mí. Me volví instintivamente, tan rápidamente como pude, y tracé a ciegas un círculo con mi espada. No supe de qué lado vino el golpe, pero mi espada lo contuvo. En los minutos siguientes soporté con gran dificultad su violenta arremetida, mientras trataba en vano de poner en orden mis ideas. Después de un rato, aún incapaz de hacer otra cosa que defenderme maquinalmente, le grité:

—¿Por qué? ¿No te basta con ser la Primera Espada del Imperio? ¿Por qué quieres matarme? ¡Cielo santo! ¿Por qué?

Mientras me defendía desesperadamente, con golpes casi desordenados, alcancé a ver cómo el halcón que me había acompañado en mi recorrido hacia el lago (es posible que fuera otro, pero entonces estaba seguro de que era el mismo) trazaba círculos sobre nuestras cabezas. Hay cosas en la vida que son difíciles de explicar. Tomen, por ejemplo, el caso de aquel halcón. Mi vida pendía de un solo hilo; no podía descuidar el menor de mis movimientos, no podía desatender ninguno de los golpes de espada que me lanzaba y, sin embargo, pude advertir la presencia y las evoluciones del halcón. Era ilógico, inconcebible, pero, ¡ay!, ¿no era igualmente inconcebible que me hubiera atacado de ese modo? ¿no era igualmente inconcebible que hubiera querido acabar conmigo?

Mi confusión no duró demasiado tiempo. Después de todo, no en vano había llevado una vida de armas por más de veinte años. Ya algo más sereno, empecé a evitar sus embates frontales, mientras me esforzaba en ordenar las ideas. Poco a poco empecé a ver las razones de su comportamiento; es decir, el porqué quería acabar conmigo. En realidad es algo muy simple, y si hubiera conocido el corazón humano mejor entonces, no me habría parecido tan inconcebible y absurdo. Pero en aquellos momentos me pareció una verdadera monstruosidad, una aberración. Me explico: para los efectos del duelo había escogido aquel paraje tan desolado, y no cualquiera de las Salas de Armas que se hallaban a nuestra disposición, porque no se sentía seguro de sí mismo. Si iba a perder, no quería tener a nadie de testigo. Pero una vez que me hubo vencido y me hubo arrebatado el título de la Primera Espada del Imperio, ¿cómo *probar* a los demás que en efecto me había derrotado? Aun cuando yo mismo me ofreciera a admitir ante todos ese hecho, no habría sido suficiente para convencer a muchos. Recuérdese que ya antes el Abad Yu-Cheng había "renunciado" al título en mi favor (sólo a su muerte llegué a ser verdaderamente la Primera Espada del Imperio), ¿no podría darse el caso de que yo estuviese repitiendo la historia, es decir, "renunciando" al título en su favor? No: no le bastaba que yo admitiese delante de todo el mundo la derrota sufrida de sus manos; tenía que tener una prueba irrebatible de su triunfo, y esa prueba era mi cabeza. Estas ideas no sólo cruzaron por mi pensamiento, sino que las expresé en voz alta mientras seguía defendiéndome. No obtuve respuesta, pero su silencio fue más elocuente que mil palabras. Sentí que el corazón se me hundía como una piedra arrojada al agua de un estanque, y por un breve instante casi deseé que me matara. Me sobrepuse, sin embargo, y con un oscuro pesar en el alma, pero la cabeza más fría y lúcida que nunca, empecé a devolver sus golpes con toda la contundencia y precisión que me permitían mis reservas de fuerza y mi destreza. Ignoro en qué momento dirigió la punta mortal de su espada derecho a la parte de mi pecho debajo de la cual late el corazón. Adiviné la trayectoria de la estocada pero no hice nada para detenerla. La punta de la espada penetró a través de mi chaqueta y la fuerza que conllevaba el golpe me hizo trastabillar. En aquel mismo instante levanté mi espada y atravesé su garganta de un lado al otro. Jamás olvidaré la expresión de incredulidad de su rostro cuando se quedó ahí, parado en medio del lago, con la garganta aún atravesada por la hoja de mi arma. Cuando retiré la espada, muy despacio, su cuerpo no cayó de inmediato, sino que empezó a deslizarse con terrible lentitud hasta tenderse finalmente sobre el hielo, mientras la sangre manaba de la herida a borbotones. La luna llena brillaba justo sobre el lago. Había dejado de nevar.

Corté su cabeza, la envolví en mi capa y volví a la ciudad a galope. Una vez en ella, me dirigí sin perder tiempo a la Comandancia del Cuerpo de Guardias Imperiales y escalé hasta su techo de tejas doradas. Sobre una de las cornisas clavé la cabeza con mi daga, por el moño. Había aspirado a ocupar aquel enorme edificio de soberbias líneas —cuyo amo de turno era entonces el anciano general Yuan— con tanto ardor, tanta pasión, que no pude menos de hacer algo por él al respecto, aunque no fuera sino en forma póstuma.

Ya conocen el resto de la historia: renuncié al día siguiente a mi cargo de Jefe de Seguridad de la Cancillería y, desde entonces, vivo en este rincón apartado. Aún soy la Primera Espada del Imperio, a pesar de tantos años transcurridos.

He releído lo escrito hasta ahora y noto que he omitido explicar cómo logré sobrevivir a la estocada al corazón que recibí. Es verdad que era —y lo sigo siendo— la Primera Espada del Imperio, pero al igual que cualquier mortal, no soy invulnerable. Poco antes de partir hacia el lago fui a despedirme de mi mujer y ella me dio ese espejo de bronce suyo. Al borde de las lágrimas, me suplicó que lo guardase debajo de mi chaqueta, sobre el corazón. Me reí de su infundado temor y le dije que no tenía nada de qué preocuparse, pues el duelo era con mi propio hermano. Nadie iba a salir lastimado. El lance era poco más que una diversión o entrenamiento, aunque algo inoportuno por lo inclemente del tiempo y lo alejado del lugar escogido como arena. Cosa rara: al mencionar a mi hermano su preocupación no sólo no se disipó, sino que se hizo más grave, más seria. Para evitar que tuviese un acceso de histeria, acepté con renuencia el espejo y lo guardé, como me había pedido, entre la chaqueta y mi pecho. No me imaginaba que al cabo este pequeño detalle iba a salvarme la vida. Al reflexionar sobre el comportamiento de mi esposa en aquella oportunidad, aún no ceso de preguntarme si las mujeres no son mejores jueces de la naturaleza humana que nosotros los hombres.

EL LAVADO DE MANOS

EL VIEJO sirviente salió al patio y, subido a una silla de madera y armado de un martillo y clavos, fijó sobre el umbral laqueado de rojo dos largas sartas de petardos, una a cada lado de la puerta. Dentro de la mansión, que a la vez que residencia del Instructor Yuan era la sede de la Agencia de Protección que aquel dirigía, un animado banquete iba en pleno desarrollo. Personalidades eminentes de "las aguas" —entre ellas el Abad Administrador del Monasterio de Wutang, el Timonel en Jefe de la Hermandad de las Espadas Doradas, la Cabeza de Dragón de la rama regional de la Sociedad de la Terna y un Venerable de la Congregación de los Pordioseros—, funcionarios militares y civiles del gobierno local, potentados de la localidad y antiguos clientes de la Agencia, habían venido invitados a asistir al "lavado de manos" del Instructor Yuan, que se retiraba de las armas en forma definitiva. La conducción de la Agencia, según se supo, pasaría en adelante a las manos del hijo único del dueño de casa, un muchacho de apenas veinte años. El hecho de que un mozo tan joven y poco experimentado —había participado en no más de siete expediciones— sería en el futuro su jefe y patrón, era motivo de una justificada preocupación de parte de los instructores o guardaespaldas profesionales de la Agencia, que si bien no dudaban de su valentía y su competencia en el manejo de las armas tenían, en cambio, dudas respecto a su capacidad como conductor de hombres, que a menudo debe tomar decisiones rápidas pero a la vez acertadas bajo gran presión, frente a situaciones adversas fuera de toda previsión y cálculo. Los más pesimistas de estos hombres rudos, templados en mil combates, no vacilaron en expresar su temor de que el prestigio de la Agencia sufriría, en los años por venir, un inminente menoscabo. Para ellos, el retiro del Instructor Yuan, que apenas frisaba los cincuenta y cinco años, no podía ser más inoportuno e inexplicable. Todos los invitados compartían también ese sentimiento, pues no era acostumbrado que un notable hombre de armas se "lavara las manos" a una edad tan relativamente temprana.

El dueño de la Agencia era de elevada estatura y de contextura enjuta. Sus brazos, al igual que sus piernas, eran desusadamente largos y sus manos, grandes y poderosas. Parecía haber nacido especialmente para la práctica del boxeo de la Escuela del Mantis, de donde, precisamente, procedía. Su rostro era amarillento y consumido, de rasgos pueriles, que no hacía justicia a su excepcional personalidad. Lacónico y reservado en la conversación, resultaba sorprendente que tuviese tantas amistades, como lo demostraban las treinta mesas totalmente ocupadas. Dentro de la Sala Principal y en la Sala de Armas contigua, había por lo menos trescientas personas sin contar a los sirvientes.

A la una de la madrugada acabaron de servir el último de los diez platos de regla. Retiraron los cubiertos y trajeron té cargado, vino de arroz y mondadientes; y mientras se servían las bebidas, los asistentes, entre invitados y personal de la propia Agencia, fueron preparándose anímicamente para el inicio de la ceremonia del "lavado de manos". La conversación perdió viveza, y cuando los sirvientes trajeron las palanganas de oro a la Sala Principal y las colocaron encima de una mesa alta, en uno de los extremos del recinto, el silencio se hizo total. Los que se hallaban en la Sala de Armas dejaron sus mesas y se aglomeraron, de pie, en la entrada que comunicaba los dos recintos. Alguien, de entendimiento agudo, observó que las palanganas, en lugar de una sola, como estipula normalmente el ritual, eran dos. Se extrañó un poco, pero reservó sus reparos para sí mismo.

El Instructor Yuan, luego de excusarse cortésmente del Abad Administrador del Monasterio de Wutang, con quien había estado departiendo, abandonó su mesa y se dirigió a donde se encontraban las palanganas. Se colocó detrás de ellas, de cara a los asistentes. Un joven, de su misma talla y sorprendente parecido, atravesó rápidamente la Sala y fue a ubicarse a su lado.

El Instructor Yuan habló con su característica lentitud, pero en forma precisa y directa. Llevaba puesta una túnica amarilla y tenía el rostro algo encendido, debido tal vez a la desacostumbrada cantidad de licor que había ingerido en el transcurso del banquete. Estaba completamente sobrio, sin embargo. Luego de agradecer a los invitados por su asistencia, muchos de los cuales habían hecho un largo camino sólo para poder estar presentes en el ritual, el dueño de casa se detuvo para escoger y pesar las palabras que iba a pronunciar a continuación. Cuando volvió a hablar después de unos considerables minutos, tanto la expresión de su rostro como el tono de su voz se habían hecho más fríos, más impersonales. El rubor de sus mejillas acabó por desaparecer por completo. Nadie entre los asistentes, sin embargo, alcanzó a advertir estos detalles casi irrelevantes.

—No puedo retirarme —comenzó el Instructor Yuan, eligiendo con gran cuidado cada palabra—, sin aclarar antes una acusación de la que he sido objeto durante los últimos tres lustros. Para gentes como nosotros, que hemos escogido de oficio las armas, no hay nada más ignominioso que el ser acusado de traidor o de cobarde, o de ambas cosas. Nadie hasta el momento, a falta de pruebas concretas, ha osado echar directamente en mi cara esos dos epítetos, pero no faltan quienes me llaman así a mis espaldas. Aún no ha habido alguien que se haya atrevido a señalarme con su dedo y decir en voz alta: 'Yuan Tzu-An traicionó a sus nueve compañeros de armas por unas cuantas barras de oro, si no los ha matado él mismo con sus propias manos'; pero pensamientos como ése deben haber pasado por la cabeza de no pocos. No los culpo, por cierto. En parte, al negarme a revelar lo que realmente ocurrió en Boca de Lobo, yo mismo he contribuido a crear esa equívoca impresión de mi persona. Tenía entonces razones poderosas para guardar tan persistente silencio, aun a costa de un grave detrimento de la reputación de la Agencia y de la mía propia. El difunto Abad Rector del Monasterio de Wutang, a quien recurrí en busca de apoyo, fue la única persona aparte de otras involucradas en la masacre, que supo de la verdad de los hechos. El buen Abad me instó, en más de una ocasión, a hacerla pública, pero me negué siempre. Le prometí, eso sí, hacerlo cuando llegara el momento oportuno. Ha sido necesario el transcurso de más de tres lustros para que llegase finalmente ese momento tan largamente aplazado. . . .

"Hace dieciséis años, como recordarán, recibí el encargo de llevar doscientas barras de oro de Tientsin a Shanhaikuan. Era un cargamento peligroso, de los más codiciados por la gente de 'la floresta', de manera que escogí personalmente nueve de mis mejores hombres, todos, además, de absoluta confianza. No empleé carreteros: uno de los instructores condujo la carreta. Seguimos una ruta poco transitada y siempre pernoctamos al descubierto, nunca en posadas; y la comida la preparábamos nosotros mismos. Creí haber tomado todas las precauciones necesarias. Al llegar a Boca de Lobo, cerca a Chinwangtao y próximo a nuestro destino, no había habido aún ningún percance: ni siquiera tuvimos escaramuzas. No vayan a creer, sin embargo, que por ello nos dejamos ganar por el descuido. Había estado yo bastante tiempo en este negocio como para saber que la proximidad del lugar de destino no es sinónimo de seguridad: en tanto no entre al puerto, un barco no está totalmente libre del riesgo de zozobrar.... La noche del incidente nos detuvimos al borde de un arroyo para descansar. La mitad de la partida debía montar guardia mientras la otra mitad dormía. Después de cenar fui a acostarme, cerca de la carreta, pero de espaldas a la hoguera. Me dormí enseguida, y tan profundamente como si no hubiese pegado los ojos en muchos días. En mi sueño creí sentir que alguien me sacudía con fuerza y me llamaba desesperadamente. Fue acaso el único momento de lucidez que tuve, pues me volví a dormir pesadamente, y no me desperté sino al día siguiente. Entonces el sol estaba en el cenit y sus rayos daban directamente contra mis ojos. Me puse en pie de un salto, aún no del todo despabilado, pero intuyendo ya la catástrofe: para un hombre de sueños ligeros como yo, el despertarse bajo la cegadora luz de un sol meridiano no sólo era una cosa desacostumbrada, sino algo inconcebible. Comprendí que a pesar de evitar con escrupuloso cuidado las posadas y las comidas preparadas por extraños, había sido drogado de alguna otra forma. Desenvainé mi espada y busqué con la mirada a mis compañeros. Lo que vi, incluso para alguien habituado a los derramamientos de sangre como yo, era escalofriante. La carreta había desaparecido. Alrededor del lugar donde había estado yacían ahora los cuerpos de los instructores, algunos de ellos —los que montaron guardia la noche anterior— sosteniendo aún sus armas. Con la vaga esperanza de que algunos de mis hombres hubiesen sobrevivido, me acerqué, tambaleante por el efecto residual de la droga y por mis propias emociones, a los cuerpos inanimados. Mi tenue esperanza no tardó en esfumarse. Con la excepción de dos de los hombres, que mostraban señales de haber muerto en combate, los demás simple y llanamente habían sido degollados cuando se encontraban inconscientes por los efectos de la droga.

"Éste ha sido un trabajo interno, me dije para mis adentros, cuando al fin pude coordinar las ideas; y para comprobar mi teoría conté los cadáveres uno por uno: sólo había ocho. El noveno hombre, aquel que aparte de mí no estaba muerto, era el que puso la droga en la comida y el autor o co-autor de la matanza. Y aquel noveno hombre era Ouyang Teh.

Al mencionarse el nombre de Ouyang Teh alguien protestó airadamente, y hubo dentro de la Sala Principal una conmoción general. El Instructor Yuan, pasando deliberadamente por alto estos detalles, prosiguió impávido:

—Ouyang Teh era sobrino y discípulo del Gran Maestro Tu Shen de Honan, famoso por su manejo de la lanza al estilo del clan Yüe. Tenía veinticinco o veintiséis años en aquel entonces, y había entrado a trabajar para mí hacía apenas dos años. Era muy buen mozo y atractivo; y a diferencia de la mayoría de nosotros, un hombre instruido. Entre el personal de la Agencia, conmigo incluido, era —para usar una expresión popular— como una grulla en medio de un corro de gallinas.

"Durante cerca de una hora permanecí en el lugar, mirando los cadáveres como si estuviese paralizado y tratando de pensar. Lo que no me explicaba era el porqué había sobrevivido yo solo a aquella matanza. Un hombre que era capaz de degollar a sangre fría a ocho de sus camaradas, no suele tener escrúpulos en matar a otro más, máxime si éste era el principal perjudicado del robo. Si los ocho hombres fueron muertos porque no quería que hubiese testigo, ¿por qué, entonces, no me degolló también mientras estaba drogado y totalmente a su merced? Entre él y yo existía hasta ese momento una cordial relación, pero ésta no trascendía de un mero lazo de empleado y empleador. Si me había 'perdonado' la vida, ciertamente no era por consideración a mi persona o a nuestra amistad, que jamás llegó a ser gran cosa. ¿A qué se debía, entonces, que no me había liquidado? Durante la hora que permanecí allí sentado, con los cadáveres a mi derredor y el sol quemándome la cara, no pensé más que en eso; ni siquiera pasó por mi cabeza la idea de ir en su persecución.

"Cuando al fin me recobré, rastreé las huellas de la carreta y de los caballos, que Ouyang Teh había tomado la precaución de llevarse consigo. A juzgar por la falta de huellas de otros caballos y demás indicios, Ouyang Teh había actuado completamente solo. A un *li* del lugar encontré mi caballo y los de mis hombres: estaban todos o bien muertos o bien agonizantes. Los charcos de sangre de los animales habían empezado a atraer ya grandes enjambres de moscas.

"Me dirigí a pie hasta Chinwangtao e hice la denuncia en el *yamen*, pero no le conté toda la verdad al juez. No mencioné el detalle de que fuimos drogados ni señalé el nombre del autor de la matanza. En lugar de ello inventé la historia de que fuimos sorprendidos por un grupo de rufianes que nos superaron en número, y que el noveno hombre de nuestra partida había caído al arroyo y su cadáver llevado por la corriente. Supongo que entenderán mis razones: no deseaba que nadie ni nada —ni aun la justicia misma— se interpusiera entre Ouyang Teh y yo. La cuestión era personal.

"Enterré a mis hombres y me dirigí a casa. No me lancé en persecución de Ouyang Teh porque me había llevado mucha ventaja: ahora estaría completamente fuera de mi alcance, bien escondido; no tenía sentido ir en pos suyo solo, sin ayuda ni pistas.

"Cuando llegué aquí, el calor arreciaba aún. Mi hijo (en este punto los asistentes se volvieron para mirar al muchacho que estaba parado al lado del Instructor Yuan. El muchacho era tan alto como el segundo, pero tenía facciones más regulares y era más robusto. De no ser por el color enfermizo de su piel, hubiera sido bastante bien parecido), que en aquella época tenía apenas cuatro años, se encontraba jugando solo en el patio, arrastrándose por el suelo. A su lado no estaban ni su madre ni su aya. Levanté al niño entre mis brazos, entré a la Sala y, montado en ira por haberlo dejado en tal estado de abandono, llamé a gritos a mi mujer.

"Mi esposa era diecisiete años menor que yo. Era de naturaleza delicada; muy aficionada a la poesía, cosa que por desgracia yo no compartía; e incapaz de degollar o ver degollar una gallina. Provenía de una familia adinerada, y habiendo sido la hija única, se portaba a veces como una niña demasiado consentida. Fuera de este pequeño defecto, sin embargo, era la esposa perfecta que un hombre como yo soñaría en tener. No me vio más que una vez antes de casarse conmigo, y se casó conmigo porque su padre, que me debía la vida y estaba ansioso de saldar su deuda conmigo, la presionó para que lo hiciera. Pero yo no era, después de todo, un mal marido. Siempre la traté como si fuese el tierno capullo de una flor o la pieza más delicada de jade.

"En lugar de mi esposa salió de los cuartos interiores el aya, que era una mujer discreta, eficiente y de gran tino. Suspiró de alivio al verme. '¡El amo!', dijo, tomando una de mis manos entre las suyas. '¡Gracias al Cielo que estáis por fin de vuelta!'. Repitió la misma frase tantas veces que de inmediato supe que algo no andaba bien. Le di el niño y entré a grandes zancadas al cuarto de mi esposa. El cuarto estaba destrozado completamente. Los espejos estaban en trizas, el mosquitero en el piso, los cobertores rasgados de un extremo al otro, los muebles volcados. Mi esposa, aquella mujer a quien yo consideraba como el tierno capullo de una flor, había sido la responsable de ese vandalismo: ella misma había hecho deliberadamente esos destrozos, antes de abandonar a su propio hijo y a mí y fugarse.

El silencio dentro de la Sala Principal era ahora absoluto. Los hombres, cada cual a su modo, trataban de reproducir mentalmente aquel desolado cuadro de destrucción.

—Tuve bastantes cosas en qué pensar aquella noche —prosiguió el Instructor Yuan—, mientras me hallaba tendido sobre el lecho, entre edredones y cubrecamas desgarrados. Por fin se me abrieron los ojos; pero, ay, ¡era ya demasiado tarde! Por fin comprendí el porqué había sobrevivido. Ouyang Teh me había dejado vivir para que yo pudiera ver lo que ahora estaba ante mis ojos: más que un cuarto destrozado, un hogar destruido. Dudo que la idea fuera suya; hubiera preferido verme muerto, de modo que no pudiera constituir en el futuro una amenaza de muerte para él. La idea provino de mi mujer.

"No me fue fácil aceptar que mi mujer fuese capaz de odiarme de una manera tan atroz. Mi muerte no le bastaba; tenía que verme pasar por un suplicio peor que la misma muerte. ¿Qué había hecho yo para que me odiara de ese modo? He pasado miles de noches desvelado, tratando de encontrar una explicación, y confieso que no lo he conseguido. Sé que no soy un hombre que una muchacha agraciada, como era ella entonces, soñaría en tener de esposo: soy feo, y era muy viejo e inculto para ella. Pero jamás la había maltratado, ni en actos ni en palabras. Todo lo contrario, la adoraba, pues era la madre de mi hijo, si no por muchas otras cosas más.

"Oculté la fuga de mi mujer con la complicidad del aya que, como ya señalé antes, era una mujer muy discreta y eficiente: fue gracias a su discreción y eficiencia que el asunto no trascendió nunca más allá de los cuartos interiores de esta casa, cuando me encontraba aún fuera. Como la masacre de Boca de Lobo había acaparado todo el interés de los curiosos, nadie se fijó en detalles de mi vida doméstica, tales como la supuesta enfermedad de mi mujer, su supuesta muerte posterior y el fingido entierro.

"La muerte de mis nueve hombres —la cifra real era ocho— arrojó razonables dudas sobre mi persona. Como no ofrecí explicaciones respecto a la forma como me había logrado salvar de la matanza sin sufrir un solo rasguño, las sospechas se hicieron más fuertes y, aparentemente, más justificadas. Me llamaron traidor o cobarde. Algunos otros, los más benévolos, consideraron que hubo negligencia de parte mía por la que la expedición concluyó en desastre. Tal vez a estos últimos no les faltaba razón: debí haber conocido mejor a Ouyang Teh. En cualquier caso, los clientes perdieron la fe en mí y en mi equipo, y muchos de mis amigos prefirieron no volver a frecuentar mi casa. Fue necesario el aval incondicional del Abad Shang-Ching, a quien revelé toda la verdad y solicité su apoyo, para que volvieran a restablecerse poco a poco mi reputación y mi buen nombre.

El Instructor Yuan había tomado una de las palanganas de oro. Se volvió hacia el muchacho que estaba a su lado, lo miró significativamente y le entregó el recipiente.

—Ve a llenarla —le dijo en tono calmo.

El muchacho abandonó la Sala Principal sin decir una palabra. El dueño de casa se volvió hacia los asistentes.

—No busqué a Ouyang Teh y a mi mujer en seguida — prosiguió. Empezó a recoger cuidadosamente las mangas de su túnica amarilla, la mirada baja y atenta a lo que hacían sus grandes pero ágiles manos. —Sabía que durante los primeros años iba a ser muy difícil rastrearlos, para no decir imposible: estarían muy bien escondidos, probablemente con otras identidades. Hice lo único que podía hacer: esperé; tenía la convicción de que tarde o temprano se descuidarían. Mientras tanto, eduqué como mejor pude a mi hijo. Lo envié al Monasterio de Hsiaolin para aprender el arte del dominio de la fuerza, el boxeo y el manejo de la barra; antes, desde que tuviera la fuerza necesaria para empuñar un arma, le había enseñado todos los secretos de la Escuela del Mantis. Jamás le oculté la verdad acerca de su madre.

"Hace dos años averigüé finalmente el paradero de Ouyang Teh y de mi mujer; o mejor dicho, de mi ex-mujer. Se encontraban en Tehchow, haciéndose pasar como el señor y la señora Fan, y disfrutando de las comodidades y lujos que aún les permitía lo que había quedado de las doscientas barras de oro. Como lo supuse desde un principio, luego de catorce años sin que yo hiciera el menor intento por recuperar el oro y vengarme, se habían dejado ganar por la engañosa idea de que estaban seguros. Tanto llegó a ser su descuido que se atrevieron a instalarse en Tehchow, que no está muy lejos de Tientsin. El mes pasado viajé solo a Tehchow, me las arreglé para capturar vivos a los dos, el traidor y la adúltera, y me los traje aquí. No me pregunten cómo logré hacerlo; bastará decir que para ello me valí de artimañas indignas de un hombre de armas que se precia de ser íntegro. He decidido renunciar como Instructor General de la Agencia en favor de mi hijo, y lavarme las manos como hombre de armas porque, desde que he consumado esa acción, ya no merezco ser ni lo uno ni lo otro.

El Instructor Yuan se detuvo. El muchacho alto acababa de volver a la Sala, trayendo entre las manos la palangana. Para entonces todos los huéspedes hablaban y comentaban a un mismo tiempo la última revelación del dueño de casa; pocos o ninguno de ellos se fijó en el reingreso del muchacho. Éste colocó la palangana encima de la mesa especialmente instalada para el ritual, dio varios pasos atrás y se quedó ahí parado, siguiendo con aire hosco los movimientos del Instructor Yuan. El Instructor Yuan levantó en alto el brazo derecho, lo sostuvo en el aire durante un momento y luego lo sumergió dentro de la palangana. Uno de los instructores de la Agencia, dándose cuenta de que la ceremonia del "lavado de manos" acababa de iniciarse, llamó en voz alta la atención de los demás. Las voces se callaron de inmediato.

La mano derecha del Instructor Yuan permaneció sumergida en el líquido de la palangana por unos minutos, en medio de un solemne silencio. Cuando la levantó al cabo y la mostró a los huéspedes, uno de ellos, a pesar de haber sido testigo de no pocos sucesos inauditos y espeluznantes durante su medio siglo de azarosa vida, no pudo reprimir una exclamación de horror. La mano derecha del Instructor Yuan estaba teñida de un rojo brillante hasta la altura de la muñeca, y al sostenerla con la punta de los dedos hacia arriba, las gruesas gotas de sangre fresca trazaban largas líneas sobre el antebrazo desnudo y se deslizaban dentro de la manga recogida. Los asistentes, que durante el discurso del dueño de la Agencia había reparado tan sólo una vez en el muchacho, se volvieron hacia éste casi al unísono. La túnica verde del chico estaba cubierta por grandes manchas de sangre y una daga sin funda, cuya hoja mostraba signos de haber sido usada muy recientemente, sobresalía de su cinto. Tenía el rostro pálido como el de un cadáver, pero se mantenía impasible y erguido. El Instructor Yuan, luego de mirar con más amargura que satisfacción la mano que sostenía delante de sí y sobre la cual la sangre se coagulaba lentamente, se volvió hacia el muchacho.

—Y ahora la otra mano —dijo en tono alentador.

Hubo un breve titubeo por parte del chico. Palideció aún más, como si él fuese el degollado. El Instructor Yuan dio un paso adelante, pero antes de poder acercársele más, el muchacho se había sobrepuesto a su vacilación. Tomó la otra palangana de oro, dio media vuelta y salió en forma precipitada de la Sala, desapareciendo dentro de los cuartos interiores de la mansión.

Siguió un largo silencio antes de que el Instructor Yuan volviese a retomar el hilo del discurso.

—En la acción a la que me he referido hace unos momentos —continuó en forma impertérrita, con las dos manos apoyadas sobre la mesa y sin hacer aparentemente caso a las diversas reacciones de sus invitados y sus subordinados—, intervine yo y nadie más: mi hijo no tuvo en ella ninguna participación, ya fuese directa o indirecta. Se hace necesaria esta aclaración pues no debe haber ninguna sombra de duda respecto a su integridad y su valor, teniendo en cuenta que de aquí en adelante será el responsable de la Agencia, y un jefe y amigo más digno de ustedes.... Que mis esperanzas depositadas en él serán o no justificadas en el futuro, lo dirá el tiempo....

Probablemente ninguno de los que se encontraban dentro de la Sala Principal prestó la menor atención a lo que decía ni lo que dijo después durante algún otro buen rato; la atención de todos los asistentes estaba fija en la entrada del recinto, por donde esperaban que el muchacho volviese a aparecer. Dentro de la Sala el olor a sangre fresca se había hecho casi intolerable, aun para aquellos hombres tan habituados a él. Esperaban oír algún ruido o sonido proveniente de los cuartos interiores, pero sólo el piar de algún canario domesticado alcanzó a llegar hasta sus oídos.

El muchacho salió al cabo de lo que a muchos pareció una eternidad. Tenía ahora la túnica casi enteramente teñida de rojo, y el contenido de la palangana que sostenía entre las manos prácticamente rebosaba los bordes. El olor desagradable de la sangre se acrecentó aún más. Colocó el recipiente encima de la mesa, al lado de la otra palangana, se retiró trastabillando hasta la pared del fondo y apoyó la cabeza contra ella. Tenía la respiración entrecortada y daba la impresión de que se desvanecería en cualquier momento, pero no lo hizo: permaneció a pie firme hasta el final de la ceremonia.

El Instructor Yuan repitió la operación del "lavado" con la mano izquierda. Cuando terminó, tenía no sólo las mangas de su vestido húmedas y rojas, sino también la falda de su túnica: durante el tiempo que tuvo sumergida su mano izquierda dentro de la palangana un violento —y obviamente, no esperado— temblor hizo presa de su cuerpo, haciendo derramar el contenido de la palangana. Después que retiró la mano el Instructor Yuan siguió temblando a despecho del esfuerzo que hizo para dominarse. Tenía las manos ensangrentadas delante de sí, sin saber qué hacer con ellas, hasta que uno de los sirvientes más antiguos de la casa —y sin la menor duda también el más flemático o el menos impresionable— tuvo la afortunada ocurrencia de ir en busca de una toalla caliente y llevársela a su amo. El mismo sirviente fue el que, a gritos, hizo saber al viejo de afuera que la ceremonia del "lavado de manos" había concluido. Éste, con la solemnidad que requerían las circunstancias, encendió, parsimoniosamente, las mechas de las dos largas sartas de petardos una por una.

EL OTRO EJERCITO

COMO PARTE de una alevosa agresión, o como parte de una contraofensiva emprendida en respuesta a una alevosa agresión — el abismo de tiempo que separa los acontecimientos narrados aquí y el presente no permite determinar con exactitud cuál de ellos fue el verdadero motivo—, el ejército del País del Norte, que estaba estacionado en el frente occidental, atravesó sus inhóspitas tierras, rompió con éxito las primeras líneas de defensa del País del Sur y se internó profundamente en éste como una cuña. Al conocer las malas nuevas, el estado mayor del ejército del País del Sur se apresuró a despachar a su encuentro un contingente algo menor en número, pero mejor conocedor del terreno. El enfrentamiento entre los dos ejércitos tuvo lugar en un valle de tierra árida, que estaba rodeado por una cadena interminable de colinas peladas. En los intersticios entre una y otra colina se ubicaban los escasos poblados de la región, cuyos habitantes a duras penas llegaban a alimentarse con lo que les rendían sus cultivos. El ejército del norte tenía ochenta mil hombres, venía bien pertrechado, tenía de comandante en jefe a un general famoso por su ingenio. El ejército del sur tenía sesenta y ocho mil hombres, todos ellos experimentados y fogueados en más de una lucha; una caballería más numerosa; un comandante no tan brillante, pero de incuestionable arrojo; y la ventaja de estar más fresco y descansado, ya que no había tenido que recorrer el largo trayecto que se vio en la necesidad de recorrer su contrincante. Tales eran las características más saltantes de los dos ejércitos cuando se enfrentaron uno al otro, por razones que hoy resultan oscuras, y que son de poco interés para este relato. Cabe destacar, eso sí, la aridez de las tierras del valle y de sus alrededores, y la enorme distancia entre el primero y las retaguardias tanto del ejército del norte (que vino desde muy lejos) como del ejército del sur (que a pesar de estar en suelos propios se había alejado bastante de sus principales centros de abasto), lo cual planteó desde el inicio mismo de la contienda un difícil problema de logística para los dos ejércitos en disputa. Cuando los primeros enfrentamientos directos, lanzados con furia y en sucesivas olas humanas, no condujeron a la derrota inmediata de uno de los dos ejércitos ni al rápido triunfo del otro, los dos comandantes llegaron, casi al unísono, a una misma conclusión: que la guerra sería de desgaste, y que la victoria final no sería decidida por derroches de valentía ni por hábiles estratagemas, sino por la coordinación perfecta de las operaciones de abastecimiento y por la abundancia de reservas en la retaguardia. En palabras más sencillas, el resultado de la guerra sería determinado por el estómago, y no por las agallas. En el primer año de la contienda, los víveres, la ropa y las armas llegaban en forma regular hasta los combatientes de uno y otro lado; hasta recibían cartas de sus familiares y podían a su vez enviarles respuesta a través de correos especiales. Mientras este feliz estado de cosas duró, los dos bandos lanzaron periódicamente ataques mutuos, realizaron audaces incursiones, probaron todo tipo de ardides aprendidos de los anales de historia, ingeniaron y ensayaron otros nuevos. Ninguna de estas acciones fue decisiva; fueron comas y no puntos; pero tuvieron la virtud de mantener ocupados a los dos ejércitos y a sus comandantes. Llegó entonces el segundo año de las hostilidades, y para el ejército del norte comenzaron los primeros problemas: los abastecimientos, principalmente los víveres, llegaban ahora en forma insuficiente y con demora. La razón de esta tardanza e insuficiencia se desconoce. Tal vez el País del Norte, cuyos cultivos siempre habían estado a merced de un caprichoso río, había tenido una mala cosecha a causa de alguna inundación o alguna sequía, o tal vez los suministros fueron despachados a otros frentes de batalla, donde las operaciones no habían llegado a un estancamiento, y, por ende, se les concedía, con justeza o no, mayor prioridad. Existe aún una tercera posibilidad, no muy probable, pero diez veces más inquietante que las anteriores, de resultar cierta: después de no haber oído ningún reporte estimulante del frente occidental por más de un año, el Estado Mayor del ejército del País del Norte había decidido olvidarse o dar por inexistente tal frente. Cualquiera que fuese la explicación, el comandante del ejército del norte tuvo razones de sobra para temer una interrupción total y por tiempo indefinido de los suministros; y como era un hombre de gran ingenio e inteligencia, amén de ser previsor en todas las cosas, no quiso dejar la suerte de su ejército y de la suya propia en manos del azar ni de los hombres de la retaguardia.

Es preciso señalar que las acciones de este relato discurren en una parte del mundo donde la carne de perro gozaba —y aún goza— de cierta aceptación, que si bien no era amplia, por lo menos era considerada como cosa perfectamente normal. Entre la tropa —y aun entre los oficiales de rangos altos— del ejército del norte no faltaban, naturalmente, quienes eran muy adictos a esa afición, afición que el rancho pobre y escasamente variado que se servía en los campamentos no hacía más que fortalecer día tras día. Estos exigentes gastrónomos solían, a riesgo de un severo castigo, escabullirse de los campamentos entre uno y otro combate. Iban a los pueblos dispersos en las laderas de las colinas, y adquirían o tomaban a la fuerza los perros de los aldeanos. El olor a carne de perro, cocida furtivamente —pero no lo suficiente— alcanzaba a veces la tienda del comandante en horas bien avanzadas.

Pequeñas patrullas fueron enviadas a cuantos villorrios pudieron alcanzar para reunir los cerdos, los granos y todo lo que era comestible para la tropa y para los caballos. Entre esta última categoría de cosas el comandante había incluido, obviamente inspirado por aquellos olores peculiares que de noche llegaban hasta su tienda de campaña, a los perros, que había de todos los colores, aunque predominaban los de pelaje amarillo. Los razonamientos del comandante del ejército del norte eran bastante simples: si el abastecimiento de los suministros llegara a interrumpirse en forma completa, y lo que sus hombres lograban quitar a los aldeanos no bastaba, se comerían a los perros. El mantenimiento de los perros no significaba en absoluto que fuera necesario compartir con ellos la ya exigua ración: éstos siempre podían arreglárselas con cualquier cosa, y en esta categoría entraba la carroña de los combatientes muertos, diseminada en el campo de batalla y, muy lamentablemente, no rescatada para ningún uso de provecho. La carroña había sido hasta ese momento el alimento de las aves de rapiña, y fuente de fétidos olores que el viento ocasionalmente llevaba hasta los campamentos.

Se asignó un soldado a cada uno de los perros, cuyo número al principio fue relativamente modesto. Los soldados debían mimar a los perros que estaban a su cargo, hacerlos acostumbrarse a ellos y depender de ellos como los hijos de sus padres. A tal punto cumplieron aquellos con las órdenes, que en las heladas noches los perros dormían acurrucados o pegados a sus cuerpos. Al finalizar cada combate, los soldados responsables de los perros los dejaban libres, hambrientos a pesar de otros buenos cuidados, y los animales se esparcían por todo el campo de batalla, en el que el clamor de las luchas apenas había apagado su eco. En aquel sombrío escenario de muerte se abatían los perros como langostas, no por su número, sino por su voracidad. Los muertos eran despedazados, dejados limpios hasta sus huesos; y aquellos desdichados que no tuvieron la suerte de morir del todo, acababan ahora muertos a ávidas dentelladas. El festín duraba mientras el hambre de los perros no era saciada completamente. Hartos finalmente, volvían a los campamentos, donde al calor de las fogatas acababan de hacer la digestión.

La misma operación era repetida todos los atardeceres, no porque hubiera batallas todos los días, sino porque la carroña era abundante y el número de los perros era aún pequeño. La carroña tardaba entonces días en ser consumida totalmente.

En un inicio, tanto los soldados del ejército del sur como su comandante en jefe presenciaron el dantesco festín diario de los perros con curiosidad, desdén y aun indignación. No tardaron en cambiar de parecer, cuando sus propios suministros comenzaron a llegar con irregularidad; la capital del País del Sur sufría un asedio, y los suministros eran despachados con carácter prioritario a las tropas que luchaban por romper desde el exterior el bloqueo. La opinión que el comandante del ejército del sur tenía de su similar varió grandemente: por vez primera sintió por un enemigo algo parecido a la admiración. Los perros no eran de ningún modo una solución a los problemas de logística que ahora enfrentaba, pero podrían significar un paliativo en algún momento futuro especialmente crítico, que temía venir. Él mismo hubiera dado la orden de imitar el proceder de su contrincante, de no ser porque su amor propio se lo impedía. Afortunadamente, sus subordinados eran menos susceptibles en ese sentido, y no les faltaba iniciativa propia. Y los ladridos de perros, que reclutaron de los pequeños caseríos a espaldas de las posiciones, no tardaron en ser oídos también en los campamentos del ejército del sur.

Los muertos y los agonizantes regados en el campo de batalla no eran más presas exclusivas de los perros del ejército del norte. La carroña duraba ahora menos días. Los buitres y otras aves de rapiña, al hallarse en clara desventaja en su lucha diaria por el alimento, decidieron irse a otra parte, tal vez a algún otro frente de batalla donde los comandantes resolvían sus problemas de falta de suministros en forma más convencional.

La conservación de los perros sólo cedía en importancia a la de los caballos y de los animales de carga: nadie podía tocarles un pelo sin el consentimiento de los comandantes, que prefirieron sacrificar a las aves de corral confiscadas, a las que tenían mayores problemas en alimentar, antes que a ellos.

La situación de los abastecimientos empeoraba día tras día, mes tras mes, tanto para el ejército del norte como para el del sur. Los suministros que llegaban desde la retaguardia ya no bastaban. Acabaron de sacrificar los cerdos y las aves, botín de guerra para un bando, "contribución" para el otro. Nuevas incursiones a las escasas aldeas de la región no reportaron ningún resultado positivo: donde otrora hubo gente, animales, sembríos, sólo había hoy casas y parcelas de cultivo abandonadas; los campesinos habían huido hacía algún buen tiempo. Entre los sembríos que no alcanzaron a producir la cosecha, sobre las callejas barridas por el viento llegado desde los desiertos, señoreaban las ratas. Los comandantes decidieron finalmente que era tiempo de sacrificar parte de los perros, celosamente cuidados y cebados durante la primavera, el verano y el otoño pasados. El número de los perros se había cuadruplicado durante ese lapso, al aparearse y multiplicarse, y había creado el problema adicional de proporcionar a todos ellos la alimentación necesaria. El problema se resolvió, sin embargo, con admirable simplicidad, al ser duplicado, triplicado y finalmente cuadruplicado el número de los enfrentamientos. Aunque la idea original pudo haber venido de cualquiera de los comandantes, o haber ocurrido simultáneamente a los dos, se cree —tal vez muy injustamente— que provino del comandante del ejército del norte, pues la simplicidad que caracteriza a tal idea, sólo es dable en las ideas que nacen de chispazos de verdadera inspiración o genialidad. Los choques entre los dos ejércitos, que hasta entonces no trascendían el carácter de una cuasi-formalidad, necesaria sólo para justificar la presencia de las dos huestes en aquel valle de tierra árida, se convirtieron de pronto en fuentes de suministro de aquella carne tan apetecida por los perros. Las bajas que resultaban de los cada vez más frecuentes choques no sólo cumplían la función antes mencionada, sino otra quizá más importante: al reducirse el número de bocas que era necesario alimentar, se reducía al mismo tiempo la continua y creciente presión sobre la necesidad —imposible de satisfacer— de mayor cantidad de suministros. Los dos comandantes, conscientes de estas ventajas, y obrando en tácito acuerdo, cuidaron siempre de que las bajas que su tropa infligía al enemigo fuesen en número equitativo a las bajas que a cambio sufría. Ninguno de ellos tenía el menor interés en deshacer, tan sólo por una victoria relativa y una satisfacción pasajera, un estado de cosas que convenía a ambos.

Después de concluir cada combate, que llegaron a ser diarios, sobre los restos de los hombres y las bestias muertos, y sobre los cuerpos de aquellos que no pudieron volver a sus campamentos por sus propios medios, se abalanzaban ocho, nueve, diez, y progresivamente mayor número de veces la misma cantidad de perros. La carne no duraba ya hasta la mañana siguiente ni llegaba a ser carroña, la disputa entre los perros era cada día más generalizada. Las continuas disputas por la comida, el consumo de sangre muchas veces fresca y de carne cruda, el control insuficiente de los soldados sobre ellos, hicieron aflorar paulatinamente en muchos de los perros sus instintos ancestrales. Se negaron a reconocer la autoridad de los hombres sobre ellos, no volvieron más a los campamentos. Sin embargo, el número de los perros que aún permanecían fieles a sus amos era todavía bastante considerable cuando los comandantes decidieron incluir en el rancho de sus tropas un ingrediente que, si bien resulta ser pintoresco e inaceptable para mucha gente, no lo era de ningún modo para aquellos nativos de los Países del Norte y del Sur, máxime si se trataba de hombres que no habían probado carne de ninguna clase por semanas.

Durante el crudo invierno y la primavera siguiente los dos ejércitos se arreglaron sacrificando discretamente sus perros. Decimos "discretamente", pues aparte de prever tiempos aún más difíciles por venir, la deserción de los perros había ido en súbito aumento. Parecía que los animales supieran adivinar la finalidad para la cual habían sido cebados. Es difícil suponer que hubieran podido reconocer los huesos que los soldados les arrojaban como los restos de algunos de su especie, pero, por otro lado, nadie se atrevería tampoco a asegurar que no fuese posible. En todo caso, los perros comenzaron a mostrar hacia sus amos un recelo que difícilmente era concebible en los meses inmediatamente posteriores a su reclutamiento, rehusaban a ser atados de nuevo cuando volvían del campo de los combatientes caídos. Dejados libres en los campamentos, los perros vagaban inquietamente entre las tiendas de campaña, donde el lastimero y postrer aullido de alguno de sus compañeros se escapaba a veces, cuando era sacrificado. A la mañana siguiente, algunos de ellos no eran vueltos a ver. Sin embargo, si sus ex-amos se hubieran interesado más en su paradero, y siempre y cuando hubiesen tenido el valor de acercarse lo bastante al campo de batalla al atardecer, los habrían podido ver entre la enorme manada de perros salvajes que descendían de las colinas para disputar la carne de los muertos a sus congéneres aún domesticados. Al principiar el verano con la interrupción total de los abastecimientos, estos perros aún domesticados habían acabado inevitablemente en el estómago de los soldados o habían optado sensatamente por desertar. Los ladridos de perros, que en otros tiempos llegaron a alborotar el sueño de los dioses, se hicieron extrañar en los campamentos de ambos bandos.

Las hostilidades cesaron al fin, pues era imposible luchar con el estómago vacío. Por otra parte, con la deserción y el exterminio de los perros, los enfrentamientos habían perdido su razón de ser. A los dos ejércitos, cuyos efectivos se habían reducido a menos de un décimo de su número inicial, no les quedaba más que aguardar la reanudación de los abastecimientos —cosa improbable—, o una lenta muerte.

Empezaron a sacrificar los caballos y las bestias de carga.

El campo de batalla, otrora cubierto de cadáveres, se vio desierto de los mismos. Los miles de miles de perros salvajes vagaban ahora en él inútilmente.

Otro mes transcurrió y no llegaban los suministros.

Los perros desaparecieron sin que nadie supiera cuándo ni adónde, aunque probablemente se habían retirado a las aldeas abandonadas de las colinas, para cazar y vivir de ratas.

La calma reinaba ahora sobre el valle, como si nunca hubiera habido combate alguno. Los soldados se dedicaban en el día a escarbar raíces y hierbas. De noche dormían un sueño pesado, que era como el preludio de aquel que es final. Sólo el comandante del ejército del norte tenía ocasionalmente sueños agitados o no podía pegar los ojos. Una noche, convencido de lo inútil que era tratar de dormir, se vistió y salió a caminar.

No tenía ningún propósito definido al dirigirse hacia el puesto de los centinelas. Había visto la fogata y quiso simplemente estar un momento cerca de aquel fuego. Al aproximarse al puesto, no vio al principio a los centinelas, pero cuando los vio al fin, tendidos en el polvo del suelo con la garganta abierta, no pudo evitar que un estremecimiento recorriera su cuerpo de la cabeza a los pies: sobre los cuerpos aún tibios de los centinelas, las fauces abiertas, los ojos inyectados de sangre, había cinco bestias que una vez fueron perros. Tenían la piel sucia, seca y pegada a los huesos; y aunque debió haber sido una ilusión óptica, al comandante del ejército del norte le pareció que tenían los colmillos más desarrollados, más afilados. Arquearon el espinazo y gruñeron casi imperceptiblemente, pero no por ello menos amenazantes. El comandante desenvainó su espada y con ella en la mano empezó a retroceder en dirección a su tienda, donde pensó que estaría más seguro. Mientras tanto, sus ojos habían captado otras figuras de perfil lobuno que se movían por todo el campamento, discernibles a pesar de la oscuridad. Eran cientos de miles, o miles de miles, y se desplazaban con el sigilo de un disciplinado ejército que se escabullía dentro del campo enemigo, dejando oír apenas algún gruñido ocasional. Desde las tiendas algún soldado dijo algo en su sueño, casi en voz alta. Pronto despertaría, al igual que todos los demás, y habría de sostener el último de sus combates, el cual no podría ganar. Es más, ni siquiera podría sobrevivir a tal combate. En los campamentos del ejército del sur, según pudo constatar el comandante del ejército del norte por los gritos ahogados y los gruñidos ahora audibles a pesar de la distancia, aquel combate acababa de iniciarse. Con el propósito de alertar a sus soldados, el comandante apresuró sus pasos. Sus pies, que retrocedían, chocaron contra unos cuerpos peludos y unas fauces de acerados colmillos. Rodó por el suelo, y antes de que pudiera cubrir con sus manos la garganta, un enorme perro se había abalanzado sobre su cuerpo y se la había destrozado de una feroz dentellada.

No oyó la barahúnda descomunal que siguió.

EL HOMBRE DEL LAUD

ERA UN HOMBRECILLO de aspecto insignificante, tanto que no me percaté de su presencia en la balsa, hasta que de la decena o más personas que se embarcaron en ella inicialmente en Liuchou, no quedaron más que el balsero, él y yo. Como ahora era mi único compañero de viaje, no pude menos de echarle algunas miradas de curiosidad, y me pregunté qué negocios le habrían llevado a esta región boscosa del Imperio, infestada de bandidos y poblada por indígenas hostiles a gentes de nuestra etnia.

El hombre permanecía sentado en el centro mismo de la balsa, muy quieto y tieso, sin atreverse a mover. Las aguas del río Liuchiang, turbulentas e imprevisibles, nos arrastraban vertiginosamente hacia las verdes entrañas del abanico de montañas que se abrían a nuestra balsa y a nosotros. El curso del río, a vista de pájaro, debía de presentar el aspecto sinuoso de una serpiente: siempre había delante de nosotros, como un obstáculo hacia el cual nos precipitábamos irremediablemente, una montaña, un monte o simplemente una enorme roca cubierta de fresco verdor, de redondeada forma, recortada contra el azul del cielo; pero tal obstáculo era sólo aparente: de un momento a otro, cuando pensábamos que íbamos a estrellarnos contra él, las aguas del río daban un giro inesperado, lo dejábamos atrás, y una montaña, un monte o una roca nueva se nos presentaba adelante.

Cuando pasamos los rápidos y estuvimos en aguas más calmas, el hombre pareció recobrar la poca presencia de ánimo de que disponía. Empezó a pasear la mirada por las riberas del río, como si por primera vez se diera cuenta de su existencia; se acomodó mejor sobre la balsa; y, por último, me miró, asintió con la cabeza y sonrió tímidamente, en señal de reconocimiento. Le devolví el cumplido asintiendo con la mía.

Tendría unos cuarentitrés o cuarenticuatro años. La frente era demasiado amplia, demasiado abombada, y desde lejos daba la impresión de que se estuviese quedando calvo. Su figura era esmirriada y vestía de manera muy ordinaria, casi pobremente. Tenía entre las manos un largo estuche de madera, de forma rectangular, que sujetaba sobre el regazo con dedos casi crispados. Por esta forma de sujetar el estuche, parecía natural suponer que lo que contenía era algo de mucho valor; pero tanto el aspecto modesto de su dueño como su aire de paria, se encargaban en seguida de echar abajo esta suposición.

No cruzamos palabra hasta que el firmamento se nubló, al atardecer. La niebla, que parecía subir del río, comenzó a cubrir las montañas, y las cúspides redondeadas de éstas se ocultaron detrás de enormes bancos de vapor. Empezó a hacer frío. Cuando miré en dirección del hombrecillo, noté que estaba temblando. "¿No tiene nada con qué abrigarse?", le grité a través del rumor del río. Me había puesto una chaqueta, y otro tanto hizo el balsero. Al parecer, el hombrecillo del estuche no había previsto la eventualidad de que en una región cálida como es Lingnan pudiera precisar de prendas más gruesas. Me volvió a dirigir una sonrisa tímida. Recogió el atadijo que tenía a un lado, lo desató y extrajo de él una manta. Mientras se ceñía la manta al cuerpo, ocultando debajo de ella el estuche, trató de decirme algo, pero el ruido ensordecedor de las aguas impidió que yo pudiera distinguir lo que dijo, aunque no era difícil adivinar de qué se trataba. La balsa no era precisamente un lugar adecuado para pláticas sociales, ni soy hombre muy propenso a hablar, de modo que después de ese brevísimo intercambio de palabras volvimos a quedar en silencio, cada cual vuelto a sus pensamientos. Dos horas más tarde, llegamos a Wushiang.

Después de aquella pequeña introducción informal en la balsa parecía cosa natural que, a nuestro arribo a Wushiang, fuésemos juntos a buscar una posada, y hasta sentarnos a la misma mesa para comer.

Encontramos una modesta posada cuyo dueño, al igual que nosotros, era de nacionalidad *han*. En Wushiang había todavía muchos hans, pero la población dominante estaba compuesta por yaos.

Al sentarme a la mesa coloqué ostensiblemente mi espada encima de ella, al alcance de mis manos: quería que el posadero la viese y comprendiese sin ningún equívoco que no podía hacerme ninguna mala maña sin tener que pagar caro por ella. Mi compañero, que dijo apellidarse Pan, de Hsuanting, pidió comida y vino; pedí también comida, pero en lugar de vino o cualquier otra bebida, pedí simplemente un tazón adicional. Cuando el posadero trajo los pedidos el señor Pan quiso amablemente servirme el vino. Decliné su invitación, me fui a la parte posterior de la posada, donde estaba el pozo de agua, llené el tazón extra y volví a nuestra mesa. Empecé a comer en silencio y muy lentamente, dominando con esfuerzos casi dolorosos la apremiante necesidad de mi estómago por alimentos sólidos. El agua de pozo, que bebía a grandes sorbos más bien por aplacar esa urgencia que por la misma sed, sabía a tierra. Cuando estaba a mitad de mi comida noté que el señor Pan había terminado hacía algún tiempo la suya y me miraba con genuina extrañeza. He dicho con anterioridad que era un hombre cuya edad había sobrepasado los cuarentitrés o los cuarenticuatro; que su apariencia era poco digna de resaltar; y que nada en él, salvo el enorme estuche que llevaba consigo, atraía la atención. Pero había en su mirada algo que lo rescataba de la mezquindad absoluta; y el descubrimiento de ese detalle mejoró mucho mi impresión de él. Tenía, pese a su edad y todo, la mirada de un niño, con su candor, su curiosidad y su capacidad de maravillarse ante las cosas que para los adultos son en cambio ordinarias, despojadas de todo misterio y encanto, que no merecen de ellos una segunda mirada.

Finalmente su sentido de discreción cedió a la curiosidad, que fue demasiado para él. "¿Está usted indispuesto del estómago?", dijo mirándome, muy interesado. "He notado que no bebe vino, cosa poco común entre jóvenes como usted, y come como si tuviese una espina en la garganta".

El posadero estaba lo bastante lejos para que hubiera el peligro de que nos escuchase, de manera que, un poco condescendiente ante tan grande muestra de ingenuidad, le expliqué una de las precauciones más elementales que deben tenerse en cuenta cuando se pernocta en posadas o cantinas desconocidas o apartadas. Tanto el vino como la comida, le dije, podían estar drogados. El posadero, aquel hombre obsequioso y amable, bien pudiera ser el más ruin de los bandoleros, pues en lugar de armas utiliza venenos, y en lugar de obrar abiertamente lo hace a traición.

—Si como tan lentamente —agregué—, es porque lo hago adrede. Si hay droga en la comida, lo sabré antes de haberla ingerido por completo.

—Me cuesta trabajo imaginarme a ese buen hombre como un bandolero —dijo el señor Pan, refiriéndose al dueño de la posada.

Suspiré.

—Ningún bandolero tiene el aspecto de tal —dije—, salvo cuando quiere aparentarlo.

Y me pregunté qué hacía un hombrecillo como aquel, tan ingenuo e indefenso, en un lugar como Lingnan. Me pregunté también por cuánto tiempo podría sobrevivir en él, cuando una espada tan diestra y un hombre no completamente inexperto como era mi *shih-ti* había perdido la vida en sus caminos boscosos.

El misterio del estuche de madera me fue develado al final de la comida. Ya antes de que acabara mi plato noté que el señor Pan, sentado enfrente mío, no teniendo nada que hacer y cohibido a causa de mi poca disposición para hablar, había tomado el estuche y lo acariciaba sobre el regazo con el mismo nerviosismo y la misma ansia de un chico que desea enseñar a alguien mayor alguna fruslería de cuya posesión está orgulloso.

Esperaba sólo algún gesto de aliento, algún estímulo de mi parte.

Sin dejar de masticar e inclinando el cuerpo un poco hacia delante, señalé el estuche de madera con la barbilla. "¿Si no es impertinente preguntárselo, qué es lo que usted lleva ahí?"

Los ojos del señor Pan adquirieron mayor brillo y animación al punto. Hizo a un lado sus platos y sus tazones, abrió el estuche, extrajo de él una larga cosa hecha de madera y la colocó con gran cuidado sobre la mesa. A pesar de las pocas veces que había visto uno de esos instrumentos, reconocí en él a un laúd de siete cuerdas. El laúd medía por lo menos un metro de largo, y su cuerpo de madera, ligeramente más angosto en el extremo izquierdo, estaba barnizado de laca. En algunas partes, a causa del tiempo y del constante manipuleo, la laca había desaparecido, dejándose ver porciones de madera ennegrecida y lustrosa. Las cuerdas de seda, en cambio, no parecían muy gastadas.

—¿Sabe lo que es? —dijo el señor Pan. Debió advertir lo poco comedido de tal pregunta, pues se apresuró a añadir inmediatamente—. Le hago esa pregunta porque hoy en día ya se ve muy poco esta clase de instrumento. Se prefieren otros.

En efecto, me dije para mis adentros, recordando a las muchachas de los burdeles de Nankín, que preferían el *pi-pa* o la flauta.

—¿Es un laúd, no es cierto?

El señor Pan sonrió casi agradecido.

—Es un laúd, por cierto —dijo mientras bajaba la mirada y acariciaba con ella el instrumento—, el más noble de todos —agregó más para sí que para mí—, el instrumento de Po Ta y de Chuang Tzu Chi.

No había en la posada nadie excepto nosotros dos y el dueño, que, por otra parte, se había quedado dormido sobre un taburete en un rincón de la casa. Con los dedos de su mano izquierda presionando las cuerdas y un aire abstraído en la cara, el señor Pan empezó a puntear con la otra mano. Dudo que hubiera procedido con la intención de exhibirse. En todo caso, como no tardé en descubrir, su ejecución, si bien buena, no era nada del otro mundo. Tocó uno de los cuarenta y cinco pasajes de una melodía conocida como *Kuanglin San*, que yo había tenido la suerte de oír en su versión completa, durante una de mis visitas al Prefecto Kuo de Suchou, uno de los hombres más ilustrados que haya yo conocido. Aun cuando mis conocimientos de la buena música eran muy limitados, la diferencia entre una y otra interpretación era para mí bastante clara. Mientras oía al señor Pan tocar el laúd, creí haber adivinado al fin la naturaleza de su oficio: era un músico ambulante. Su arte no era nada extraordinario, por cierto, pero hubiera podido contentar fácilmente a un público poco exigente, si supiese escoger las melodías que eran de su gusto.

Cuando el señor Pan dejó de tocar al cabo de un rato, quise obtener de él una confirmación de esa hipótesis mía, pero, para mi sorpresa, el hombrecillo se mostró desconcertado y sorprendido ante mi sugerencia de que fuese un músico.

—Con lo mal que toco el laúd —dijo—, sería sorprendente que llegase a ganarme el pan en ese oficio. —Me sonrió afablemente—. No soy músico, ni podría serlo en cien años. Soy artesano —explicó—, fabrico laúdes. . . . —Hizo una pausa, dudó entre su propio orgullo y la posibilidad de parecer jactancioso, y se dejó ganar al final por lo primero—. Hago laúdes —declaró entre orgulloso y tímido—, los mejores del mundo. . . .

Había en el tono de su voz tal convicción en sí mismo y a la vez tal falta completa de jactancia o vanidad que acepté su afirmación sin hacer ningún intento de cuestionamiento. Me pareció entonces la cosa más natural del mundo que el señor Pan fuese el mejor fabricante de laúdes, y que así se proclamase, aun cuando, con franqueza, no había notado nada fuera de lo común en el laúd que tenía delante de sí y que acababa de usar.

El señor Pan acarició suavemente los bordes lisos y sinuosos del laúd y continuó, sin mirarme:

—Éste es el mejor laúd que he logrado fabricar hasta el momento. Y estoy completamente seguro de que es el mejor que hay en existencia ahora; pero no es el laúd perfecto.

Me dio ganas de preguntarle qué entendía por un "laúd perfecto", pero como por otra parte no quería oír una larga disertación de índole técnica que no entendería, me abstuve finalmente de hacerlo.

A la mañana siguiente me despedí del señor Pan. El hombrecillo había dicho que permanecería en Wushiang por unos cuantos días, para arreglar las cosas por las que había venido desde tan lejos. Por discreción, no le pregunté de qué se trataban, aunque sentía no poca curiosidad por saberlo. Tomé el camino que conducía a Kaosingchai.

La única razón por la que tomé el camino a Kaosingchai y no a ningún otro mísero pueblucho de la región es que fue el mismo camino que tomó mi *shih-ti* y en el que probablemente perdió la vida. De haberme dado a elegir, hubiera escogido cualquier otra ruta al sur, pues el camino a Kaosingchai no era en realidad tal: era simplemente una senda en medio de la tupida vegetación, abierta a fuerza del hollar de los pasos de los caminantes y de unos que otros animales de carga, e interrumpida constantemente por nuevas malezas. Resultaba más fácil transitar por él a pie que a caballo, y así lo hice. A medida que avanzaba los árboles eran más numerosos, más apretados entre sí y más variados. Había especies que nunca antes había visto en mi vida. Pequeños monos poblaban sus frondosas copas y, desde lo alto, lanzaban chillidos ante mi aproximación. El calor era cada vez más insoportable. Al cabo de tres horas de camino, mi provisión de agua se había reducido a la mitad, mis pies estaban doloridos y mi cabeza mareada, pero lo peor era que en todo ese lapso no me había cruzado con nadie, ni había visto nada que pudiera ayudarme a encontrar lo que había venido a buscar. Empecé a preguntarme si lo que hacía —eso de seguir los mismos pasos que había seguido mi *shih-ti*— no era una completa tontería. Después de todo, ¿quién podía asegurarme que el bandido o quienquiera que lo hubiese matado no había dejado hacía algún tiempo la región?

Me sentía bastante agobiado por el calor, de modo que decidí hacer un alto a la sombra de una enorme encina para refrescarme y recuperar el aliento. El alto tomó más tiempo de lo que preví en un principio: habían pasado dos horas cuando al fin reanudé el camino. Sin lugar a dudas, esta demora fue lo que permitió al señor Pan darme alcance, aunque el encuentro fue completamente casual. Al oír a alguien llamarme por detrás, me volví en redondo. El hombrecillo estaba a unos veinte pasos de mí, el estuche de madera debajo de un brazo, el atadijo al hombro, la frente sudorosa y totalmente sofocado por el calor. Había a su lado un hombre vestido a la usanza de los yaos.

—Ignoraba que iría por este camino —dijo el señor Pan cuando estuvo cerca de mí—. ¡Qué estúpido he sido! ¿Cómo no se me ocurrió preguntárselo? —Señaló al otro, que se acercaba lentamente, casi a desgano—. Él es mi guía —dijo sonriente—. Dios sabe si podré salir algún día de este laberinto de árboles si no lo tengo conmigo.

El guía era un fornido yao de unos treinta años. Su falda, de primorosos colores y diseños, llegaba apenas hasta la altura de sus rodillas. Iba descalzo, pero ello no parecía causarle ninguna molestia al andar sobre el polvo, las rocas y las malezas que cubrían el camino. Llevaba un turbante de paño negro, como todos los yaos. Observé que se había fijado en la espada que colgaba de mi cinto, y que apenas posó la mirada en ella la había desviado a otro lado. Fue un detalle harto significativo, pues mi espada, tanto por el fino acabado de su vaina y su empuñadura como por el mismo hecho de que no todos los días se podía ver una de su clase en un lugar como aquel, no era cosa que uno pudiera ignorar fácilmente.

Para no despertar su recelo, procuré no volver a mirar en su dirección. Me dirigí al señor Pan y le pregunté qué le había hecho cambiar de planes.

—Pensaba quedarme en Wushiang por unos dos o tres días, antes de decidir qué camino tomar —dijo el hombrecillo del laúd—, pero cuando me hablaron de un enorme y milenario banano que hay por esta parte, apenas tuve la paciencia para empacar y emprender el camino hacia acá.

¿De qué banano habla?, me dije para mis adentros.

El guía pasó por mi lado y se adelantó a nosotros. Tuve la sospecha de que la idea de tenerme a sus espaldas no le hacía muy feliz pero, como guía, no tenía otra elección que ir adelante.

Hablé de otras cosas con el señor Pan, quizá más que nunca, pero en ningún momento perdí de vista al guía. Éste, con admirable presencia de ánimo y dominio de sí mismo, no se volvió a mirarnos ni una sola vez: parecía como si no tuviese nada que ver con ninguno de nosotros.

Durante la siguiente hora no cometió ningún desliz que pudiera infundir sospechas, pero cuando entrábamos en un tramo especialmente angosto, donde, al andar uno al lado del otro, el hombro del señor Pan y el mío se veían obligados a chocarse, noté que sus pasos no estaban en proporción con el largo de sus piernas. Se estaba retrasando a propósito, pero muy discretamente y, nosotros, a pasos normales, nos íbamos derecho a su encuentro. Su mano derecha se había perdido de mi vista. Confieso que entonces sentí por él algo muy cercano a la admiración: no esperaba que un bandido *yao* pudiera ser tan astuto.

Extraje mi daga y la oculté en la palma de mi mano, sin que el señor Pan, alma ingenua a fin de cuentas, advirtiese esa operación. Siguió hablando, no locuazmente, pero sí con mucho entusiasmo, de los lugares en que había estado durante sus cuarenta y tantos años de vida. Cuando estuvimos a sólo tres pasos del guía, éste se volvió bruscamente y se abalanzó sobre mí. Oí gritar al señor Pan, al advertir, seguramente, el largo cuchillo que empuñaba el supuesto guía, y cuya punta iba dirigida a mi corazón. Rodamos al suelo, y cuando me levanté después de un rato, a mi ropa se habían adherido briznas de hierba y me hallaba disgustado conmigo mismo por haber tenido que pelear como en una vulgar riña callejera.

Sacudí las briznas, me arreglé la espada y envainé de nuevo la daga. El señor Pan se me acercó tímidamente. Susurró, mirando al hombre que se retorcía de dolor en el suelo:

—¿Qué le ha hecho usted?

Le contesté que tenía las dos muñecas trituradas.

Después de registrar la ropa del bandido, sin encontrar en ella nada que fuera de mi interés, extraje la empuñadura de una espada de mi zurrón y se la mostré.

—Hay una espada que tiene una empuñadura exactamente igual a ésta —dije—. Si está en tu poder o la has visto en manos de alguien será mejor que me lo digas. No estoy interesado en vengar la muerte de la persona que la tuvo alguna vez; sólo quiero recuperarla. No es una espada común y corriente, de modo que quienquiera que la tenga ahora en su poder no habrá podido seguramente resistir a la tentación de mostrársela a todo el mundo; o, por lo menos, a aquellos que considera de su confianza. Tu vida depende de que me puedas dar la información que necesito para llegar hasta donde esté su actual poseedor.

Resultó que el bandido conocía efectivamente a quien la había robado. En chino apenas comprensible, dijo que la había visto en manos de su Hermano Mayor de Juramento. Cuando le pregunté dónde podía encontrar a su Hermano Mayor de Juramento y quién era, se rehusó a contestar, pero miró significativamente el camino que se extendía adelante.

Reanudamos nuestro camino, prescindiendo ya, como era de esperar, de la compañía del "guía". Durante un buen rato no volví a oír hablar al señor Pan: estaba horrorizado por el hecho de que yo hubiese rematado al bandido. Y quizá también indignado, según pude deducir del tono de su voz cuando al fin rompió el silencio.

—¿Por qué lo remató? —me increpó—: Usted le había dado la palabra de dejarlo vivo.

Podía haberle dado diez buenas razones, pero me limité a darle la más simple. "Es un ladrón y asesino empedernido. Si lo dejaba vivir volvería a robar y mataría al primero que se topase con él. Además, no me gustaba la idea de que pudiera correr a avisar a su Hermano Mayor de Juramento y tendernos una emboscada".

—Tenía las manos destrozadas —insistió el señor Pan—, ¿qué daño podía hacer ya?

—Se sorprendería usted si supiera lo que puede hacer un malhechor avezado sin tener que recurrir a sus manos.

El hombrecillo se calló de nuevo. Cuando volvió a hablar al cabo de algún tiempo, noté que ya no estaba enojado conmigo: su pensamiento tenía ahora otro tipo diferente de preocupaciones.

—Ahora que está muerto —dijo en un tono lleno de orfandad y desconcierto—, ¿cómo podré encontrar ese banano milenario?

Encontramos el banano en cuestión después de todo. Era un árbol gigantesco, pero menos alto de lo que yo me lo había imaginado. En realidad, era más bien de tronco corto, pero se necesitarían tres hombres para abarcarlo. Lo que más sorprendía de él era su copa, una inmensa sombrilla verde, bajo la cual podían pastar cincuenta o más cabras. Mirando desde abajo de ella, no se podía ver ni un solo retazo del cielo.

La excitación que experimentó el señor Pan ante la vista de aquel extraordinario árbol sobrepasa cualquier descripción. Se lanzó prácticamente hacia él, apretujando el estuche de madera bajo un brazo. Cuando me acerqué también al árbol, el hombrecillo estaba dando vueltas y más vueltas alrededor suyo, mirando arrebatado el tronco, las ramas, las hojas. No pareció percatarse de mi aproximación, y quizá tampoco de mi existencia. Después de observar durante un rato el banano, y desaparecido mi interés inicial, me senté a un lado del camino y me puse a mirar al señor Pan, preguntándome qué haría a continuación. El hombrecillo había dejado su laúd y su atadijo entre las hierbas, y había extraído del último un cincel y un pequeño martillo. Se puso a trabajar con ellos sobre el tronco del banano, con movimientos expertos. Al cabo de un cuarto de hora o menos había logrado separar un trozo de madera de regular tamaño, con el que hizo una serie de cosas raras: lo golpeó con el mango del cincel, acercándolo al oído, hizo con él el gesto característico de quien trata de medir el peso de algo con las manos; y, finalmente, mordió con los dientes uno de sus ángulos. Al mismo tiempo, mientras hacía esas operaciones, su rostro fue perdiendo gradualmente la animación inicial. Acabó arrojando el trozo de madera entre las malezas.

Recogió sus cosas y se reunió conmigo.

—No sirve —dijo, cuando estuvo cerca. Era la imagen misma de la decepción—. No es mejor que la madera de un pino cualquiera.

Ahora mi curiosidad había sido excitada lo bastante como para dejar a un lado toda la reserva que había mantenido hasta el momento. Le pregunté para qué *no* servía.

—Para fabricar el mejor laúd que se haya fabricado —dijo el hombrecillo.

—¿Acaso no tiene ya uno?

El señor Pan me miró genuinamente sorprendido. "¿Cuál?", replicó.

—El que tiene entre las manos. Usted mismo ha dicho que es el mejor.

—Lo es por ahora —dijo el señor Pan—, pero podría hacer otro superior, si sólo pudiera encontrar el trozo de madera apropiado.

—¿Y es por ello que se ha venido desde tan lejos?

En realidad, estaba de más hacer esa pregunta; había adivinado ahora, aunque aún me costaba trabajo admitir que fuese cierto, cuál era el propósito del señor Pan al venir a Lingnan. Era algo tan disparatado que más bien parecía una locura.

El señor Pan me explicó que la calidad de un laúd depende, más que de cualquier otra cosa, de su cuerpo o caja de madera; y que en la búsqueda de esa pieza de madera ideal él había pasado más de la mitad de su vida yendo de un lado a otro. Los tupidos bosques de Lingnan eran los únicos en que todavía no había puesto los pies hasta hacía poco, y no lo había hecho antes simplemente por no haber podido vencer el temor que le infundían los rumores acerca de los peligros que ocultaban.

—Me temo —dije algo sarcásticamente—, y usted lo habrá podido comprobar, que no se trata de simples rumores.

ARRIBAMOS a Kaosingchai al caer la noche. La demora se debió a que nos extraviamos varias veces de nuestro camino, y porque el señor Pan se entretuvo tocando y tomando muestras de cada árbol que le pareció interesante. Algunos especímenes le satisficieron relativamente. Los marcó con un trozo de tiza y afirmó que, de no encontrar otros de mejor calidad, volvería por ellos otro día. Por mi parte, yo estaba más bien decepcionado, pues el Hermano Mayor de Juramento del falso guía no apareció como yo esperaba.

Kaosingchai era una aldea aún más pequeña que Wushiang. Se hallaba a la orilla de un ancho río que al parecer corría paralelo al río Liuchiang. Las aguas de este río eran calmas y permitían el tránsito por ellas en los dos sentidos. Los hans, que escaseaban allí, se dedicaban en su mayoría al negocio de abastecer de víveres a las embarcaciones que pasaban por la aldea en ruta a otros poblados más grandes e importantes. Había sólo una posada y eso era más que suficiente. El dueño era un han de constitución gruesa, cuyo rostro mofletudo estaba siempre cubierto de sudor, pese a que continuamente pasaba por él un gran pañuelo. Su mujer era una yao, tenía mal aspecto, y cualquiera podía decir sin equivocarse que no vivía muy feliz.

Después de cenar —en cuyo transcurso tomé las precauciones acostumbradas—, el posadero nos mostró las habitaciones. Los cuartos eran pequeños, pero de aspecto agradable. Cada uno de ellos tenía una pequeña ventana que daba directamente al río. Más allá de las aguas oscuras, se delineaban las montañas contra el cielo de color violáceo. Lamenté que las ventanas no fuesen más grandes. En realidad, hubieran sido insuficientes en cuanto a proporcionar a las piezas la ventilación adecuada, de no ser por el doble techado que atenuaba el calor con mayor efectividad que los techados simples de las demás casas. Sobre los muebles habían colocado pequeños platillos de agua conteniendo pétalos de flores, principalmente de camelias y azaleas, que abundan en la región. Las estancias olían como si fuesen lechos de flores.

La fatiga que resultó de la larga caminata del día me hizo caer muy pronto en sueños, pero el sueño fue agitado, superficial; y a medianoche me hallaba de repente totalmente despabilado. Algo me había venido molestando incluso antes de acostarme; entonces no sabía qué era ni le presté mucha atención, sólo ahora comprendí cabalmente qué era lo que no iba bien: era la habitación misma, o, para ser exacto, la ventana y el doble techado. ¿Para qué el doble techado? Para compensar la escasa ventilación que la pequeñez de la ventana creaba. Pero, ¿por qué no hacer más grandes las ventanas, como las demás casas de la aldea?

Tomé la espada que descansaba a mi lado, sobre la cama, y la desenvainé con el mayor disimulo.

El perfume de los pétalos de flores inundaba toda la estancia, pero ahora advertía en él un ligero olor acre, tan tenue que no lo hubiera notado de no haber sabido a qué tenía que atenerme. La luz de la luna caía a través de la pequeña ventana, y en ella pude ver la fuente de aquel olor a amapolas: un hilillo apenas visible de humo blanco. Una diminuta abertura, no más grande que la yema del índice, había sido practicada en el papel de la ventana que daba al corredor; y el hilo de humo provenía de ella. A través de la abertura era posible distinguir el extremo encendido de un incienso —uno muy especial, por cierto—, y aunque no podía ver al hombre que lo sostenía y dirigía expertamente la dirección del humo mediante discretos soplos, pude sentir su presencia. Había todavía muy poco humo dentro de la habitación; el soporífero tardaría todavía media hora o más en hacer efecto; pero preferí no correr ningún riesgo innecesario.

El posadero no alcanzó siquiera a emitir un grito, cuando la espada, lanzada con todas mis fuerzas, atravesó la delgada pared de madera y traspasó su prominente barriga. Tal vez fue un fin demasiado benévolo para una rata como él.

LE DIJE al señor Pan, a la mañana siguiente, que después de haber recuperado la espada "Recolectora de Estrellas" y, de paso, vengado la muerte de mi *shih-ti*, ya no tenía motivos para quedarme por más tiempo en esos míseros puebluchos de Lingnan, y que tomaría la primera embarcación que pasara por Kaosingchai y volvería a Nankín. Le pregunté si no quería unirse a mí en el viaje.

El hombrecillo del laúd vaciló.

—Lingnan es un lugar peligroso incluso para gentes como nosotros —le dije—, y debe serlo doble o triplemente para usted. Debe saber que los dos bandidos que maté no vinieron sólo por mí ni eran los únicos.

Le di al señor Pan toda la mañana para pensar acerca de ello, mientras me tomaba al fin un verdadero descanso en la posada, ahora abandonada a su suerte, pues la mujer recién enviudada de su dueño decidió dejar Kaosingchai y volver con los suyos esa misma madrugada. El señor Pan salió después del desayuno y volvió al mediodía, con un nuevo guía de nacionalidad *yao*. Me sonrió tímidamente, como disculpándose, y dijo que había decidido quedarse en Lingnan por unos días más.

No supe si debía sentir desdén o lástima por aquel hombrecillo. "Insensato", me dije para mis adentros, "insensato".

Acompañé al señor Pan por algunos *li*, hasta el claro de una colina. Antes de despedirnos, en un arranque de sentimentalismo nada usual en mí, le obligué a aceptar mi daga como un obsequio.

—Tómela —le dije—, puede que le sea de utilidad, aunque sinceramente espero que no tenga que usarla jamás.

El señor Pan trató de devolverme la daga. "¿Qué puedo yo hacer con ella?", dijo.

No pudo haber hecho un comentario más inteligente. En efecto, ¿qué podía él hacer aun cuando tuviera la daga y supiera manejarla si se topase con algún otro bandido tan avezado como los dos que tuvieron la mala suerte de vérselas conmigo? De todas maneras, el hecho de que al final, después de mucho insistir, terminara por aceptar la daga, me hizo sentir —por cierto, sin ningún fundamento— más aliviado, como si al darle la daga le hubiese dado en realidad un talismán que lo protegería de todos los males y peligros.

Nos despedimos. Con el estuche que contenía el laúd sujeto debajo del brazo izquierdo y el atadijo colgado del hombro del mismo lado, el señor Pan corrió con sus piernas cortas hasta alcanzar al guía, que se había adelantado un poco. Antes de desaparecer entre los gigantescos y apretados árboles, el hombrecillo se volvió en mi dirección y agitó la mano libre. Después me dio la espalda de nuevo, y con pasos que me parecieron vacilantes, pero al mismo tiempo como impulsado por algo superior a todos sus temores, penetró y se perdió entre la espesura.

ME QUEDÉ en Kaosingchai por más tiempo de lo que inicialmente había pensado. Sólo al cabo de unos diez días me embarqué y tomé el camino de regreso. Durante todo aquel lapso de tiempo inventé una serie de argumentos para justificar esa demora. Me engañaba a mí mismo. Ni escaseaban las embarcaciones, ni las lluvias torrenciales eran serios impedimentos para un viaje por río. En realidad, la verdadera razón por la que me quedé más tiempo de lo que debía en aquella aldea perdida entre los bosques era porque esperaba oír alguna noticia del señor Pan. Desde luego, inconscientemente me negaba a admitir esa verdad.

No volvió a aparecer por Kaosingchai, ni volví a oír de él. Los bosques parecieron haberlo tragado. Aun ahora, después de tres años transcurridos, ignoro si está vivo o no. Cuando el tiempo y la ocasión me lo permiten, recorro ocasionalmente las tiendas y las ferias donde se venden instrumentos musicales y pregunto por los laúdes. Tengo la convicción de que si en alguna de ellas pudiera hallar un laúd digno de ser calificado de "perfecto", podré estar seguro entonces de que el señor Pan (es realmente inexplicable que yo haya llegado a preocuparme tanto por su supervivencia, habiendo sido tan breve nuestro mutuo conocimiento) ha podido sobrevivir a los peligros de Lingnan y está sano y salvo. El problema es: ¿cuándo un laúd puede ser calificado de "perfecto"?

AZUCENA

SABES QUE lo intentará de nuevo, tal vez esta misma noche. Y la puerta no podrá impedirle entrar a tu minúsculo cuarto, como la otra vez, porque llevará consigo ahora la llave maestra. El picaporte cederá dócilmente, no presentará problema alguno, no hará ningún ruido. Y el cerrojo ya no podrá tampoco servirte de último baluarte, pues él lo ha hecho quitar y lo ha colocado en la puerta del baño, diciendo que en esta casa todos pueden acostarse con el dormitorio abierto, porque todos son gente honrada, decente, pero que en cambio nadie puede cagar tranquilo cuando la cerradura del baño puede abrirse solita. Sin cerrojo, y la cerradura nada más que de adorno, cuando él entre en el cuarto y se abalance sobre ti, no tendrás más recurso que gritar, tratar de despertar a la señora y hacerla venir, antes de que las enormes manos de él logren taparte la boca y ahogar tu voz en la garganta. Tendrás que gritar con toda la fuerza de tus pulmones, porque sabes qué es lo que la señora toma últimamente, sin falta todas las noches, antes de irse a acostar. Hace apenas una hora le llevaste un vaso de leche caliente, para acompañar esas pastillitas de color celeste. Deberá dormir muy profundamente cuando toma esas pastillas, pues la otra vez, cuando él vino a tu puerta, no le importó que al recorrer el corredor de parquet sus pantuflas hicieran tap tap en el piso. Como ahora.

Tu pequeño pero macizo cuerpo se encoge contra la cabecera de tu cama. El ritmo de los latidos de tu corazón se acelera como un caballo desbocado. Deberías gritar ahora, hacer lo que crees que es lo único que te queda por hacer, ahora que todavía hay tiempo, pero te quedas como petrificada, no puedes despegar tus labios. El grito se anuda en tu garganta.

Ya no oyes el tap tap, ha cesado precisamente ante la puerta de tu cuarto. En este momento estará buscando la llave, para luego introducirla dentro del ojo de la cerradura, girarla sin hacer el menor ruido. Disfrutará haciendo todo esto sin prisa, anticipando que el deleite sería mayor con el acicate de la demora. El pomo de la cerradura gira sobre sí, la puerta se abre tan silenciosa, tan suavemente como si lo hiciera por sí sola. Ya no piensas en gritar. Algo —tal vez el insolente tap tap de sus pantuflas sobre el piso del corredor— te hace pensar que la señora no te podrá ser de ayuda. Esta vez ya no tienes escapatoria, ya no hay puertas que puedan cerrarle el paso. ¿O sí? Si apretaras tus piernas una contra la otra fuertemente, y consiguieras mantenerlas así hasta que. . . .

Cerrarás los ojos, y sólo lo oirás entrar. Le oirás cerrar la puerta tras de sí, acercarse y luego sentirás su peso sobre la cama. Habrá un breve momento de silencio y tú tirarás instintivamente la manta más arriba, hasta tocar la barbilla, para proteger tu cuerpo del escrutinio de su mirada, que sabes se pasea por encima.

—Azucena . . . —susurrará él tu nombre. Lo hará varias veces, esperando obtener de ti alguna reacción de aliento, hasta que tu obstinado silencio y rigidez acaben irritándole. Se levantará un momento, sólo el tiempo necesario para desnudarse, volverá a sentarse en la cama, apartará la manta de ti casi arrancándotela, y a partir de ese momento no tratará ya de aparentar ser tierno y gentil contigo.

Te estremecerás convulsamente cuando sientas sus manos sobre esos dos montecillos redondos y firmes que son tus pechos, su piel sobre la tuya, y sus resuellos sobre tu cuello y tu cara. Luego, algo caliente y duro empezará a golpear contra tus piernas, a tratar de abrir un camino a través.

Tratarás de ignorar todo esto, de no pensar que él está encima de ti; pretenderás no sentir ni oír nada, pero oirás perfectamente su jadeo, sentirás cada una de sus inútiles embestidas. Y tus rodillas te dolerán de tanto apretarlas entre sí. Lo oirás mascullar una palabra gruesa, se incorporará a medias, pondrá sus manos sobre tus piernas para forzarlas a separarse. Es el momento, dirás para ti, y te aferrarás con tus manos a los bordes de metal de la cama, para dar así mayor fuerza a tus muslos.

—Vamos, Azucena . . . —dirá él en tono desesperado, luego de ver fallidos sus primeros intentos—, vamos, querida niña. . . .— La pelvis te duele a causa del tremendo esfuerzo, y el mismo dolor hace que las lágrimas acudan a tus ojos cerrados. Además, transpiras como él. Pero no cederás un solo centímetro, y él no logrará forzarte a separar las piernas, dos hermanas siamesas cuya unión sólo el bisturí y no el fórceps podría haber roto.

Cambiará de táctica. Y lo hará no una sino varias veces. Te hará generosas promesas a cambio de que depongas tu resistencia, luego intentará ablandarte con súplicas, luego te amenazará y, finalmente, como no mostrarás señal alguna de ceder, te insultará. Lo sentirás bajarse de la pequeña cama, volver a vestirse, y antes de salir furioso y frustrado de tu cuarto todavía te suplicará por una última vez. No cerrará la puerta de un portazo sólo para no correr inútilmente el riesgo de despertar a la señora de su sopor inducido.

Cuando estés segura de que ya no se oyen sus pasos en el corredor, abrirás al fin tus ojos, te sentarás en la cama y mirarás en dirección de la puerta, para cerciorarte de que efectivamente se ha marchado. Sólo entonces aflojarás esas tenazas de tus piernas y empiezas a recoger lo que se ha quedado de tus ropas íntimas.

En la mañana, mientras toma el desayuno, él le dirá a la señora sin levantar la vista del periódico, en un tono que aparenta ser casual:

—Le he dicho a Azucena que se marche de esta casa, querida.

Ella responderá: "¿Por qué? ¿Qué ha hecho esa muchacha?", pero sin dejar de untar su tostada, sin sorprenderse. Aceptará la explicación que él le dará sin poner reparos, y sin mostrar el menor asomo de duda, aunque sabe íntimamente que no es cierto que has querido robar las joyas que guarda en un cajón de su cómoda. Conoce demasiado bien las debilidades de su marido, y habrá adivinado la verdadera razón de tu despido, pero desde hace un buen tiempo, especialmente desde que está enferma, ha optado por ser indulgente con él. Se limitará a decir, acompañando las palabras con un suspiro:

—¿Es que no hay más remedio que despedirla?

—No lo hay, querida.

Y tú saldrás de la casa, portando tan pocas cosas como cuando llegaste a ella. Él te pagará tu "sueldo" del mes, habrás logrado también ahorrar algo de dinero por tu cuenta, pero todo en total no te alcanzará siquiera para pagar la renta de una modesta pensión. Tendrás que emprender inmediatamente el periplo, recorrer la ciudad de un lado a otro. Al fin otra casa. . . . Y otro patrón. Y si no el patrón, su hijo o su sobrino. ¿Por cuánto tiempo podrías seguir resistiéndote con éxito? ¿Por cuánto tiempo podrías deambular de casa en casa sin que tu resolución acabase por diluirse? Tal vez por un buen tiempo, pero no eternamente. No eternamente. Algún día —y ese día llegará indefectiblemente— estarás demasiado cansada, o todo te parecerá ya indiferente, sin importancia, y dejarás de anudar esas lindas y fuertes piernas tuyas. Verás entonces lo absurda que ha sido esa obstinación tuya, esa beatería provinciana: ¡todo ha sido por nada! Y verás con comprensible remordimiento que tantas fatigas inútiles, tantos sinsabores innecesarios, habrían podido evitarse desde un principio, si esa noche no me hubieras rechazado, si me hubieras abierto tus muslos en lugar de apretarlos, de hacer de ellos tu último cerrojo.

RIVALIDAD

¿QUE NO te he contado nunca esa historia de las putas? Qué raro, hermano, si desde hace más de una semana la vengo repitiendo a cuanta alma se me ha puesto delante. De tanto contar y recontar que ya la puedo recitar de pura memoria. ¿No la has oído, en serio? Pon atención entonces, que nada más para tu gusto la cuento de nuevo.

Fue en uno de esos callejones de gente pobre que se caen por pedazos, que hay tantos cerca del cementerio, en los Barrios Altos, y no en un burdel propiamente dicho. Como sabes, vivo cerca de la Plaza Italia. Para llegar hasta allí hay que andar unas siete u ocho cuadras, y cuesta arriba como si se tratase de subir un cerro; pero vale la pena el esfuerzo porque al final la recompensa es dulce y cuesta menos que ir al Callao. Las dos mujeres viven apenitas a pocos metros una de la otra. Una se llama Chabuca y tiene veintidós o veintitrés años. La otra le dobla por lo menos en edad, y —te juro que ése es su nombre— se llama Angélica. Voy a referirme a ellas una a una, comenzando por la vagina más vieja.

La señora Angélica, como es conocida entre sus vecinos, o simplemente la Angélica, como es para nosotros sus clientes, tendrá entre cuarenta y cuarenticinco años. A esa conclusión llega uno por las patas de gallo que hay en los ángulos externos de sus dos grandes ojos, por algunas arrugas en la parte posterior del cuello; pero fuera de eso, tiene muy bien cuidadas la piel y la figura, que es un caramelo. Su piel es todavía tersa, y es tan blanca que llega a deslumbrar. Su culo es carnoso y firme, y cuando anda metido en un pantalón ceñidito es exactamente igual a una pera de agua. Tiene boca chica, pero carnosa y roja, los ojos negros muy grandes y el cabello corto y teñido de rubio.

Casi siempre anda en pantalones muy ajustados, zapatos de taco alto, blusas que dejan al descubierto los dos hombros blancos y perfectamente redondos. A menudo se coloca unos aretes grandes, de esos que usan las gitanas que a veces vemos en el Parque

Universitario. Total, con un atuendo así se le adivina el oficio de inmediato (la verdad sea dicha, a ella le importa un pepino que se le adivine), pero no vayas a pensar que se arregla de ese modo para enganchar clientes en la calle; no lo necesita, pues tiene una clientela más o menos fija, y hasta podría decirse bastante devota. La costumbre de usar trajes llamativos, me dijo en una ocasión, la había adquirido cuando recién comenzaba; desde entonces le cuesta trabajo cambiar.

Vive completamente sola, sin marido, sin conviviente, sin hijos, en un cuartucho que ha dividido en tres ambientes con unas cortinas de tela floreada. La primera pieza es lo que los clientes llamamos pomposamente "la sala de espera", y tiene un insólito objeto de lujo: una araña de cristal; de segunda mano, por supuesto; pero con todo una verdadera araña de cristal. Bajo su profusa luz, para matar el tiempo mientras esperamos el turno, los clientes solemos jugar alguna mano alrededor de una mesa de comedor o tomarnos una ronda de cerveza. La siguiente pieza es indescriptible; bastará decir que allí prepara sus comidas, hace su rutina de limpieza después de cada cliente, y es también allí adonde vamos a achicar la bomba. La pieza del fondo es ya el ring propiamente dicho, la cancha del partido, el salón para el tango. Un dormitorio estrecho, donde apenas hay una cama de metal, una cómoda, una silla, y después prendas de mujer tiradas por todo lado. Al centro, colgado de los tablones viejos del techo, un foco de 50 bujías que apenas alumbra mejor que una vela. Al colocar un foco de tan baja potencia, parece como si la Angélica hubiera querido dar algún toque de intimidad a las transacciones que hacemos allí, en ese cuarto, pero a veces sospecho que la razón es otra, que la Angélica teme revelar su desnudez bajo una iluminación más fuerte, que no permitiría concesiones de ninguna clase.

La otra prostituta, la Chabuca, es de estatura más bien baja, pero tanto o mejor dotada que la Angélica. Carne firme, joven; piernas fuertes; el pubis un poco abultado que delata los estragos de mucha monta y de dos partos. Tiene pelo negro, la piel algo morena, rostro ovalado y una nariz delgada, de perfil delicado. La boca es pequeña, con una expresión siempre hosca; la mirada acerada, penetrante. Su rostro recuerda vagamente al de un halcón. Hasta hace cosa de cuatro años vivió con un matón de a de veras, que ahora está en prisión purgando una sentencia que ella hubiera querido que fuese a perpetuidad. Del primer parto nació una niña; murió al mes de nacida. Después vinieron los gemelos, que ahora tienen cinco o seis años. Uno de los gemelos se llama Beto y el otro Freddy; son tan igualitos que nunca he podido distinguir al uno del otro. A ellos se les permite andar por toda la casa con excepción del vedado cubículo de su madre, donde a ella la ensillan y la hacen correr el Clásico Pellegrini.

Te parecerá seguramente raro, hermano; hasta dirás que tengo gusto torcido, pero mi primer amor, mi primera querencia, por así decirlo, fue la Angélica. Sabía que había dos de su clase en el mismo callejón, y que la otra era más joven, más bonita, más provocativa, pero la elegí a ella. Todavía ahora la prefiero antes que a la Chabuca, y sólo cuando está demasiado ocupada, quiero decir cuando hay que hacer mucha cola, me resigno y voy donde la madre de los gemelos. No soy el único que tiene esa preferencia. La Angélica no ofrece promesas que su competidora más joven no pueda ofrecer —y quizás más y mejores—, pero el sexo no siempre es lo único que los hombres buscamos en las rameras. Muchos de los que van a los burdeles o sus sustitutos son hombres que tienen una pena o una soledad grande o no son felices entre los suyos. Van a los brazos de las rameras no porque realmente necesiten aplacar ese ardor de abajo del vientre, sino porque buscan en ellas algo que no han podido encontrar en su propia casa: afecto, cariño, desahogo, qué sé yo. Por mi lado, confieso que la mayoría de las veces que voy donde la Angélica lo hago para no ahogarme en esa depresión maníaca que el doctor dice que tengo.

Y en Angélica siempre encuentro algo parecido al calor maternal, una cierta gentileza o ternura extra que, desde un punto de vista estrictamente profesional, no está en la obligación de dar. No soy su único cliente, ni siquiera su cliente predilecto, de manera que es de suponer que los demás también son favorecidos con algo parecido. En cambio nada de esto puede hallarse en la otra, en la Chabuca. Es una yegua de lo mejor, tan hábil por naturaleza como sabia por experiencia, y puede hacer y está siempre dispuesta a hacer cuanto a mi fantasía erótica se le ocurre pedirle, pero se ciñe a pies juntillas a lo que le exige su oficio: el uso y abuso de su cuerpo y nada más. Uno puede sentir la lava que viene de su carne, de sus manos, de su boca, pero su corazón está cerrado a todos igual que una heladera. Esta actitud parece obedecer más a una pobreza o insensibilidad del espíritu que a la falta de experiencia. Por otro lado, siempre he dicho que la Chabuca se parece a un halcón, por su mirada acerada y penetrante y sus actitudes muchas veces impacientes. A nadie le gustan los halcones excepto a los cazadores, que no somos.

La Angélica es charapa, pero ha pasado tantos años en El Callao y en Lima que ha perdido el acento característico de la gente de Iquitos, aunque conserva todavía cierto calor tropical en el timbre de su voz. Al parecer, ha estado alguna vez casada y ha tenido dos hijos. Una vez le pregunté sobre los hijos, que dónde viven ahora, que de qué viven, y la Angélica en respuesta dijo que hace tiempo que murieron. Lo dijo con cierto tono de despecho, un tanto amargada, por lo que deduje que no murieron de verdad, sino figurativamente, nada más para ella. Había comenzado a prostituirse muy jovencita, pero no recuerda exactamente por qué. Sólo recuerdo que necesitaba la plata, dijo, ¿para qué quieres saberlo? Le dije que me había acostado varias veces con una chibola que vendía el cuerpo sólo para poder comprar cosméticos con el dinero. Yo no soy de esa calaña, afirmó la Angélica, al menos debió haber tenido la decencia de hacerlo por cosa de la miseria.

Si poco sé de la vida de la Angélica, menos sé de la de la otra; la Chabuca no es del tipo de mujeres que gustan de la conversación. Pero entendí mejor su necesidad de prostituirse: los gemelos.

En la casa de la Chabuca es un tabú mencionar el nombre de la Angélica. La razón parece obvia: se siente humillada porque su competidora, a pesar de tener el doble de su edad, atrae más clientes que ella. Hubo un tiempo en que estuvo sometida en secreto a una curación, por un caso de blenorragia o cosa por el estilo. De alguna forma el secreto se conoció y los clientes dejaron de frecuentarla por un buen tiempo. La Chabuca siempre insistió en que fue la Angélica la que hizo correr la bola, pero sé que ella no es capaz de una cosa tan baja.

La Angélica es una mujer muy sola. Supongo que toda mujer necesita volcar su instinto natural de madre hacia alguien. Las niñas pequeñas, aún no hechas mujeres, sienten ya esa imperiosa necesidad cuando juegan con sus muñecas. Con mayor razón y más fuerza la debe sentir una mujer madura y solitaria como es la Angélica. Parte de su afecto maternal nos la da a sus clientes, pero nosotros no somos precisamente el recipiente más satisfactorio para tal afecto. Sucedió entonces lo más natural: se interesó en los pequeñines de la Chabuca. A espaldas de la madre, empezó a darles subrepticiamente dulces y helados, a comprarles pequeños regalos como picapicas y talco en Carnaval y cuetecillos en Año Nuevo. Desde luego, algo así no pudo pasar inadvertido para la Chabuca por mucho tiempo, sobre todo cuando a los gemelos se les ocurrió llamar a su bienhechora, cada vez que pasaba delante de la puerta de la casa, "la tía Angélica". Las fricciones entre las dos mujeres comenzaron a adquirir un carácter francamente abierto y fueron convirtiéndose paulatinamente en rutina, hasta que hace dos semanas esta hostilidad erupcionó como un volcán. Fue en la noche de un miércoles, día de poca clientela. Fui a donde la Angélica a eso de las once, con la idea de pasar el resto de la noche en su crujiente cama de metal. A mi llegada encontré el callejón todo revuelto. Pregunté a uno de los que viven allí qué pasaba: el hombre se encogió de hombros. Pelea de putas, dijo. Me abrí paso entre el montón de curiosos que no hacían nada por separar a las dos mujeres hasta el escenario de la mechadera. La Chabuca estaba perfectamente vestida, pero la Angélica tenía puesta nada más que una vieja bata: debajito estaba tal como la había parido su madre, toda calata. Por eso es que los mirones estaban más interesados en avivar la riña que en apaciguarla. Después de no poco esfuerzo, empujando y jalando, logré separar a las dos; y como la Chabuca era la más belicosa, la llevé primero, medio arrastrándola, hasta su cuarto. Allí la dejé jadeando, colorada por el calor de la pelea, escupiendo obscenidades. En seguida volví y convencí a la Angélica a entrar en el suyo; eso ya fue menos difícil. La hice sentarse en uno de los viejos sofás de la "sala" y le serví una copa de coñac. Bajo la deslumbrante luz de la araña de cristal, la mujer tenía en desorden el pelo teñido, la bata desabotonada hasta dejar los senos casi al descubierto, el rostro sofocado, los ojos brillantes aún de cólera. Mientras tomaba su coñac alcancé a ver en el piso dos cochecitos de plástico, uno de ellos ruedas arriba y el otro casi perdido debajo de un mueble. Los gemelos, me dije.

Al fin, se calmó y me contó el porqué de la bronca. Había comprado los cochecitos y se los había dado a los gemelos en la tarde. Poco antes de mi llegada, cuando estaba en la cama con un cliente en pleno plan de negocios, la Chabuca llamó beligerantemente a la puerta, la Angélica fue a abrir, la Chabuca le aventó los juguetes casi a la cara, y delante de la gente que para esas cosas sí no se demora en reunirse, comenzó a insultarla. El cliente se escabulló, para no meterse en líos sólo por putas, y las dos se fueron a las manos.

Mala madre tenía que ser para no acordarse del cumpleaños de sus propios hijos, dijo la Angélica, ya completamente en calma. Ahora parecía un poco abatida.

Alguien golpeó tímidamente la gastada puerta de madera. La Angélica levantó el rostro, las patas de gallo se le veían claramente a la luz de la araña a causa del maquillaje deshecho, y me miró con una expresión como si dijese: ¿quién podrá ser? Fui a abrir, mientras ella se abotonaba la bata. Uno de los gemelos estaba parado delante del umbral y el otro varios pasos detrás suyo. Ignoro cuál de ellos era Beto y cuál Freddy, pero poco importa ese detalle. ¿A qué habrán venido?, me dije asombrado, al darme cuenta quiénes eran nuestros visitantes. El gemelo que estaba parado delante de la puerta abierta, una hosca criaturita, no tenía idea de dónde debía tener las manos. Estuvo unos minutos en el umbral sin decir una palabra. Luego se volvió de repente y echó a correr, seguido por su hermano, que todo ese tiempo había permanecido en las sombras. Los seguí con la mirada hasta verlos desaparecer dentro de su propia casa y luego cerré la puerta, conmovido. Cuando me volví hacia la Angélica vi que también había comprendido el significado de tan extraño gesto, y sentía lo mismo que yo, pero mucho más profundamente. Tenía aquellos ojos negros de nuevo muy brillantes, esta vez por la humedad que había en ellos.

Me senté a su lado; le toqué las manos. Tiene unas manos pequeñas y regordetas, con anillos en varios de los dedos.

¿No son unas preciosidades?, dijo ella; la voz se le quebraba.

Lo son de veras, dije nada más para darle satisfacción.

La Angélica me apretó la mano en un gesto de agradecimiento.

No es que me avergüence de ser una ramera, dijo luego de un rato, con cierto dejo de tristeza, pero no te imaginas cuánto me alegra que los hijos de mi hija no fueran hembras. . . .

Había oído antes rumores acerca de un supuesto parentesco entre la Angélica y la Chabuca, pero era la primera vez que alguna de ellas me lo confirmaba de sus propios labios.

EL ENGENDRO

"...como vicepárroco de Mollendo, no puedo de-
jar de dar cuenta que toda la parte alta del puerto ha
sido incendiada y saqueada; toda la población y las
mujeres víctimas del desenfreno más escandaloso y
cruel..."

Juan Bautista Arenas, en un informe
sobre la destrucción de Mollendo por
las tropas chilenas en marzo de 1880.

I

EN UN COMBATE o una guerra, el botín prometido —ya sea expresa o tácitamente— por el alto mando del ejército vencedor a sus combatientes, suele no limitarse a simples objetos materiales —llámense joyas, oro, muebles, armas, dinero— que puedan hallar en el campo o la plaza enemiga. El mayor premio de la victoria, sobre todo para aquella soldadesca que no se caracteriza especialmente por ser disciplinada ni celosa del honor militar, con frecuencia es de una índole más efímera, menos tangible, pero inmensamente más placentera. La posesión de una mujer, hecha a la fuerza, ha sido siempre y siempre será —aun bajo circunstancias nada idóneas y llevada a cabo con apresuramiento— para muchos soldados de poco o ningún escrúpulo, lo que el agua del oasis es para el viajero del desierto. Sus comandantes, si son lo bastante listos y no desean granjearse el rechazo de sus subordinados, cerrarán los ojos —o procurarán aprender a hacerlo— a la vista de esos brutales excesos. Después de todo, y amén de ser una imperiosa necesidad natural en todo hombre, ¿no merecen acaso esos esforzados combatientes algunas pequeñas licencias, luego de meses y meses de arduas marchas y combates?

La práctica de esta filosofía de la guerra no es de exclusividad de los pueblos bárbaros: los ejércitos más disciplinados y mejor organizados, como el ejército de Napoleón o el ejército prusiano, la han ejercitado a menudo. Y lo mismo puede decirse del ejército chileno, durante su actuación en la Guerra del Pacífico. Por lo menos, los propios historiadores chilenos —caso Benjamín Vicuña Mackenna— nunca negaron la conducta bárbara de la soldadesca en la expedición a Mollendo, a la que llamaron "una vergüenza para nuestras armas", "un Tarapacá moral".

Lo anterior es una digresión. La historia propiamente dicha de este relato se inicia en un día de junio de 1881, con el retorno del capitán Ignacio La Barrera de la sierra central a su hacienda de Surco.

Habían transcurrido cinco meses desde la batalla de San Juan y Miraflores. Lima estaba ocupada. Los aristocráticos balnearios de Chorrillos, Barranco y Miraflores, saqueados e incendiados durante los días 13, 14 y 15 de enero, habían dejado de existir. De Barranco, en cuyos límites se hallaba la hacienda del capitán, no quedaron en pie más que una sola casa y la iglesia.

El capitán La Barrera tenía en esa época veintiocho años. Provenía de una de las familias más distinguidas del país y también una de las más adineradas. Era blanco, alto y buen mozo. Había sido un calavera en tiempos de paz, pero cuando llegó el momento de empuñar el arma supo también ser un hombre de arrojo y un oficial competente. Para evadir a las patrullas enemigas, había dejado su uniforme militar en las montañas de la sierra, cambiándolo por un traje de paisano; y había hecho el largo recorrido en el caballo que había logrado despojar a un teniente chileno, en una emboscada en que intervino al lado de los montoneros.

Al acercarse a su hacienda, en lugar de un tierno recibimiento de parte de su joven esposa, encontró la casa principal reducida completamente a escombros y cenizas. El temor que por meses le había quitado el sosiego, y que fue el principal motivo que lo hizo volver a Lima, se había materializado. Buscó febrilmente al viejo administrador de la hacienda, a los dependientes mestizos, a los sirvientes de la casa, pero no pudo hallar a ninguno de ellos. Sólo pudo encontrar a algunos indios, ex peones suyos, que, o bien nunca lo habían visto, o bien no lo reconocieron por su desaliñada apariencia, tan distinta de aquella pulcra, apuesta y altiva que únicamente habían podido envidiar desde prudente distancia, antes de la guerra. El capitán La Barrera, luego de convencerse de que no podría sacar de aquella recelosa indiada ninguna información acerca de la suerte que había corrido su mujer, decidió dirigirse a Lima sin más pérdida de tiempo. Si su mujer estaba aún viva, sólo pudo haberse ido a un lugar: la finca de su padre, y si no lo estuviera (el capitán trató con vehemencia de quitar tan tenebrosa idea de su cabeza, pero no tuvo mucho éxito), lo sabría de los propios labios del mismo.

La joven esposa del capitán era apenas poco más que una adolescente: no tenía aún diecisiete años cuando accedió concederle la mano, de eso hacía dos años. El capitán le llevaba cerca de diez años de diferencia. Guapo y adinerado como era, había tenido innumerables amoríos, pero ninguna mujer había sido capaz de poner en serio peligro su feliz estado de soltería. Y lo hubiera podido conservar, acaso por un respetable número de años más, de no darse la casualidad de encontrarse con Rosamunda —tal era el nombre de su entonces futura esposa— en un baile. Desde el primer momento del encuentro perdió la cabeza, la terca obstinación de permanecer libre de todo tipo de compromisos de corazón más o menos serios; y hasta que no se aseguró el afecto de la muchacha, también el sueño. Por cierto, no le faltaron razones. La muchacha, aunque apenas salida de la niñez, era una criatura capaz de encender la pasión más viva en el hombre más santo. Lo más extraordinario de todo es que ella misma no parecía advertir el efecto devastador que causaba entre los hombres. No hubo nunca coquetería premeditada en sus tímidos movimientos, ni en sus gestos y palabras. Intervenía poco en las conversaciones y, cuando lo hacía, era siempre con una gravedad infantil. Era de regular estatura, piel blanca y sonrosada, formas plenas y voluptuosas. Tenía el cabello de un hermoso color castaño oscuro. En las noches de insomnio, toda vez que el pensamiento del capitán se volvía hacia ella —y esto sucedía muy a menudo y era en la mayoría de las veces la causa de su desvelo—, le venían inmediatamente a la mente imágenes de aquellas figuras femeninas de carne sonrosada y lujuriosa que pueblan las pinturas de Rubens. Rosamunda no era más inteligente que cualquier otra de las tantas muchachas que había tenido la ocasión de conocer, pero la inteligencia, si bien puede motivar en los hombres la admiración e incluso la veneración, jamás ha podido encender una verdadera, irrefrenable y casi insana pasión, como aquella que padeció el pobre capitán La Barrera, hasta que no consiguió, después de un largo y tenaz asedio, la mano de ella.

Menos de una hora tomó el capitán en alcanzar la casa de su suegro. Aunque la capital había sufrido considerables cambios a raíz de los desmanes del 14 de enero, cuando incendiaron las pulperías de los chinos, y por los inevitables efectos de una ocupación foránea, el capitán no se detuvo en ningún momento a evaluar esos cambios: tenía una preocupación mucho más seria. Cuando jinete y caballo llegaron ante la puerta de la finca de don Nicolás Hurtado, el padre de Rosamunda, el animal tenía el cuerpo cubierto enteramente de sudor y daba fuertes resuellos.

Aquel día, don Nicolás, que hacía un año había sufrido la pérdida de su mujer, a quien idolatraba, estaba sumido en el sopor producido por la ingestión de una cantidad desmedida de bebidas espirituosas, con las que intentaba en vano ahogar su dolor. El mayordomo había muerto en la batalla de Miraflores, y la cocinera, la única de la servidumbre que la guerra no había de un modo u otro arrebatado a los Hurtado, se encontraba fuera. En resumidas cuentas, cuando el capitán La Barrera entró a la residencia de su suegro, nadie estaba en condiciones de asistir como testigo de vista al encuentro entre aquel y su joven esposa. Nunca se sabrá lo que pasó y se dijo exactamente entre los dos. Sólo dos hechos trascendieron al conocimiento público: el primero de ellos como resultado de un pequeño esfuerzo de imaginación hecho a la luz de acontecimientos posteriores; y el segundo por el testimonio de algunos vecinos del lugar. El primer hecho es que el capitán La Barrera encontró viva y sana a su adorable mujer pero ... embarazada, y la gestación estaba en su quinto mes. El segundo hecho es que el capitán, completamente fuera de sí, vació las seis balas de su revólver, pero erró en forma inexplicable su blanco: todos los proyectiles fueron a impactarse en las paredes o en el techo. Cinco minutos después de oírse la última de las detonaciones, el capitán La Barrera, visiblemente fuera de sus cabales y convertido en una patética figura, se precipitó fuera de la finca, montó sobre su caballo y se lanzó por la calle, derribando a su paso a varios desafortunados transeúntes. De esto último hubo muchos testigos, pues la conmoción causada por los disparos fue muy grande. Nadie que presenció tan elocuente escena se imaginó que el capitán volvería en busca de su esposa; y si hubo alguien que lo hizo, con seguridad no previó que el acontecimiento se daría en un plazo inmediato.

Sin embargo, al cuarto día de su reencuentro con su mujer, el capitán La Barrera, con el semblante más sereno, escoltó a Rosamunda hasta una calesa que los esperaba fuera de la finca de don Nicolás, la ayudó a subir y partió con ella con destino a una propiedad suya ubicada en la calle Pescaderos.

El día 16 de setiembre de 1881, Rosamunda dio a luz a un varón en medio de la mayor discreción, asistida sólo por una partera. El niño fue registrado con el nombre de Horacio Hurtado, y a partir del segundo día de su nacimiento fue enviado a vivir con su abuelo materno. En los veinte años posteriores, ninguno de los esposos mostró el menor interés por saber de él, ni quisieron nunca verlo. Para los La Barrera, Horacio murió prácticamente el mismo día en que vio la luz por primera vez.

II

CON UN COMIENZO tan inusual, la vida de Horacio tuvo que ser necesariamente muy diferente a la de cualquier otro niño. No le faltaron buenos cuidados —tuvo, desde muy tierna edad, a un aya y una institutriz a su servicio—, pero nunca hubo mimo o afecto maternal, tan necesario para todo infante, ni siquiera de parte del aya o de la institutriz, que se habían enterado, a través de las habladurías de los vecinos, de su innegable condición de hijo bastardo. Tenían, además, gracias a las mismas habladurías, razonables sospechas de que el origen de Horacio fuese mucho más infame, mucho más ignominioso, que el simple hecho de ser el producto indeseado de una relación de adulterio. Lo llamaban por su nombre, se referían a él, delante de don Nicólas y de los visitantes ocasionales de la casa, como el "pequeño señorito", el "niño Horacio"; pero a sus espaldas, al igual que casi todos los vecinos del lugar, le decían con malicia y desprecio "el chilenito".

La niñez de Horacio fue de absoluta soledad. Los padres de los otros niños de la vecindad, con el recuerdo aún fresco de la guerra y de los cupos y los fusilamientos en mente, alejaban a sus hijos de la compañía de Horacio como si el chico fuese una peste o la carroña de algo. Sobre los tiernos hombros del pequeño recayeron desde el mismo día de su nacimiento no una sola cruz sino dos; y de ellas la que corresponde a los hijos ilegítimos nacidos en el seno de una familia distinguida era, comparada con la otra, apenas una nimia carga.

Horacio habría podido ser más feliz si sólo tuviera que soportar las mismas penas y mortificaciones que cualquier otro hijo bastardo. Una pregunta como "¿Sabes quién fue tu padre?", le hubiera mortificado menos que la que, más de una vez, le hicieron algunos de sus compañeros de colegio, con la crueldad extrema que parece asociarse paradójicamente a la inocencia más genuina. La pregunta, formulada primero por los chicos de los grados superiores y repetida luego por los párvulos que apenas comprendían su significado, era: "¿Sabes cuál de los chilenos que desfilaron por la Calle de los Mercaderes fue tu padre?". Y si el aya y la institutriz, en tanto vivieron bajo el techo de los Hurtado, jamás tuvieron el valor de llamarlo "el chilenito" a cara descubierta, no fue, en cambio, conocido por otro sobrenombre que aquel a su paso por los muchos colegios en que estuvo. Su paso por estos colegios fue siempre raudo, pero memorable por cuanto dejaba siempre atrás algún diente roto, alguna nariz sangrante.

En el año de 1893, cuando Horacio, a quien llamaban ahora "el chileno", cumplió los doce años, don Nicolás tomó la decisión de llevarlo consigo a Europa: no veía otra solución más apropiada.

Recorrieron España, Francia, Italia, Grecia, antes de fijar una residencia más o menos permanente en la Inglaterra victoriana. En Londres, donde el hecho de ser un peruano o un chileno —sin hablar ya de ser sólo un supuesto chileno— no tenía importancia para casi nadie, Horacio encontró por fin la dicha que no había podido disfrutar en sus doce años de vida previa. Don Nicolás adquirió una pequeña propiedad cerca a Belgrave Square, y desde allí, a partir de entonces, dirigía por correspondencia la marcha de sus grandes haciendas de algodón en Lambayeque. El abuelo materno de Horacio era un hombre de imponente y sobria presencia, un *dandy*, y a la vez un deportista. Tenía pelo negro y tupido mostacho del mismo color, no obstante haber pasado ya los cincuenta años. Una pequeña cicatriz marcaba su amplia frente, resultante, según solía contar no sin cierta jactancia, de un duelo a cuchillos con un gitano andaluz a quien dejó mucho peor parado. El incidente había ocurrido en su juventud, durante una borrachera descomunal. El licor era la mayor afición de don Nicolás, sobre todo después de la muerte de su mujer; solía decir que después de Horacio, no había otra cosa en el mundo que le interesara más. Durante la infancia de Horacio, cuando se embriagaba, se hacía encerrar dentro de su cuarto por los sirvientes, pues tenía miedo de poder hacer algún daño al chico. "Cuando estoy bebido", solía repetir seriamente, "no soy yo mismo". Durante su estancia en Londres desaparecía a menudo de la casa por días, y cuando volvía a ella, recobrado finalmente de los efectos del alcohol, traía en sus zapatos de charol polvo e inmundicia del East End. Y una vez, estando en Francia, y teniendo al muchacho delante de sí, don Nicolás, que había tomado demasiado vino de Borgoña, clavó un puñal tan cerca de la mano del mesonero, que por escasos milímetros no cercenó uno de sus dedos.

Pero a pesar de todos estos defectos de don Nicolás, el muchacho lo adoraba. Desde luego, era natural que fuese así: aparte de hacerse querer por su buen humor y su vivacidad, don Nicolás era la única persona en el mundo a quien Horacio podía ofrecer su cariño y de quien podía recibir en pago la misma moneda. Para su abuelo materno, la supuesta infamia de su nacimiento significaba poca cosa o nada.

No una, sino muchas veces, pensó en abusar de esa intimidad entre los dos para confirmar o desvirtuar de una vez por todas las insidiosas conjeturas que se habían tejido en torno a las circunstancias que rodearon su origen. Estaba seguro de que don Nicolás conocía la respuesta del secreto, pero siempre que se disponía a plantearle la terrible pregunta, algo le inmovilizaba la lengua y anudaba su garganta. Le sobrecogía de repente el terror y optaba por dar marcha atrás. Más tarde, cuando fue mayor, sintió que aunque lograra vencer finalmente ese temor, no sería a su abuelo materno a quien debería exigir el penoso compromiso de hablar acerca de lo que le ocurrió a su madre en aquellos aciagos días de las batallas de San Juan y Miraflores. No. Si algún día habría de oír la verdad acerca de su propio nacimiento, sería de los mismos labios de su madre.

III

EN UN DÍA soleado del mes de agosto de 1901, un vapor de bandera panameña trajo a los muelles del Callao a dos distinguidos viajeros. Uno de ellos era un hombre maduro, fornido, de impresionante mostacho negro; excepto por las sienes, que habían comenzado a encanecer, su cabello era también del mismo color de los bigotes. El otro hombre era un joven algo más alto que su compañero. De figura esbelta, estaba pulcramente afeitado. En los muelles fueron recibidos por el administrador de una de sus propiedades, y conducidos luego en coche a la finca que el hombre del mostacho tenía en Lima. Habían vuelto discretamente, y tenían razones de sobra para no desear atraer la atención de nadie, pero muy a pesar de todo, su llegada no pudo pasar desapercibida entre los vecinos que vivían cerca de su finca. El agua quieta del recuerdo se removió. Y mientras los viajeros se recuperaban en sus cuartos de las fatigas de la travesía, por todo el barrio se corrió la voz de que el hijo bastardo de Rosamunda había vuelto del extranjero convertido en un petimetre. Durante las tertulias de aquel día y de los siguientes, se evocaron las hablillas olvidadas hasta hacía poco.

Veinte años son pocos para restañar siquiera parcialmente las profundas heridas abiertas por la guerra, las pérdidas de territorio nacional y la ocupación; además, aún quedaba pendiente la cuestión del Plebiscito, cuya realización venía siendo aplazada unilateralmente por Chile. Teniendo en cuenta todo esto, no es de sorprender que algún mozalbete impulsivo, confundiendo patriotería con patriotismo, se animara a lanzar una piedra contra uno de los ventanales de la finca de don Nicolás, a poco de su regreso. El proyectil hizo trizas el vidrio, causó alarma y revuelo entre los ocupantes de la casa, pero no alcanzó a Horacio, quien era el objeto del ataque.

La piedra en cuestión causó sólo daños materiales de poca cuantía, pero fue para Horacio una clara advertencia de que la sociedad no había olvidado — ni olvidaría— la presunta infamia de su nacimiento. Después de su prolongada estancia en Europa, seguía siendo acá, no meramente un bastardo sino, tal como antes, el repudiado "chileno" de ocho años atrás.

Don Nicolás llevó a su nieto a Lambayeque por unos meses con el aparente fin de que se familiarizase con el manejo de las haciendas que habría de heredar a su muerte pero, en realidad, quería evitarle —al menos por un tiempo— mayores sinsabores. Cuando volvieron a Lima de nuevo, Horacio había tomado en secreto una decisión.

El joven que había vuelto de Europa no era más una criatura impulsiva, que a la menor provocación no vacilaba en liarse a golpes con muchachos mayores o más fuertes que él. Había adquirido no sólo la elegancia y la distinción de un *dandy* londinense, sino también el espíritu flemático de los sajones. Sin que don Nicolás se diera siquiera cuenta, el muchacho tomaba ahora con bastante calma las invectivas de bastardo y aun de "chileno" que lanzaban a sus espaldas. Horacio había llegado a la cínica conclusión de que ni el hecho de ser un bastardo —cosa que admitía sin inmutarse— ni el de haber sido concebido bajo aborrecibles circunstancias —una hipótesis aún no confirmada— podían interferir seriamente en su futuro, mientras dispusiera de suficiente dinero e influencia. Habían pasado los tiempos en que el hombre era respetado por su título y su linaje. A un hombre se le mide ahora por la cantidad y el valor de sus posesiones materiales; y Horacio estaba destinado a ser en el futuro el dueño de muchas de esas posesiones.

Sin embargo, el secreto nunca revelado de su origen era como un pedazo de hueso atascado en la garganta, que debía ser expulsado afuera . . . , o tragado en su defecto, con el daño consiguiente; pero que de ningún modo podía quedarse donde estaba en forma indefinida. Horacio no esperaba que la revelación final pudiera limpiar la mancha que por años había llevado consigo: las insidias y las comidillas lo habían estigmatizado para siempre desde su nacimiento; nada ni nadie podría librarlo ya de esa mácula permanente. De manera que, cuando resolvió al fin enfrentarse a su madre, a quien nunca había visto hasta entonces, fue por una razón muy diferente: la necesidad, casi pueril, pero a la vez imperiosa, de desembarazarse de una molesta incertidumbre.

La entrevista entre Horacio y su madre tuvo lugar en la tarde de un viernes. Durante toda la mañana y el mediodía, escudado detrás de la puerta de vaivén de un café, Horacio no apartó la mirada ni un solo instante de la fachada ocre de la casa de líneas coloniales del ex capitán La Barrera. Observó con todo cuidado los movimientos de sus dueños y de la servidumbre. El ex capitán La Barrera —supo de su identidad gracias a la confidencia del dueño del café— salió a las tres. A las tres y doce, con el corazón latiendo ferozmente, el joven tocó la puerta principal de la casa.

Un viejo mayordomo contestó a la llamada.

Horacio sacó su billetera, tomó una de sus tarjetas de visita pero cuando se hallaba a punto de dársela al viejo sirviente, se arrepintió. Devolvió la tarjeta a la billetera y en su lugar extrajo otra que no le pertenecía. La tarjeta, que era de su agente de bolsa, decía: "Dn. Vicente Lascano Albavera. Broker Autorizado".

—Mucho me honraría si pudiera saludar y hablar personalmente con la señora de la casa —dijo al hacer entrega la tarjeta. El viejo lo miró con cierto recelo, como si dudara de que fuese realmente un agente de bolsa. Pero si tuvo sospechas en ese sentido, no le cupo en cambio duda alguna en cuanto a la posición social del visitante: tanto su aspecto como su porte y modales —que, no obstante la agitación que lo dominaba por dentro, eran de una pasmosa soltura— hablaban de un hombre que no había conocido la pobreza en toda su vida.

El viejo mayordomo desapareció dentro de la casa. Cinco minutos después, volvió a salir para comunicar que la señora de La Barrera estaba encantada de recibirlo. Horacio siguió al viejo a través de un patio empedrado de pequeños y apretados guijarros hasta un cuarto alto y espacioso, cuyas ventanas estaban defendidas por rejas de hierro. Era la sala de estar.

Mientras, acomodado en un sillón y cara a la entrada de la sala, esperaba la aparición de la dueña de la casa, Horacio era presa de un aluvión de emociones y sentimientos confusos. Su corazón latía con tumulto ante la inminencia de ver por primera vez en su vida a quien justamente se la había dado; pero, al mismo tiempo, sentía con más fuerza que nunca el resentimiento, el despecho, la ponzoñosa amargura que desde su más tierna edad había sentido por ella, en cuyo pecho nunca pudo buscar refugio o consuelo, y de quien nunca recibió amor. ¿Era él un engendro tan monstruoso que ella no podía soportar siquiera su vista? ¿O se trataba simplemente de una mujer sin mucho escrúpulo, que vio en él un obstáculo que debía de ser eliminado?

Se dejaron oír en el corredor unos pasos muy suaves. Una mujer de notable belleza entró poco después en la sala donde el sirviente lo había dejado solo.

La dama vestía un austero traje de color oscuro, cuyo cuello abierto en triángulo dejaba ver una pequeña cruz de plata colgada de una cadena. Sus cabellos estaban recogidos hacia arriba, dejando al descubierto unas orejas pequeñas y bien formadas, y el cuello que era blanco como la leche. El antiguo color sonrosado de su piel había desaparecido, y su figura era ahora notoriamente más delgada. La expresión de su rostro, un poco pálido en contraste con el color oscuro de su traje, tenía algo de languidez, al igual que sus movimientos. No era más la muchacha del rostro ingenuo y sensual figura de hacía unos veinte años; pero si había perdido muchos de los encantos que la destacaron en su juventud, había ganado en cambio la lánguida belleza que el paso del tiempo y las cuitas, en ocasiones, suelen favorecer a algunas mujeres como una forma de compensación.

Horacio, muy agitado, se había puesto de pie al entrar ella. Rosamunda lo miró con curiosidad. El chico era demasiado joven para ser un agente de bolsa. Por otro lado, ¿no sería a su marido a quien había venido a ver?

—¿El señor Lascano? —dijo. No escapó a su atención el estado agitado de su visitante.

El presunto señor Lascano asintió en silencio y procuró desviar la mirada de aquel rostro a la vez hermoso y melancólico. Un nudo se le había formado en la garganta. Atinó a hacer una inclinación e, imitando a su anfitriona, que tomó asiento en uno de los divanes, volvió a sentarse. Siguió a continuación un silencio en el que Horacio trató en vano de recobrar la voz, mientras ella esperaba pacientemente a que se decidiera a explicar el motivo de su visita. Durante ese brevísimo lapso la mirada de la dama permaneció fija en el rostro de Horacio, al principio con una simple expresión de curiosidad y asombro, pero la inquietud primero y luego la alarma, no tardaron en cruzar por sus delicadas facciones.

Horacio se puso de pie en el preciso instante en que supo con certeza que lo había reconocido o había adivinado su verdadera identidad y le volvió las espaldas. Al mismo tiempo había encontrado la voz y recuperado algo de su soltura.

El patio, que veía ahora a través de la reja de una de las ventanas, estaba rodeado por un corredor cubierto y formado por finas columnillas de madera. Su piso estaba dividido en varios campos por un camino central de baldosas con ramificaciones laterales. Había hasta diez macetas de diferentes tamaños colocadas en torno al patio, al borde del corredor.

Horacio se sorprendió al descubrir que el corazón ya no le latía con tumulto cuando habló.

—A estas alturas —dijo mientras recorría con la mirada las macetas de flores y plantas de una a otra—, me imagino que ya habrá adivinado quién soy en realidad. ¿O necesita usted que se lo diga? —Se detuvo, pero como no escuchó respuesta, prosiguió—: No. Tal vez haría mejor en ofrecerle una de mis tarjetas de visita, las auténticas, esta vez. . . .

Oyó a sus espaldas una desfalleciente voz. "¡Vete!", dijo.

Jamás una sola palabra contuvo tanta crueldad. Horacio se quedó atónito por un buen rato antes de poder proseguir.

—No le quitaré mucho de su tiempo —dijo, cada vez más dueño de sí mismo—. Es poco lo que tengo que decir, y poco es lo que pido de usted. Además —añadió con cierto dejo de amargura—, no tengo acaso algún derecho, después de viente años, a usurpar algunos pocos minutos de usted?. . . .

—¡Vete! —dijo por segunda vez la voz a sus espaldas. Era apenas un murmullo, pero el tono con que lo dijo no permitía la menor duda en cuanto a su determinación.

Horacio se volvió por primera vez hacia su madre, y ésta, que tenía la mirada fija sobre su espalda, la desvió rápidamente a otro lado. Antes de que sus ojos quedaran velados por sus largas pestañas, Horacio alcanzó a ver la expresión de horror y repugnancia que había en ellos, y que era producida por la vista, durante unos infinitesimales de segundo, de su rostro. Una profunda y abrumadora tristeza se apoderó de Horacio. Ya no había más dudas ni esperanza: para su propia madre, él no era otra cosa sino un abominable monstruo. Apoyó la espalda contra la pared empapelada.

Desde donde se hallaba, directamente enfrente de ella, pudo advertir el temblor del que era presa. Había vuelto el rostro hacia una esquina, para no enfrentarse a él. Su mano izquierda descansaba en forma flácida sobre el regazo, como una cosa sin vida; con la otra apretaba y arrebujaba la cruz de plata de su collar. Ante semejante vista, todo el despecho y encono de Horacio se convirtió en compasión.

—Ésta será la única y última vez que vendré a importunarle —dijo más bien suavemente—. Me cuidaré en adelante de no volver a acercarme a esta casa mientras usted esté viva. Y me marcharé de inmediato no bien me absuelva una duda. . . .

Notó que su madre, aun negándose a mirarle, lo escuchaba con atención.

—Siempre he sabido que soy un bastardo y que por ello se apresuró a desembarazarse de mí —continuó sin perderla de vista—, que yo significaba para usted el recuerdo viviente de una equivocación, de un desliz que, no me cabe la menor duda, lamentaba muy sinceramente. . . . ¿Quién la indujo a cometer ese desliz?. . . . En otras palabras, ¿quién fue mi verdadero padre?

—Si aún te queda algo de buen juicio —respondió la dama en un tono de voz más calmo, sin mirarle—, haz mejor en salir de esta casa en seguida. . . .

El efecto de estas palabras fue para Horacio como varias puñaladas asestadas en el estómago, pues hicieron jirones todas sus tripas.

—¡No hasta conocer toda la verdad! —replicó con ardor.

Rosamunda se puso en pie y de repente trató de ganar la puerta, pero Horacio fue mucho más veloz; antes de que ella pudiera alcanzar el umbral, la había sujetado por la muñeca. El contacto de su mano con la tersa piel de la muñeca hizo estremecer a Horacio: que él supiera, era la primera vez en su veinte años de vida que sentía el contacto materno. Pero irónicamente, ese primer contacto materno no era una caricia, sino el resultado de un acto de fuerza.

Su madre no ofreció resistencia.

—¡He sido llamado desde mi infancia "el chileno", amén de "bastardo"! —dijo Horacio, sujetando la muñeca con tanta fuerza que la lastimaba—. ¿Sabe qué significado implica ese epíteto, no es cierto? ¿Es por ello que no puede decir el nombre de mi padre? ¿Es por ello que soy un engendro para usted?

Rosamunda lo miró por primera vez a los ojos, y la expresión de su hermoso rostro era de perplejidad.

—No entiendo nada de lo que dices —dijo secamente.

La perplejidad que mostraba su rostro era tan genuina que Horacio supo que no le mentía. Hubo una pausa.

Un destello de comprensión cruzó finalmente por el rostro de ella. Dijo, con la mano aún retenida por su hijo:

—Si lo que piensas es lo que creo, puedo asegurarte que nada de eso pasó.... En los días de la batalla de San Juan, cuando pasaron por nuestra hacienda y la incendiaron, yo me encontraba en la casa de . . . —vaciló brevemente—, en la casa donde vives ahora.... Estaba a salvo de los chilenos al menos en la misma medida que otros residentes de la capital. . . .

Un escalofrío recorrió de repente el cuerpo de Horacio de pies a cabeza. Algo no marchaba nada bien. Había esperado lo peor, pero al parecer, lo que él consideraba como lo peor no era realmente lo bastante malo; había más allá un horror de mayor proporción.

Por la expresión de franca repulsa que mostró ella al reconocerlo, había llegado a la convicción de que su padre no pudo haber sido algún amante que hubiese tenido. Y ahora su segunda hipótesis se venía abajo como un castillo de naipes. ¿Quién era entonces su padre? Su madre había dicho, al referirse a la finca de don Nicolás, "la casa donde vives ahora", ¿por qué rehuyó mencionar el nombre del viejo, cuando era mucho más simple? Rosamunda hizo un intento de desasirse de su mano, pero Horacio la sujetó aún con mayor fuerza. Estaba ahora completamente fuera de sí mismo. Gritó que la mataría si no le revelaba la identidad de su padre. Lo que en realidad pedía, sin embargo, no era exactamente una revelación, sino la confirmación de algo que con cada segundo que transcurría iba cobrando las características de una horrenda certeza.

—Eres como él —dijo Rosamunda tristemente, sabiendo que no le revelaba nada que él no hubiera intuido ya—. Tienes su mismo temperamento.

—Cuando me refugié en la finca donde vives ahora —continuó—, el mayordomo y el jardinero se habían unido a la reserva.... La casa estaba prácticamente desierta de hombres.... El único que había en ella no se había repuesto aún de la muerte de su esposa y bebía mucho tratando de ahogar su dolor.... Has pasado toda tu vida a su lado. Debes saber mejor que nadie que cuando está ebrio no es él mismo: es una bestia....

Entre el momento en que acabaron de ser pronunciadas estas palabras y el momento en que Horacio volvió a su casa, hubo un vacío de cinco horas. Posteriormente los gendarmes dedujeron, por la gruesa película de polvo que cubría los zapatos del muchacho y el estado de las suelas, que aquel había empleado esas últimas cinco horas de su vida vagando por los arrabales de la ciudad. A las diez aproximadamente, Horacio volvió a la finca, entró en su cuarto, extrajo del cajón de su escritorio una Browning que había traído consigo desde el Viejo Continente y cargó de balas su tambor. No se sentó, como otros suicidas, a escribir una nota, por lo que nunca se explicó el motivo del doble crimen. Antes de introducir el cañón del revólver en la boca y dispararse el tiro mortal, Horacio entró en la biblioteca, donde don Nicolás, su abuelo materno, estaba leyendo un libro a la luz de una lámpara. Don Nicolás levantó el rostro del libro un poco extrañado por la interrupción mientras el muchacho se acercaba a su escritorio. Cuando estuvo a la distancia apropiada, Horacio levantó el revólver, apuntó su cañón contra la pequeña pero famosa cicatriz y, en rápida sucesión, tiró dos veces consecutivas del gatillo.

ILUSIONISMO

(1998)

LA PESADILLA

EL CONDUCTOR no había oído la campanilla de la bajada y el ómnibus pasó de largo por la casa sin detenerse, forzándolo a bajarse en el siguiente paradero. No queriendo armar un escándalo, bajó sin protestar y se puso a desandar la distancia extra. Eran las once y veinte: dentro de muy poco iba a ser ya medianoche. Wilson aparecía oscura y desierta, especialmente por esta parte de la avenida, donde se alzaba la mole de la embajada norteamericana, con sus rejas de hierro acabadas en puntas de flecha y sus cámaras de seguridad, y los tombos haciendo guardia frente a la entrada principal y la lateral, y quién sabe algún radar o aparato electrónico especial apuntando lo alto de la casa. La casa misma, que todo el mundo se refería como la Casa Matusita, por el nombre de la compañía de electrónicos japoneses que albergaba en su planta baja, aparecía, según todos los indicios, también oscura y desierta. Momentáneamente detenido por la luz roja del semáforo, el hombre paseó su mirada por los huecos de las ventanas del segundo piso, a través de la ancha pista de la avenida España. Tuvo un momento de duda y se preguntó si, después de todo, no había sido una estupidez aceptar la temeraria apuesta de sus amigos. Ni siquiera tenía el consuelo de haberlo hecho por dinero. Había sido un reto, un desafío nacido al calor de las cervezas y de los piscos sour. En el curso de la conversación alguien había mencionado por casualidad a Humberto Vílchez Vera, un popular locutor de la televisión local que había pasado una noche en la famosa casa embrujada, y los tres días siguientes en una coma. De una cosa se pasó a la otra: antes de que se percatara de lo que hacía, él había recogido el guante que los otros habían arrojado. Cuando los efectos del alcohol se despejaron y él recobró el buen sentido de una cabeza fresca, era ya un poco tarde para dar marcha atrás.

Encontró sin mucha dificultad la escalera de madera carcomida que llevaba al segundo piso. Alguien se había tirado los focos de luz que había en los descansillos, y el propietario del inmueble no se había molestado en reponerlos. Por suerte había tomado la precaución de traer consigo una linterna. Aun así, tuvo que apoyarse en el pasamanos para no tropezarse con las tablas sueltas y la basura que se había acumulado sobre los escalones. Había dos puertas a cada lado del estrecho corredor. Teniendo en cuenta que el resto de la estructura era simplemente un esqueleto de madera, el hombre se sorprendió de que estuviesen en buenas condiciones y que incluso tenían los candados intactos: probablemente el propietario del inmueble las había considerado necesarias para evitar la intrusión de entrometidos como él, quien tuvo que forzar una de ellas. Una ráfaga de viento helado, viniendo de las ventanas desnudas, que tenían nada más que el marco, azotó su cara tan pronto como franqueó la puerta; bajo el círculo de luz de su linterna, alcanzó a tiempo a ver a una rata escurrirse de la carroña de un gorrión muerto o de algo parecido. Pisó un tablón suelto, que crujió. Como esperaba, el cuarto, que era alto y espacioso como los de todas las construcciones del siglo pasado, estaba completamente vacío excepto por una carcomida mesita de noche y de un cajón que había pertenecido a otro mueble, sin duda igualmente antiguo.

Fue hasta una de las ventanas y, con precaución para no ser visto desde la calle, se asomó brevemente afuera. Sólo unos automóviles ocasionales pasaban ahora por la avenida Wilson. Después de mirar con cierto detenimiento en dirección de esa monstruosidad de cemento que era el Centro Cívico y al cielo negro pero despejado, sacó el pañuelo blanco del bolsillo trasero de su pantalón y lo ató al marco de madera vieja y pintura desgajada de la ventana: era la prueba que sus amigotes le habían exigido, y lo primero que esperaban ver a la mañana siguiente. Luego, después de echar todavía otras miradas al contorno del edificio, desenrolló el periódico de la tarde que había traído consigo, además de la linterna, de algunos bocados y de una botella de agua mineral, lo extendió sobre la madera gastada del piso, y se acomodó encima, de espaldas a la calle, dispuesto a pasar así, durmiendo o no, el resto de la noche, hasta las cuatro o cinco, la hora en que la ciudad se despertaba y era aconsejable dejar el inmueble. No iba a ser una tarea fácil: era imposible pegar los ojos en un lugar como ése; era imposible leer, aun cuando hubiera luz; y sin otra cosa en qué entretenerse, el paso de las horas iba a ser de tortuga. Procuró enfocar su pensamiento en cosas agradables. Pensó en el cuerpo de una mujer casada que había conocido en el curso de la fiesta, pensó en el posible placer de manosear esos senos firmes, de la intimidad robada al pobre esposo, pero ninguno de esos recursos, un poco artificiales para comenzar, pudo distraer sus sentidos de la realidad presente. Sus percepciones parecían más aguzadas que de costumbre: el menor ruido, producido tal vez por una cucaracha rozando una hoja de papel viejo, era capaz de sobresaltarlo. Tengo los nervios en punta —tuvo que admitir, un poco enojado consigo mismo—, estoy dejándome ganar por la misma superstición que he querido refutar. Todas las casas viejas cuentan con sus historias de aparecidos; ésta no iba a ser una excepción, aunque su ubicación en el centro de un distrito comercial y moderno la hacía especialmente notoria. Pero, si la historia de Vílchez Vera era infundada, ¿por qué había desaparecido el conocido locutor de la escena televisiva, inmediatamente y sin ninguna explicación, después de su bravuconada?

Cansado de mirar a la pared opuesta y al aire vacío, cerró los ojos. Sintió frío y se lamentó de no haberse puesto una chompa más gruesa. La botella de agua mineral no ayudaba; debió haberse traído una de pisco o de ron. Uno que otro automóvil pasó raudo por delante de la casa, a una velocidad que, durante el día, habría sido probablemente no permitida, pero la frecuencia era cada vez menor, y el silencio se hacía cada vez más progresivo. Tuvo ganas de orinar pero decidió que podía aguantar un rato más, pues no quería levantarse ahora y tener que bajar a la calle a hacerlo. Sin darse cuenta de ello, su mente se fue quedando en blanco.

Había cabeceado por unos minutos cuando algo que su subconsciente había venido registrando lo puso súbitamente en alerta: el silencio se había hecho *completo*. No, "completo" no era la palabra adecuada. El mundo exterior no puede adquirir nunca eso que llaman un silencio absoluto, por más que callan los hombres y enmudecen los carros; la naturaleza nunca calla del todo; por más imperceptibles que sean sus voces y rumores, siempre están allí, al fondo. Era un silencio desnaturalizado, como cuando se tiene la cabeza sumergida en el agua. Sin poder evitar cierta aprensión, separó los párpados que se habían hecho pesados.

Había cuatro presencias en el cuarto antes vacío, paradas delante de él. Dos de ellas eran mujeres adultas y las otras dos, ninfas que se habían detenido en el umbral entre la niñez y la adolescencia. Una de las mujeres se parecía extraordinariamente a la que había conocido durante la fiesta, la de los senos provocativos, aunque éstos se encontraban ahora aprisionados por un corsé y por un traje negro, estrecho y largo como los que usaban las mujeres en la segunda mitad del siglo pasado, bajo la influencia de la moda victoriana. Los cabellos negros se le caían hasta los hombros. La otra era rubia, de cutis clara. Lo miraban las cuatro con una sonrisa pícara en los labios, como si lo hubieran sorprendido con la bragueta abierta, pero fuera de eso no había nada de siniestro en ellas. El hombre hizo un intento por ponerse de pie, pero descubrió que no podía mover un solo músculo de su cuerpo. Tuvo un amago de pánico. Las mujeres se reían en voz baja y lanzaban miradas maliciosas en su dirección. Sus voces sonaron como dentro de un tambor, como viniendo de muy lejos pero rebotando como un eco. Lo que dijeron le resultó completamente incomprensible.

La mujer de los senos provocativos había dicho:

—Para ser un chileno, no es nada feo, ¿no te parece?

Y la otra, la rubia, había asentido.

—Sin el uniforme, no se sabe si es un oficial o un soldado raso. No es que importe, por supuesto.

—¿Es tu turno esta vez —continuó la morocha—, o es el mío?

—Ni lo uno ni lo otro —dijo la rubia—. Es el de nuestras sobrinitas. Pero por la forma cómo te ha mirado cuando abrió los ojos, me atrevo a asegurar que no se contentaría con otra que no fuese tú.

—Entonces, si nadie objeta, voy a imponer los privilegios de ser la mayor de las cuatro y la cabeza de esta pequeña familia — dijo alegremente la mujer de los senos provocativos, y se puso de rodillas delante del hombre.

Comenzó a desatar sus zapatos; el hombre tuvo un tintineo de expectación, anticipando el placer. Las medias negras desaparecieron en un dos por tres. La mujer tomó los dos pies desnudos con sus labios. Los pies, vistos desde la posición semi-recostada en que se encontraba, parecían diminutos, insignificantes, y la boca de la aparición monstruosa. Con el corazón en la garganta, el hombre vio desaparecer gradualmente sus piernas, sus muslos, su sexo y sus riñones, su cintura y su pecho dentro de las fauces negras de la boca, mientras el rostro distorsionado de la mujer se agigantaba y se hinchaba como una boa constrictor, tapando por completo su visión, hasta que. . . .

SE DESPERTÓ con un estremecimiento. A su derredor reinaba la más densa oscuridad. Su cuerpo se sentía incómodo, hasta doloroso sobre su lecho, pero al menos tenía el consuelo de sentirlo completo. ¡Qué pesadilla más horrible había tenido! ¡Y qué convincente! Aunque no recordaba haber sentido ningún dolor cuando su cuerpo era devorado por la aparición, las imágenes habían sido tan vívidas, tan reales que su corazón no había dejado de latir con tumulto después de despertarse. El hombre se tocó la cara, el pecho, tratando de convencerse de que todo había sido simplemente un mal sueño; y con alivio, comprobó que todavía respondían bajo el tacto de sus dedos. Dudando todavía, hizo lo mismo con otras partes de su raquítica y torturada anatomía, hasta donde la estrechez del infame nicho y la terriblemente incómoda posición de feto que su minúscula prisión le había hecho asumir, se lo permitieron. Oh, su cuerpo estaba bien; todavía lo tenía de una sola pieza. Casi se rió: parecía irónico que le preocupara la integridad de su carne más a causa de una pesadilla que a causa de todos los padecimientos que había sufrido en el *strappado* y durante las torturas de agua.

Le dolía cada parte, cada músculo y hueso de su mísero cuerpo, después del interminable número de días y noches que había pasado en este nicho que le servía de prisión, encogido como un camarón, sin poder estirar ni las piernas ni los brazos. La humedad de las catacumbas había agravado su reumatismo. Si no lo mataban las torturas y la mala nutrición —pensó el hombre—, el reumatismo solo habría acabado por hacerlo, si permanecía otra semana así, en este ataúd de piedras y mortero.

Oyó —o más bien sintió, pues los dominicos se desplazaban siempre como almas en pena, sin ruido, los pies flotando sobre la tierra apisonada de las catacumbas— a alguien aproximarse. Volvió el rostro hacia el lado de los barrotes de hierro. Alguien encendió la lámpara que había en el recinto. El hombre esperó, esperanzado. ¿Venían a liberarlo, tal vez? Para ahora, debieron haber comprendido que era inútil tratar de hacerlo renegar de su fe. En vez de perder más tiempo, en vez de insistir sin ninguna esperanza de éxito, ¿por qué no dejarlo libre?

—¡Por última vez, infiel, arrepentid! —dijo la voz grave y familiar del inquisidor, al mismo tiempo que sus ojos eran cegados por una luz que se acercaba a la reja.

El hombre comprendió que no habían venido a liberarlo.

Lo sacaron de su minúscula prisión. Como no era ya capaz de sostenerse de pie por sí solo, tuvieron que llevarlo arrastrado entre dos alguaciles. El inquisidor encabezó la procesión a través de las calles de la ciudad, en medio del vitoreo del pueblo.

Un quemadero había sido erigido en medio de la Plaza de Armas, con más de tres hogueras. El hombre, con su mitra amarilla en la cabeza, fue encadenado al palo por el cuello. Se le dio por última vez la oportunidad de renegar de su fe judaica y ser relajado, pero rehusó. Uno de los alguaciles encendió la pila de maderos secos con un tizón. Las lenguas de fuego comenzaron a lamer la carne del pobre diablo. Curiosamente, no sintió el menor dolor incluso cuando el fuego lo envolvía completamente. Con la excepción de la vista, todos sus sentidos parecían haber perdido su uso. No olió el humo ni escuchó el chisporroteo, pero sus ojos no perdieron un solo detalle de la destrucción de su propia humanidad. Vio su piel tornarse negra y luego polvo, su carne derretirse como la cera, sus huesos descubiertos rajarse y quebrarse. . . .

ABRIÓ la boca, intentando lanzar un grito que se quedó en la garganta, y se despertó. Sin saber por qué, tuvo una sensación de *déjà vu*, aunque al principio no supo si se trataba de la pesadilla o del acto de despertarse. Esta vez la visión, horripilante como había sido, lo asustó menos que antes. ¿Antes? Sí, antes. Se acordó ahora: en la pesadilla de la que acababa de despertarse había soñado que se despertaba de una pesadilla para encontrarse atrapado en un hueco del tamaño de un ataúd de niño, en una "celda" de castigo de la Santa Inquisición. ¿Qué había sido más horrible? ¿Los suplicios de un auto de fe o el despertarse de una pesadilla para encontrarse en otra? Incierto de que no estaba viviendo otra pesadilla, paseó la mirada en torno del cuarto soleado y luego miró su reloj de pulsera. Eran la una y quince: había pasado menos de una hora desde que, después del almuerzo, decidió dar un cabeceo. Se encontraba solo en el tambo. Sus compañeros habían preferido quedarse afuera bebiendo chicha con el guía indio y conversando.

Uno de sus compañeros de viaje entró para recoger sus pertenencias y para avisarle que partirían dentro de poco. El hombre, todavía restregando los ojos, todavía reculando del horror de las imágenes del infierno de fuego, se colocó la chaqueta, recogió su equipo fotográfico y su mochila y salió para unirse a los otros. A pesar del sol cegador, hacía frío a causa de la altura. El hombre corrió el cierre de su chaqueta y, para no rezagarse, apuró los pasos.

Caminaron por un buen trecho, conversando entre ellos mismos. Al principio, la conversación fue animada, y rieron mucho y despreocupadamente. El hombre participó también hasta que fue vencido por el cansancio. El camino se había vuelto difícil: iban ahora cuesta arriba, por senderos de polvo. Sus pies se enredaban a ratos entre los pedruscos. Estaban a punto de alcanzar la cima de la colina cuando advirtieron que no se encontraban solos, confirmando la intuición que el hombre había venido sintiendo: que alguien los vigilaba, los espiaba, los seguía desde que dejaron el tambo.

Sus seguidores se mostraban ahora detrás de sus escondites, un semicírculo de indios hoscos, en ponchos a rayas y chullos y armados. Todavía entonces, el hombre y sus compañeros no se preocuparon. Se detuvieron, y el jefe del grupo se adelantó con el guía, intentando explicar el propósito de la expedición. Fue el primero en caer bajo una piedra lanzada con una honda. El guía se dio media vuelta y trató de escapar, mientras que el resto del grupo, todavía insistiendo en razonar con los otros, era sepultado por una lluvia de proyectiles. El hombre trató de esquivar unos, de protegerse de otros con las manos y los brazos, y entonces trató de dar la vuelta y huir. Pero fue alcanzado por algo en la cabeza y cayó de espaldas sobre la tierra. Su cuerpo caído debió recibir entonces el impacto de más proyectiles; curiosamente, como antes, como cuando era devorado por la aparición y cuando era devorado por las lenguas de fuego, no sintió ningún dolor. Eso fue lo que le dio la primera indicación de que no estaba viviendo algo real, de que lo que le estaba pasando en aquellos momentos era simplemente un producto de su mente. De suerte que cuando uno de los atacantes cayó sobre él, un cuchillo en la mano, y con ese cuchillo hizo un tajo en su cuello, de lado a lado, como degollando a un cerdo o a un cuy, el horror que sintió el hombre no fue al saber que estaba perdiendo la vida en la forma más horrible que era posible concebirse, sino que dentro de un segundo o dos, iba a despertarse gritando o con un estremecimiento en otra pesadilla.

EL HOMBRE entró en una coma y, hasta el presente, no ha recobrado la conciencia. Los médicos, sin embargo, han detectado actividades electroencefálicas características de la primera fase del sueño y movimientos ópticos rápidos en el paciente, y por eso rehúsan diagnosticar el estado como comatoso. Técnicamente hablando, dicen, el hombre simplemente duerme y sueña.

ILUSIONISMO

TRABAJO normalmente a solas, pero cuando un arresto es inminente, o cuando es altamente probable un arresto, me llevo al guardia Paiva conmigo.

Gabriel Sánchez vive en un pequeño chalet de dos pisos ubicado en el perímetro sur de Lince, pero su fortuna es considerablemente mayor que la que le atribuye todo el mundo. La fuente más obvia de sus ingresos económicos son una parrilla en el centro de Lima y otra en el corazón de Miraflores, que andan siempre llenas incluso en estos tiempos de vacas flacas; yo mismo he estado un par de veces en la parrilla del centro. Pero en el curso de la investigación se me ha hecho evidente que tiene otras fuentes igualmente o más lucrativas, siendo una de ellas la herencia que su mujer ha recibido de su familia en Rosario.

La primera vez que lo visité, hace cosa de dos años, una cholita con los cachetes todavía rojizos me había abierto la puerta y me había dejado entrar. Esta vez el mismo Gabriel Sánchez viene a abrirnos. No ha cambiado un ápice en los dos años transcurridos: ni una arruga extra en su frente alta y noble, ni una cana nueva en su cabello rubio cenizo, esmeradamente alisado con brillantina líquida. Incluso la calvicie, que deja descubierta y reluciente una media luna en su cráneo, parece haber detenido su avance. Nos acoge con una sonrisa de lado a lado que muestra una hilera doble de dientes blancos y perfectos y nos alarga la mano como si fuéramos amigos suyos, en vez de policías en una visita oficial. El hombre es argentino, aunque radicado por muchos años ya en Lima, y tiene ese carácter extrovertido y bonachón que parecen tener todos los argentinos.

—¿Usted otra vez? —Me reconoce sin ningún problema, a pesar de que la última vez que me vio fue hace dos años—. Pensé que ese asunto de mi mujer ha sido ya resuelto para la satisfacción de todos los involucrados.

Es alto, por lo menos un metro ochenta y cinco, y tengo que mirar hacia arriba cuando le hablo.

Nos hace pasar a la sala.

—Voy a llamar a mi mujer para que les prepare un café —dice—. ¿Cómo lo quieren? ¿Negro? ¿Con crema?

—Sin crema, por favor. ¿Dónde está esa criada que tuvo hace dos años?

—¿Cuál criada? —Su sorpresa no es fingida: debe haberse deshecho de la muchacha hace tanto tiempo que ya no se acuerda de haberla tenido alguna vez—. Ah, la cholita.... La he tenido que despedir pues me robaba la malvada.

Me pregunto si ésa ha sido realmente la razón, o si el motivo ha sido otro. Sánchez no parece percatarse de mi recelo o pretende no darse cuenta de ello. Se ausenta momentáneamente de la sala. En el minuto siguiente los escuchamos a él y a una mujer hablar en la cocina. La voz de la mujer, aunque baja y algo ronca, llega claramente hasta mis oídos. Es una voz familiar: dos años antes he tenido la oportunidad de hablar con la dueña de esa voz, por media hora o más.

La primera vez que visité esta casa ha sido también por motivo de esa mujer. Sus padres, que vivían todavía entonces, en Rosario, no habían oído de ella por cierto tiempo. Hicieron una visita sorpresiva a Lima y se presentaron en la casa sin anunciarse. La hija no se encontraba por ningún lado. Sospechando de que algo muy malo le había pasado y dudando de la explicación que Sánchez les había dado sobre su ausencia, fueron a la Comisaría de Lince a presentar una denuncia. Yo era entonces sólo un alférez imberbe recién salido de la Escuela de Policías. Me asignaron el caso. Sánchez me recibió con la misma naturalidad y candor con que me ha recibido hoy. Su personalidad me sedujo entonces: decidí creer en la explicación que me dio, según la cual su mujer Matilde se había ido a un convento para estar a solas por unos meses y tratar de recuperarse de una seria crisis espiritual. No tuve tiempo ni necesidad de cambiar mi percepción del hombre, pues al cabo de una semana Sánchez se presentó en la Comisaría con su mujer, que, aunque lucía un poco pálida, estaba sin embargo en perfecto estado de salud.

El guardia Paiva, después de echar una mirada a su derredor, se acaba instalándose en el sofá. Yo he preferido seguir de pie y aprovecho la oportunidad para estudiar las fotos que hay en la pared de enfrente: la primera vez no les había prestado la debida atención. Sánchez ha tenido aparentemente una vida de lo más interesante, antes de venirse a Lima a quedarse y dedicarse al negocio de las parrillas. Ha sido un trotamundos. Las fotos lo muestran posándose ante conocidos lugares de atracción turística de alrededor del mundo. Algunas de ellas lo muestran en su oficio de entonces, que parece haber sido múltiple, pues aparece en una con el traje ajustado de un trapecista y el pecho velludo casi desnudo, en otra como el director de circo, y en una tercera con el frac negro de un mago. El circo para el que trabajó parece haber sido el Ringling.

Sánchez reaparece en la sala, con esa deslumbrante sonrisa que parece eterna y que sin duda le ha sido invaluable en su profesión anterior. Su mujer Matilde lo sigue pisándole los talones y trayendo en una bandeja tres tazas de café humeante, las cucharitas y los terrones de azúcar. Como su marido, el paso del tiempo no se nota en esta mujer estatuaria y voluptuosa, todavía joven: está igualita que la última vez que la vi y conversé con ella, dos años atrás, en la Comisaría. La miro casi con ahínco, preguntándome cómo era posible *eso*. Mientras deja la bandeja en la mesa de centro y nos sirve, me siento al lado del guardia Paiva. Cuando se agachó para alcanzarme la taza, el escote de su vestido se abrió y mostró el comienzo de sus senos de vedette. Pude casi sentir su aliento y su perfume.

—Puedo ver que ha sido muchas cosas en su vida profesional anterior —digo, después de poner tres terrones de azúcar en el café y removiéndolo con la cucharita—. ¿En cuál de ellas se destacó, señor Sánchez: como ringmaster, como trapecista o como mago?

Sánchez se cruza las piernas. Como todos los genios de su tipo, tiene un temperamento nervioso que no le permite permanecer inmóvil por mucho tiempo, incluso sentado. Matilde ha querido dejarnos y volver a la cocina, pero el marido, por una razón que creo ahora adivinar, la ha retenido y le ha hecho instalarse a su lado. Los dos son altos, apuestos, y bien conservados. Juro que me habría dado envidia verlos sentados así, lado a lado, con el brazo de uno sobre los hombros de la otra, si no hubiera sabido mejor.

—Si no es inmodestia decirlo, yo era extremadamente bueno en cualquiera de las diferentes facetas de mi carrera artística —dice Sánchez. Y volviéndose hacia su mujer con la ternura de un esposo amoroso—: ¿Verdad que sí, *honey*?

Matilde se limita a asentir.

Quiero sentir su voz otra vez. Quiero ver a esa boca ancha y sensual hablar con ese acento porteño que no se le ha quitado a pesar de los muchos años en este país.

—Y usted, señora Matilde, ¿no habrá sido por casualidad también una actriz o artista de la farándula? Con ese cuerpo estatuario y esa pinta, no me sorprendería si lo fue.

La mujer lanza una risotada.

—Qué ocurrencia acaba usted de decir —comenta.

No me cabe la menor duda que mientras más pierdo el tiempo hablando de trivialidades, más es el tormento que Sánchez siente por dentro. Aunque no quiere dar la impresión de que la visita le preocupa, lo cierto es que la impaciencia lo está matando.

—¿En qué debemos el placer de su visita, teniente, o debo decir capitán?

—Teniente está bien —respondo con humildad. Termino de poner la taza de café sobre su platillo—. Señor Sánchez, tengo una noticia muy mala que comunicar a usted: acabamos de encontrar y recuperar el cuerpo de su mujer.

Puedo sentir al guardia Paiva, a quien no he informado de los detalles del caso, volverse en el sofá y mirarme. Habría querido preguntarme: ¿de qué habla usted, mi teniente?, si yo no estuviese ya ocupado en otras cosas. Proseguí, tratando de no mirar a la mujer sentada al lado de Sánchez:

—Alguien de la Fiscalía ha estado desenterrando tumbas masivas a un costado de la carretera Panamericana cuando se dio con una que ha sido excavada con mucho más anterioridad. Contenía sólo un cadáver. La muerta había fallecido de una puñalada al corazón. No hubo dificultad para identificarla pues el asesino no se había tomado el trabajo de quitarle su brevete de conducir. Las huellas digitales también coinciden con las de su carné de extranjería. La identificación es cien por cien positiva. No tenemos dudas tampoco acerca de la identidad de su asesino, que había dejado sus huellas en el puñal. Señor Sánchez, antes de que intente hacer nada quiero advertirle que estamos armados, y que haremos uso de nuestras armas de fuego si es necesario.

Pero el argentino se limita a sonreír con esa sonrisa meliflua y un poco avergonzada de alguien que ha sido sorprendido en su engaño.

—No sé cómo lo hizo dos años atrás y cómo lo hace todavía ahora —añado—, pero usted es un genio en su profesión de ilusionista.

—Lo sé —dice Sánchez llanamente, con un suspiro—. Y ahora que ya no hay necesidad de seguir con la charada, esto puede terminar.

Levanta su mano derecha a la altura del rostro de Matilde y chasquea el pulgar y el dedo medio. Y ante nuestros sorprendidos ojos la mujer sentada a su lado desaparece sin dejar un solo rastro.

LA BELLA JUDIA

DIARIO DE SUSANA

10 de setiembre
Anoche, después del cine, volvimos al departamento de soltero que tiene en la avenida Brasil e hicimos el amor por primera vez, en medio de una maraña deliciosa de chales, revistas, puchos de cigarrillos, edredones y sábanas que necesitan desesperadamente un lavado seco. Daniel es el hombre número setecientos tres a quien he ofrecido mi cuerpo, pero es apenas el séptimo que puedo decir con la mano en el corazón que he amado o todavía amo. Es, también, el segundo en el breve lapso de una sola vida. La proporción parece ser de uno en cien. Últimamente, he estado leyendo a Stendhal con el fin de entender lo que es el amor. Fue una lectura tremendamente entretenida la que hice de *D'amour*, pero no saqué más provecho que el que hubiera sacado de cualquier otro libro sobre el tema. Sea lo que sea, sin la consumación del acto sexual el amor es incompleto, lisiado. Antes de la consumación, el amor es simplemente una ilusión de la mente hecha de miradas robadas, de besos fugaces, de palabras que hieren el oído pero nada más; sólo después de la consumación, cuando esa simple ilusión se torna en una fuerza que escapa a nuestro control, es que el amor adquiere una realidad objetiva, que *es* amor.

Es todavía muy temprano para afirmar con una certeza absoluta que amo a Daniel. Todavía es posible que me haya equivocado, que él es sólo uno de los seiscientos tantos hombres con que me he acostado por pura necesidad o por placer físico, y por los que he dejado de sentir nada que no fuera el más vil de los sentimientos tan pronto como se bajaron de mi cama y se subieron el cierre o se abotonaron la bragueta. Debo esperar un par de semanas para estar segura.

12 de setiembre

Tuve, finalmente, el placer de la visita policial que he estado esperando por días. Un teniente, que va por el nombre de Falcón, vino a tocar hoy la puerta de mi departamento. Quería saber si conozco a Ernesto Gamboa, un alto directivo del Banco del Sur. Como tarde o temprano lo iba a averiguar, decidí ser franca con él desde el primer momento.

—Cómo no. Fue mi amante de hace un mes. ¿Es que le ha pasado algo malo?

—¿Por qué cree usted que le ha pasado algo malo? —quiso saber el teniente, que es joven y muy guapo, con sospecha.

—Bueno —solté la más encantadora de mis risas—. Ustedes son como los cuervos. Cada vez que se posan sobre el alféizar de una casa es porque traen malas nuevas, como lo sabía tan bien Poe.

—Al señor Gamboa lo han encontrado muerto en su tina de baño, desangrado —dijo el joven teniente.

Me puse a llorar. Estuve inconsolable por un cuarto de hora o más. El teniente de policía sintió compasión por mí y una mortificación tremenda por no haber tenido la delicadeza de amortiguar el impacto de la noticia. Mi dolor era tan auténtico que no se atrevió a interrogarme extensivamente, y, después de otra media hora, se puso de pie para despedirse. Vendrá cuando está seguro de que me encuentre mejor, prometió, besándome la mano galantemente.

Eso fue dos horas antes. No he preparado mi cena, no he comido desde entonces. He estado donde el teniente Falcón me ha dejado, sin moverme apenas, todo este tiempo. Es inexplicable: he estado esperando la noticia por una semana entera, y, sin embargo, cuando me la anuncian, todavía no puedo evitar que sienta esta postración que me pesa como la muerte misma.

Primero de octubre

Daniel se ha ido a Buenos Aires para asistir a un seminario de estudios rabínicos. No se da cuenta de lo mucho que le echo de menos y es mejor que no sepa, pues no quiero que se le suban los humos a la cabeza. Si llega a darse cuenta de que no puedo pasar un solo día, qué va, una sola hora sin pensar en él, sin rememorar la última caricia de ternura o mirada de pasión que me ha dado, la última, dulce incertidumbre de constancia que me ha hecho sufrir, soy una mujer perdida. Con esa arrogancia que caracteriza a todo hombre que se sabe idolatrado, va a hacer de mí la esclava —que confío en ser la única, pero tal vez no— de su serrallo. Por lo pronto, sin percatarse todavía de los estragos que su buena pinta es capaz de causar en mí, ya hace bailar mis emociones como a un trompo.

3 de octubre

El teniente Falcón se presentó otra vez en mi departamento. Fue menos galante, menos circunspecto en esta ocasión. Me di cuenta inmediatamente de que sospecha de mí. Aunque me aseguró que la investigación está exactamente como hace tres semanas, algo debió haber pasado entre la primera vez que vino y esta vez.

Me hizo una veintena de preguntas, que no había tenido la ocasión de hacerme, ni yo de responderle antes, comenzando por mi nombre real:

—Susana Da Conceição —dije—. Y se lo puedo probar.

Aunque en el curso de mis diferentes reencarnaciones, he cambiado mi apellido paterno tantas veces como tantas vidas he tenido, siempre he persistido con "Susana" como mi nombre de pila, por una razón sentimental, y siempre he abrazado la fe de la Iglesia Católica, porque estoy condenada a abrazarla.

—¿Lugar de nacimiento?

—Lisboa, Portugal. ¿Necesita también que le diga el día, el mes y el año? Le puedo asegurar que soy mucho más vieja de lo que dicen mis papeles.

Ignoró mi intento de flirteo. Siguió garabateando en su cuaderno de notas con la cabeza baja. Tengo los ojos verdes de Circe: me los rehuía porque temía que lo pudieran hechizar, seducir.

Y así continuó la interrogación por casi dos horas. De tiempo en tiempo me permitía un descuido, un desliz, lo bastante como para exacerbar aún más su sospecha, pero nunca lo suficiente como para que en un futuro próximo pueda servir para condenarme.

El teniente se despidió de mal humor.

Mientras iba anotando esto, me he percatado súbitamente del gran peligro que significa este diario íntimo. Aquí están todos mis pensamientos y secretos en una mano que es indiscutiblemente mía. Debo encontrar para él un mejor escondite, y debo hacerlo antes de que el teniente Falcón se asome otra vez por aquí, armado de una orden de registro.

12 de octubre

Se celebró hoy la misa de Ernesto. Me puse mi mantilla negra de encaje y me presenté en la parroquia de Santa María Magdalena, donde tuvo lugar la ceremonia. Al parecer, soy la única judía, conversa o no, que asistió. Los judíos de hoy tienen sus sinagogas propias, y atienden a sus tradiciones religiosas sin miedo a las persecuciones. Eso es una cosa más bien reciente, sin embargo: los mayores autos de fe tuvieron lugar en las postrimerías de la segunda guerra mundial, en Auschwitz, en Dachau, en Buchenwald.

Daniel ya está de vuelta en Lima. Debo comenzar a planear su muerte.

13 de octubre

Daniel, Daniel, Daniel. Si repito este nombre por cada beso que he dado a su dueño esta noche, la página no va a bastar. Estoy loca por este hombre. En una pausa de nuestra pasión Daniel me hizo notar que nunca he dicho cosas como "te amo" en su presencia, incluso cuando era yo víctima del delirio. Quiso saber el porqué. "¿Es porque te parece una frase trillada?"

—No —le confesé—. Es porque es un tabú.

—¿Un tabú?

—Sí, un tabú, cuando es pronunciado delante tuyo. Y ahora calla: no me sigas cuestionando.

26 de octubre

Salí especialmente en la tarde a comprar dos frascos de Valium. La operación ha sido sencilla: usé la misma receta en dos farmacias diferentes, que, como se sabe, no la retienen. Así que lo del medio ha sido resuelto, pero todavía tengo que resolver el problema de cómo administrarlo sin que Daniel se dé cuenta. ¡Si sólo fuera tan sencillo como administrarlo a un perro! Cierta vez, con la finalidad de ahorrarle una agonía innecesaria, le hice tomar un frasco del mismo barbitúrico a una perrita que tenía, y que sufría de una forma virulenta del moquillo. Puse las pastillas amarillas dentro de bolitas de mantequilla. ¡Si hubieran visto con qué avidez y gula se las tragó todas la pobre!

Con Daniel, no voy a encontrar la misma facilidad: va a haber inconvenientes. Y tengo que pensar además en una coartada perfecta, sino de tanto subir al monte voy a terminar tropezándome con el tigre.

30 de octubre

Al teniente Falcón lo acompañaba hoy un guardia. Venían armados con una orden de allanamiento. Por suerte había escondido mi diario fuera del departamento; incluso si adivinaba la ubicación del escondite todavía necesitaría otra orden para poder obtenerlo. No le voy a dar el gusto: apenas termine esta entrada voy a destruir el diario. El juego se está poniendo peligroso; estoy corriendo el riesgo de pasar el resto de esta vida en prisión por una razón puramente sentimental. Las prisiones modernas son miles de veces mejores que las mazmorras del Santo Oficio, pero ya he tenido lo bastante de eso como para querer una repetición.

Como esperaba, el registro no dio ningún fruto. La frustración y la rabia de la impotencia estaban pintadas en el guapo rostro del teniente cuando se retiraba. Antes de irse, no pudo contenerse y se volvió brevemente hacia mí.

—Sé que usted lo hizo —dijo—. Tarde o temprano voy a encontrar también las pruebas de su crimen, pero lo que no he podido explicarme es el porqué. No ha sido el dinero, ni los celos por otra mujer, ni una venganza. Todos los indicios muestran que usted lo amó con locura. Entonces, ¿por que?

—¿Ha considerado por un momento que pudo haber sido precisamente por amor, teniente?

UNA NOCHE en 1481, en la iglesia de la parroquia de San Salvador de Sevilla, un grupo de notables marranos se reunió para conspirar contra la Santa Inquisición, que acababa de instalar uno de sus tribunales en la ciudad, y estaba a punto de inaugurar su reino de más de trescientos años de terror. El cabecilla de los conspiradores era un mercader inmensamente rico llamado Diego de Susan, cuya fortuna estaba valorizada en diez millones de maravedíes. El grupo, que contaba con los ciudadanos más ilustres de Sevilla, decidió, después de una noche tumultuosa, tomar las armas. Pedro Fernández Benedeva, el mayordomo de la iglesia donde se habían reunido, prometió aportar las armas para armar a cien hombres.

Diego de Susan tenía una hija que, por su extraordinaria belleza, era famosa en toda la ciudad; se le conocía como La Susana o La Hermosa Hembra. La Susana tenía un amante no judío, a quien la más adorable de las andaluzas, en un momento de pasión, reveló la existencia de la conjura. A su vez, el amante informó al Santo Oficio acerca de la conspiración. Las consecuencias fueron terribles: los conspiradores fueron arrestados inmediatamente; seis hombres y mujeres fueron quemados vivos en la hoguera en el primer auto de fe, que tuvo lugar el 6 de febrero del mismo año, y tres otros, incluyendo a Diego de Susan, en el segundo; miles y miles de judíos conversos huyeron de Sevilla pero fueron devueltos a la fuerza a la ciudad. Al concluir ese año solo, 298 personas habían perecido en los quemaderos, y 98 habían sido condenadas a languidecer por el resto de su vida en las mazmorras del castillo de Triana.

Con el padre muerto y la fortuna de la familia confiscada, La Susana tuvo que vivir de la generosidad de una sucesión de amantes, muriéndose finalmente en la pobreza más completa. La leyenda dice que su alma yerra por todo el mundo como el de otro famoso personaje, el Holandés Volador, en la forma de una hermosa mujer de ojos verdes, yendo de los brazos de un amante a los de otro como una cortesana. Y que cuando no lo hace por dinero sino por amor, es decir, cuando termina enamorándose de su amante de turno, debe matar a éste para silenciarlo, para impedir que se repita la *traición grande* que había significado el holocausto de tantos de su familia y de su raza.

EL TRASPLANTE

LA CASA olía todavía ligeramente a gas cuando llegamos. Sólo después nos enteramos de que el gas no había sido la causa principal de la muerte, sino una sobredosis de barbitúricos. Tan fuertes debieron haber sido las ganas que la difunta tuvo para matarse, que quiso —figurativamente hablando— asegurar su propia muerte con una segunda bala. La noticia de su muerte se había propalado con la rapidez con que viajan los electrones: para cuando el guardia Paiva y yo llegamos a la casa de la avenida Arequipa, ya había tres de esos camiones de transmisión para la televisión aparcados en el parquecito de enfrente. Sólo el cordón policial los impidió acercarse más. No era para menos: el día en que Marilyn Monroe murió, los medios de comunicación estadounidenses debieron de reaccionar con el mismo frenesí, el mismo shock. Patricia Baca era nuestra propia Marilyn Monroe, aunque tenía mucho más sesos y talento y menos senos. Con su cabello negro azabache, piel de una blancura deslumbrante y sin defectos, ojos grandes y cejas marcadas, su presencia en la pantalla grande y en la chica era inconfundible. En la decena de películas y telenovelas que protagonizó, primero deslumbró y escandalizó con sus escenas de desnudez, después nos cautivó con su personalidad y su dominio escénico, su arte. Nadie que la había visto en sus papeles de sirena y de *femme fatale* habría creído posible que esta misma actriz, a quien llamaban El Cuerpo o Las Curvas, habría de destacarse en un futuro no muy lejano en papeles que le merecerían ser nominada para el Festival de Cannes.

Encontramos el cadáver en la cama, cubierto por una sábana delgada que no parecía cubrir sino acentuar las sinuosidades del cuerpo. La muerta parecía simplemente dormida, tan apacible era la expresión en su rostro blanco. Antes de levantar la sábana le dije a Paiva que esperaba encontrar el cuerpo debajo completamente desnudo. Es una de esas peculiaridades de las suicidas hermosas: una de cada dos se mata calata. Su apego a la vida puede haberse extinguido, pero no así el orgullo que sienten por sus propios cuerpos. El último confort que estas suicidas sienten en esta tierra consiste en irse a los brazos de la muerte sintiéndose bellas y deseables. Y estuve en lo cierto. Tal como esperaba, Patricia Baca se había ido por última vez a su lecho sin un trapo, como cuando hizo esa película sobre la selva, y que la colocó en la senda del escándalo y de la fama.

—¿Por qué gentes que tienen de todo —me susurró Paiva al oído—, se matan con más frecuencia que las que tienen menos o no tienen nada? Tenía esta mujer sesos, belleza, juventud, talento, éxito y dinero, pero eso aparentemente no había sido suficiente para ella. ¡Hablar de no saber contentarse con lo que ya tiene uno!

—Tal vez el motivo no sea la falta de cualquiera de esas cosas que has mencionado, Sócrates peruano. Tal vez el motivo sea algo que hubiera dado cualquier cosa por no haber tenido: un tumor en el ovario, SIDA, una pasión no correspondida, una decepción, hasta un disgusto con su último enamorado, que sin duda tuvo por legiones.

Con la compasión que siento especialmente cuando la víctima es una mujer bella y joven, tiré de la sábana hasta que cubrió el rostro de busto romano de la muerta. Entonces volví mi atención hacia los muebles de la habitación, buscando lo que siempre se busca en esos casos. Había dos frascos vacíos de barbitúricos sobre la mesa de noche, al lado del reloj alarma, y un vaso que todavía contenía un cuarto de agua y mostraba en el borde las huellas rojas del lápiz labial; pero la carta de despedida que la mayoría de los suicidas siempre dejan atrás no se veía por ningún lado. Después de asegurarme de que no se encontraba ni sobre la cómoda ni sobre el tocador del baño contiguo, volví a acercarme a la cama. En casos como ése sólo había otro lugar donde buscar, pero siempre reservaba esto para lo último con el fin de no perturbar la paz del muerto o de la muerta. Cuando metí la mano debajo de las almohadas, mis dedos tocaron la superficie de un sobre.

—Acabas de sacarte la lotería, cholito —le dije al guardia Paiva, sacudiendo el sobre delante de su cara—. A menos que esto contenga sólo no-culpen-a-nadies, no tendremos que rajarnos el coco para encontrar el motivo.

POR FAVOR no culpen a nadie de mi muerte (con el perdón de la muerta, al leer esta frase no pude menos de soltar una imprecación: ¿por qué todas las cartas de suicidas han de comenzar con este cliché?). Nadie sino yo es de culpar por este mutis tan intempestivo y poco elegante de lo que Shakespeare llama el gran teatro del mundo. A mis padres que me sobreviven, les pido perdón por no haber sabido ahorrarles este último dolor en su vejez. Al señor juez o al oficial de la policía a quien el deber le obliga a esclarecer el motivo y las circunstancias de mi muerte, le pido su indulgencia por lo largo de esta nota de despedida. Dudo que las notas que otros dejan en similares circunstancias fuesen tan prolijas como ésta, pero entonces sus motivos han sido por lo general simples y sin complicaciones: una enfermedad terminal, la depresión, un corazón roto, las deudas. El mío, por el contrario, es inusitado y complicado, como verá si tiene la paciencia de seguir leyendo.

Tengo la desgracia y la peculiaridad de haber nacido sin un alma. Conste que no digo esto figurativamente sino literalmente: nací sin ese órgano intangible pero sin duda indispensable en todo hombre o mujer, que es el alma. Sospecho que ahora mismo me está llamando loca, y no le culpo; si hubiera nacido yo sin un seno o con sólo un riñón, y se lo confieso ahora, probablemente no le hubiera hecho arquear una sola ceja. Pero, si se toma en cuenta que todos los días nacen en alguna parte del mundo bebés a quienes les falta una o más extremidades, parte o el todo de un órgano físico, o incluso el centro de la razón que es el cerebro, ¿por qué es tan difícil de aceptar que alguien pudiera nacer sin ese generador de emociones y sentimientos que es el alma?

Incluso cuando era muy pequeña, me daba ya cuenta de que era diferente de otras chicas y chicos de mi edad, pero ni mis padres ni nadie habían sabido identificar el problema, sin hablar ya de mí misma. A todo el mundo la impresión que yo daba era la de alguien que no sabía responder a los afectos de otros. En las raras ocasiones en que reía o sonreía, lo hacía simplemente por imitación, en un esfuerzo subconsciente por no aparecer diferente. Con el tiempo, y a medida que fui dándome cuenta de la naturaleza de mi carencia, el esfuerzo se hizo un hábito concienzudo y un arte estudiado. Ése fue sin duda el verdadero comienzo de mi carrera de actriz, aunque no habría de poner mis pies en un estudio sino una década más tarde. Pues, ¿qué es el arte histriónico en su manifestación más elevada sino el fingimiento, la simulación de emociones y pasiones que uno no siente realmente? Yo era incapaz de sentir toda esa gama de sentimientos y emociones que ustedes dan por sentados: alegría, tristeza, compasión, culpa, vergüenza, decepción, afecto y, por supuesto, ese maravilloso don que es el amor.

Este defecto especial que la naturaleza me había dotado para mal mío no carecía de ciertas ventajas prácticas, cuando reflexiono sobre ello. Para comenzar, y como ya he señalado antes, fue lo que a la larga me llevó a incursionar en el cine y en la televisión, y hasta puede decirse lo que forjó mi modesto talento de actriz. El mismo facilitó también en gran medida el avance de mi carrera, pues en ciertas cosas una naturaleza humana desprovista de emociones y de escrúpulos es no sólo una bendición, sino una necesidad.

Me habría ido a la tumba contenta —o al menos no sintiéndome descontenta— con mi condición, si no quiso la casualidad que leyera en uno de los diarios limeños una entrevista que se había hecho a un famoso yatiri o brujo, a quien llamaré don Máximo, a fin de no comprometerlo. Lo que me llamó la atención en la entrevista fue la afirmación que hizo este hombre en el sentido de que el alma era simplemente otro órgano del cuerpo humano, aunque se trataba de un órgano invisible e incorpóreo. Y, tal como se ha venido haciendo con el corazón, con el hígado, con los riñones y con otros órganos en países que cuentan con una tecnología médica avanzada, se podía adquirirlo, cambiarlo o destruirlo cuando se conoce la técnica adecuada. Los incas y los moches, afirmó don Máximo, se habían adelantado a los gringos y a todo el mundo en esa técnica de trasplante del alma.

Don Máximo vivía en Yunguyo, en el borde limítrofe con Bolivia. Tomé un avión hasta Puno y fui a verlo. El yatiri era un anciano con una cojera, pero todavía vigoroso y despierto. No tenía la menor noción con quién estaba tratando, y le importaba un bledo. Me escuchó sin interrumpirme. Lo que le dije no pareció sorprenderlo. Sí —me respondió sin mostrar ninguna expresión en su rostro curtido, cuando hube terminado—, él podía remediar eso que me faltaba, me podía hacer un trasplante de alma, pero el precio no iba a ser modesto. ¿Podía la señorita de Lima pagar tanto y tanto? La mitad del dinero, aseguró, lo necesitaría para pagar al esposo o a los padres de la otra parte involucrada.

—¿Qué otra parte? —dije yo.

El yatiri me miró a los ojos sin parpadear.

—La donante, por supuesto. No esperará que el órgano se aparezca del aire vacío, de la nada, ¿verdad?

Fue entonces cuando me di cuenta de que el trasplante implicaba un acto cruento de sacrificio humano.

Eso no fue impedimento para que accediera a su demanda: la idea de un sacrificio humano no me molestaba la conciencia, pues, como sabe, esta última es sólo otro nombre que usamos para referirnos al alma. Le pagué la mitad de la suma sin regatear, y prometí pagarle la otra mitad al terminar.

No quiero abrumarle con los detalles. Además, me pasé la mayor parte del ritual bajo los efectos de los aguardientes que don Máximo y su asistente me hicieron ingerir. El trasplante se llevó a cabo en la cima del monte Incahuasi, al despuntar el alba. Nunca vi el rostro de la donante; me dijeron que era joven y saludable, sin embargo. Después de tres horas en la solitaria cima bajamos y volvimos a Yunguyo. Me sentía la misma de antes: nada parecía haber cambiado en mí. El yatiri me aseguró que los efectos no iban a conocerse sino después de un cierto tiempo, y que debía esperar con paciencia a que la sutura que une mi cuerpo con el nuevo órgano se cerrase.

Después de pasar una semana en Puno, tomé el camino de regreso, convencida de que había sido estafada por un hábil charlatán. En el avión de Aeroperú con dirección a Lima abrí un periódico boliviano. Al pie de la página de provincias, casi como una nota marginal, aparecía la noticia de un cuerpo que había sido encontrado en la cima del monte Calvario, medio sepulto por la nieve. El cuerpo era el de una joven india y la cabeza había sido decapitada. El monte Calvario estaba a sólo dieciséis kilómetros del monte Incahuasi. La joven había muerto recientemente, por la misma época en que recibía yo mi trasplante.

Lo que pasó entonces no me había pasado nunca antes: me sentí terriblemente mal del estómago, y me embargaron unas ganas incontrolables de vomitar allí mismo. Tuve que usar una de esas bolsitas de papel para los males del mareo. Cuando volví del baño del avión, después de lavarme la cara y las manos con agua tibia, comprendí que, después de todo, el buen yatiri no me había engañado, y que era ahora una mujer de cuerpo y alma, literalmente hablando.

Esta muerte en mi conciencia no es la única razón por la que he tomado la decisión de acabar con mi propia existencia. Celebridades como yo, somos lo que somos porque hemos sido capaces de poner a un lado los escrúpulos y la virtud, cuando fue necesario. ¡Cuántas infamias no hemos incurrido, cuántos actos reprobables no hemos cometido, en nombre de eso que llamamos Éxito! Yo, más que nadie, fui especialmente promiscua y prolija en mis manipulaciones, porque tenía entonces la ventaja de no sentir ni el freno de la culpa ni el de la vergüenza. Todo esto —la culpa, la vergüenza—, venía ahora a atormentarme, magnificado tantas veces como tanto había sido el número de mis crímenes y caídas. . . .

TERMINABA de leer la nota justo cuando los de la morgue venían a llevarse a la muerta. Cuando la camilla pasó a mi lado, la detuve y levanté el plástico que cubría el cadáver. Quería ser la última persona, sin contar al carnicero que haría la autopsia, en ver a la mujer más hermosa del Perú en el esplendor de su belleza física, antes de que ésta se desvaneciera para siempre. Mientras mi mirada recorría el cuerpo blanco y perfecto desde el rostro inmóvil y apacible hasta las uñas de los pies con su esmalte rojo, sentí cómo me invadía una melancolía vaga. Qué pena que ha hecho lo que ha hecho, me dije. Con un cuerpo como el que tiene, ¿quién necesita del estorbo de un alma?

EL AMANTE DEMONIACO

A LAS ONCE de la mañana me llaman de la Clínica de Ancón para decirme que el muchacho ha salido de su estado crítico y está dispuesto a hablar. Subo a mi Datsun verde y me pongo en camino, en dirección del balneario. He estado esperando este momento por más de una semana. Desde el principio, he sabido que éste es un caso de homicidio múltiple —o un homicidio y suicidio— y no un simple accidente de navegación. Aunque nos ha sido imposible recuperar el yate de su tumba marina, debido a que el hundimiento ocurrió fuera de la bahía, en aguas profundas, hay suficientes evidencias que indican que el incidente ha sido provocado, deliberado. Nadie, sin embargo, sabe por qué el yate de los Ochoa, con su carga humana de dos adultos y tres menores de edad, ha ido al fondo del océano cuando el mar estaba calmo como el agua en un vaso, y en pleno día. Aparentemente, nadie trató tampoco de pedir ayuda por la radio que había a bordo, lo que parece reforzar nuestra sospecha.

El único sobreviviente de la tragedia, que responde a la descripción del hijo mayor de los Ochoa, un muchacho de nueve años llamado Omar, fue encontrado por los tripulantes de otro bote, y traído en estado inconsciente al puerto. Es el único testigo ocular que tenemos: nuestra única esperanza en esclarecer el misterio de este caso, o al menos parte de él, depende casi enteramente de su recuperación. Es para encontrarme con este testigo tan importante, que recorro ahora la estrecha y dilatada ruta de Lima a Ancón, con los cerros a un lado y el precipicio al otro.

Mientras el muchacho yacía en una cama en la sala de cuidados intensivos de la Clínica de Ancón, he hecho algunas averiguaciones sobre el padre, para no perder el tiempo. Esto es lo que he averiguado:

El padre, que se llamaba Ciro Ochoa, provenía de una buena familia de Piura que se ha ido de menos. Según todos los indicios, Ochoa era un joven de enormes ambiciones y respetables talentos.

Su vida habría sido muy diferente si la familia hubiera estado en condiciones de darle el soporte financiero necesario y ayudarlo a realizar sus sueños. Como no había sido así, la vida de Ochoa fue una serie ininterrumpida de fracasos y frustraciones. En vez de estudiar medicina, se vio forzado a contentarse con la mediocre carrera de un técnico de laboratorio. Incluso en ésta su suerte no duró mucho, pues pronto perdió también el puesto que tenía en un hospital limeño y tuvo que trabajar, para sostener a la creciente familia que ya tenía entonces, como vendedor de fideos para la compañía Nicolini. Recorría las calles de su área en un carro que pedía prestado de su cuñado y vivía con su mujer y los tres hijos menores (el cuarto no habría de nacer sino más tarde) en un departamento de dos cuartos, en el populoso distrito de La Victoria. Hay sin duda muchos que viven en peores condiciones que él, que llevan una vida más miserable, pero para Ochoa, que iba a cumplir los cuarenta, el mundo debió de parecerle como deshaciéndose en pedazos. Durante una borrachera, le dijo a un compañero de trabajo de entonces que estaba dispuesto a vender su alma al diablo para salir del atolladero en que había caído su vida.

Fue a poco de hacer esa afirmación que la fortuna de Ciro Ochoa pareció tomar un giro de ciento ochenta grados, y de un modo inexplicable. Un día se quitó de su trabajo como vendedor de fideos y se compró un boleto de avión. Se despidió de su mujer e hijos, a quienes quería entrañablemente, y se embarcó para Caracas y luego Medellín. Dos meses más tarde, la mujer recibía por mensajero especial un cheque de cinco mil dólares y un anillo de oro con diamante, con el que Ciro había querido renovar sus votos de fidelidad. Con el dinero, la mujer de Ochoa hizo sacar a los chicos de la escuela pública adonde iban y los puso en La Salle. Nunca cuestionó la procedencia del dinero de su marido, pues era no sólo bella sino también lista, y no estaba dispuesta a sufrir las consecuencias de una mala conciencia.

La última vez que visité Ancón fue hace un lustro o más: siempre he preferido la Costa Verde para pasar mis vacaciones. El balneario ha cambiado mucho durante el lapso en que dejé de verlo. Aunque los muelles y los yates con sus mástiles de madera, anclados de lado a lado, apretadamente, en el puerto; y los veleros surcando el océano; y los edificios y casas pintados de blanco todavía parecen ser los mismos, las calles se han visto invadidas por vendedores ambulantes y por el desorden y la suciedad, como en Lima. El muchacho ha sido transferido a un cuarto pequeño, donde lo encuentro sentado en su cama. Una enfermera se encuentra retirando su almuerzo cuando entro.

—Soy el teniente Falcón —digo, sentándome en la silla que hay al lado de la cama—. ¿Y tú eres Omar, si no me equivoco?

El muchacho tiene grandes ojos negros, como su joven y hermosa madre. Asiente sin decir una palabra. Se lleva la servilleta de papel a la boca y se limpia la mancha de mermelada que se ha quedado en sus labios.

—Ya sabes que tanto tus padres como tus hermanos están muertos —trato de darle la noticia lo más delicadamente posible, pero sospecho que eso es innecesario: en su corazón, el muchacho ya conoce de lo peor.

Asiente la cabeza por segunda vez, sus ojos todavía secos.

—Soy el policía asignado a este caso. Nadie puede devolver ya a tus padres y a tus hermanos a la vida, pero es mi deber averiguar lo que les ha pasado, para que la tragedia no se repita. Si su muerte se debió a una falla mecánica, quiero saberlo, para prevenir a los dueños de otros botes. Si se debió a un atentado, también quiero saberlo, para encontrar al culpable y meterlo en la cana. ¿Estamos de acuerdo?

Y por primera vez desde que entré en el cuarto, los ojos del muchacho se anegan de lágrimas y me responde con un sí susurrado.

Lo que viene a continuación es un resumen de lo que, entre sollozos, me contó Omar Ochoa durante el espacio de dos o más horas. No he cambiado uno solo de los detalles, ni he tratado de discernir los elementos fantasiosos —si es que hubo—, imaginados tal vez por una mente joven y susceptible a la distorsión de la realidad, de los reales. Les doy la versión sin embellecimientos ni exageraciones. Es la versión que he puesto en mi informe.

EXCEPTO por las sucintas cartas que acompañaban a los cheques y los regalos que les enviaba desde Colombia, los Ochoa no habían oído del padre ausente por más de tres años. En la víspera de Navidad, sin embargo, la mujer de Ochoa tuvo la sorpresa de recibir una llamada de larga distancia de su marido, quien le anunció que estaría de vuelta en Lima en la primera semana del año nuevo. Cuando la mujer quiso saber el número del vuelo y la fecha y la hora exactas de llegada, Ochoa se rió. No, no planeaba volver en un vuelo comercial o en un vuelo cualquiera, sino en una embarcación que había comprado para ese propósito. Él mismo iba a navegar el bote desde Buenaventura, solo, siguiendo el contorno de la costa del continente.

Acostumbrada para ahora a las excentricidades y sorpresas de su marido, la mujer no volvió a mencionar el asunto. Pacientemente, esperó. Por dos semanas no volvió a oír de su marido. Todos los días abría el periódico de la mañana con un temor secreto, mal reprimido, de leer en sus páginas la noticia de un naufragio. Finalmente, ya casi a fines del mes, Ochoa apareció sin aviso en el departamento miraflorino que su mujer e hijos ocupaban ahora. Había aparcado su nuevo station wagon al frente del edificio, en la calle.

Ochoa había cambiado apenas; eso es, físicamente. Seguía siendo el mismo hombre apuesto y delgado de antes. Pero había algo en él que inquietaba ahora incluso a su mujer y a Omar. Su carácter abierto y bonachón pareció haber sufrido un desmedro. Sus momentos de silencio eran más prolongados y repetidos. Aunque no quiso confesarlo, Omar empezó a sentir un miedo vago hacia su padre.

Prácticamente cada domingo, Ochoa subía a su mujer y a sus cuatro hijos al station wagon y los llevaba a Ancón, donde estaba anclado el yate. El bote había sido bautizado con el nombre de Lola Montez, una aventurera y bailarina irlandesa del siglo pasado. Cualesquiera que hubieran sido el recelo y el temor de Omar, éstos desaparecían no bien ponía los pies a bordo. Los días pasados en el *Lola Montez*, con la excepción por supuesto del último, fueron acaso los más felices que Omar recordaba haber tenido en su corta existencia.

Febrero y marzo pasaron de ese modo. A medida que se aproximaba el mes de abril, el humor del padre fue haciéndose visiblemente más negro. Reía y sonreía cada día menos. Una vez, sintiendo una presencia en su cuarto, Omar se despertó a mitad de la noche para ver a su padre parado, inmóvil, al lado de su cama. Sin necesidad incluso de la luz, supo que lo estaba mirando, y que había estado haciendo eso desde mucho antes.

El día del incidente, que fue un domingo, había amanecido con un clima maravilloso. El sol ya estaba en lo alto del cielo cuando tomaron su desayuno. Con los chicos alborotándose en anticipación por la jornada, los Ochoa subieron al carro y se enrumbaron en dirección norte, hacia el balneario. Con la excepción de Omar, ninguno de los chicos pareció notar el silencio sepulcral en que permanecieron tanto el padre como la madre durante todo el trayecto. Cuando llegaron a los muelles, a eso de las once, el *Lola Montez* se mecía de un lado al otro bajo una brisa propicia, en medio de un bosque de palos pintados de blanco.

Para cuando el yate dejó su fondeadero, el calor se había hecho intenso. Después de media hora bajo el sol, Omar se sentía un poco aturdido: su vivacidad usual disminuyó considerablemente. Se sentó en la cubierta del bote y se puso a observar a su padre maniobrar el *Lola Montez* fuera de la bahía. Fue en esos momentos cuando su mirada se fijó en las patas de Ochoa, que le daba la espalda.

(Creyendo haber oído mal, interrumpí al muchacho en este punto del relato:

—Pies, ¿habrás querido decir?

Omar negó con la cabeza e insistió en que lo que había visto eran las patas de un animal.

—¿De un animal? —Todavía no salía yo de mi sorpresa—. ¿Como las de un perro?

El chico volvió a negar con la cabeza.

—¿Como las de un buey o de un chivo, entonces?

—Como las de un chivo —susurró Omar.)

En su confusión, Omar miró en dirección de la madre en busca de ayuda, pero aquella siguió con los ojos puestos en el horizonte y no le hizo el menor caso. Habían salido a la mar ancha. Las aguas se habían hecho menos dóciles y el yate subía y bajaba con el vaivén de las olas. Ochoa dejó el timón por un minuto y se fue al fondo de la cabina para buscar algo. Cuando regresó, tenía un hacha en la mano. Salió de la cabina. Con los chicos presenciando horrorizados la escena, partió el mástil de una sola patada y hundió el *Lola Montez* con el hacha.

EN NUESTRO SIGLO

AUNQUE estaba despierta por horas, desde el amanecer, la mujer permaneció en su cama con la inmovilidad de un cadáver, tratando de convencer a sus encarceladores de que dormía.

Nadie sabía con certeza desde cuándo había estado secuestrada. Para la pobre misma, los comienzos de su encarcelamiento parecían remontarse a un tiempo inmemorial, y eso si el cálculo era hecho sin contar los días anteriores a su pérdida de la memoria. La mujer no recordaba nada de su vida anterior, que sin duda existió. Cuando despertó por primera vez en la mazmorra, con un dolor terrible alrededor del cuello, como si alguien le hubiera dado un tajo de oreja a oreja, fue cuando su mente comenzó por primera vez a registrar y retener las sensaciones de su maltrecho cuerpo y a ensayar tentativamente a formular eso que llamamos pensamiento. No habría sabido describir su cárcel, si sus cuerdas vocales en ruinas le hubieran permitido hacerlo, salvo decir que no era estrecho y bajo como la mayoría de las prisiones, y que tenía un pequeño tragaluz con barrotes de hierro viejo en la parte superior de una de las paredes. El sol y el aire entraban a través de ese hueco, pero ningún ruido: el ruido provenía siempre del lado de la puerta sólida de la celda.

La mujer dormía en un catre de metal con un colchón rellenado de pajas secas. No había sábanas ni almohadas, apenas una frazada vieja durante el invierno. Hacía sus necesidades fisiológicas en un hueco rectangular excavado en el suelo de cemento, y que se conectaba con el desagüe. Había un balde de agua que le servía tanto para calmar la sed como para echar las heces acumuladas por el hueco en el suelo.

Cada mañana, alguien abría la puerta a medias e introducía un pedazo de pan y un balde de agua fresca en la celda. La mujer no veía nunca a esa persona, que tomaba siempre el cuidado de abrir la puerta cuando ella estaba aún en la cama, durmiendo. La mujer sospechaba que sus cancerberos la espiaban a través de dos pequeños agujeros que había en las paredes.

Cada mes o más, el agua del balde venía con un ligero gusto amargo que la mujer acogía casi con alivio, pues le parecía preferible a la insipidez del agua de los otros días, que había llegado a repugnarla. Esa noche la mujer dormía especialmente bien, sin los sueños que la atormentaban, y que no sabía si eran taraceados con pedazos de una memoria real o de una memoria falsa. Cuando se despertaba, su cuerpo estaba desnudo pero limpio de la suciedad y del mal olor, y una muda de ropa fresca yacía a su lado, sobre la cama. Alguien le había cortado también las uñas y le había curado las llagas, si había. Quienesquiera que fueran sus encarceladores, no la querían muerta; se diría, incluso, y tal vez por la misma razón por la que los zoológicos lavan y peinan a sus leones y tigres, que hacían un esfuerzo por mantenerla en un estado presentable. La mujer no se había detenido nunca a pensar en esa posibilidad, pero en cambio no había dejado de hacer la asociación natural de causa y efecto: alguien había drogado el agua con el fin de poder entrar a su celda, cuando estaba inconsciente.

Escuchó pasos fuera de su prisión, por el lado de la puerta, que sin duda daba a algún pasadizo. Escuchó el ruido de alguien que buscaba la llave de la celda entre un ramillete de otras similares y probarla en el hueco de la cerradura. Esta operación fue repetida unas dos o tres veces antes de que se dejara escuchar finalmente el clic metálico que precedía al crujido de los goznes sobre sus ejes oxidados.

La mujer se había pasado el día anterior sin ingerir otra gota del agua del balde, después de comprobar con el primer sorbo que tenía el gusto amargo que había anticipado, y horas de vigilia en una inmovilidad entumecedora, sólo para esperar este clic metálico y este crujido de goznes. Su intención —al menos la que admitía para sí misma— no era la de escaparse: después de los interminables años que había pasado en esta mazmorra, daría cualquier cosa por ver la cara de uno de sus encarceladores, por ver a cualquier otro ser vivo que no fuese una de esas ratas enormes que se escurrían por la cloaca abierta en el suelo, su pelambrera húmeda de orina y manchada de mierda.

Alguien entró en la celda. Habían dejado la puerta abierta y una corriente de aire recorrió el recinto, reanimando a la mujer en la cama. La prisionera, que tenía los ojos entrecerrados, iba a mirar por entre sus pestañas largas y tupidas cuando sintió el peso de algo pesado pero suave al tacto sobre su cara y su cuello: el intruso había arrojado una toalla o algo parecido sobre su cabeza. La mujer no se detuvo a pensar por qué el otro había considerado necesario taparle el rostro mientras se preparaba a desnudarla de su ropa y a bañarla.

La forma cómo el otro se movía por la celda haciendo los preparativos, casi sin ruido, y sus idas y venidas por sobre el cemento, acabaron por convencer a la mujer de que era de su propio sexo. Pasaron unos buenos minutos antes de sentirla acercarse al catre de metal. Cuando la otra comenzó a desabotonarle la ropa, de pie al lado suyo, la mujer levantó su mano izquierda y retiró la toalla de su cara. Incluso cuando hizo esto con sigilo y no bruscamente, lo inesperado de la acción debió haber sorprendido a la otra por completo, dejándola sin el menor chance de desviar su mirada o de taparse los ojos.

Lo que la prisionera de la celda vio fue el rostro asustado de una mujer joven y robusta. Había algo en las facciones que apuntaba a una raza que la mujer no había conocido nunca antes. O la joven era extranjera en el país, o lo era la mujer prisionera, que provenía del Mediterráneo. La mujer se incorporó en su cama y trató de hablarle a su guardiana, pero sus labios emitieron sólo sonidos incomprensibles e inhumanos. La otra no pareció inmutarse: la expresión de terror siguió petrificada en su rostro. Y cuando la prisionera, a fin de comprobar que la otra no era una ilusión de su cerebro o un engaño de sus ojos, extendió uno de sus brazos y la tocó en el hombro, la joven se desplomó de espaldas sobre el piso de cemento de la prisión, con un ruido seco y duro. La mujer se dio cuenta de que estaba muerta.

No supo cómo llegó a salir de su prisión sin tropezarse con otras personas. Fue suficiente que la puerta de la celda estuviese abierta y el pasadizo vacío; el resto fue dejar que las piernas hicieran su trabajo. Salió a la calle después de subir una escalera y cruzar un pasillo, en el que encontró dos o tres estatuas en diferentes poses y actitudes. Cuando estuvo afuera, aspiró el aire tan voluptuosamente que los pulmones le dolieron. Mientras se alejaba del edificio que había dejado, volvió por un momento para mirarlo: era tanto o más grande que un templo dedicado a la adoración de Apolo, pero carecía de las infaltables columnas. Aparentemente, se encontraba en los confines de una gran urbe: las construcciones terminaban por un lado y el campo comenzaba por el otro.

Había un silencio casi abrumador: no vio ni oyó a ningún caballo o carruaje pasar cerca. Vio los automóviles en el estacionamiento del edificio pero no supo lo que eran; percibió el ruido que hizo algún carro que pasaba ocasionalmente por una calle paralela, pero tampoco supo reconocerlo. En el silencio enorme, y sin tomar en consideración el canto de los pájaros en los árboles y sobre las líneas telefónicas, sólo el cabello de la mujer parecía no sentirse intimidado: el centenar de pequeñas cabezas no habían dejado de agitarse y de sisear ruidosamente desde que ella dejó la prisión de su celda.

Guiada por el instinto o por una incierta memoria, y vigorizada por el aire fresco y esa sensación maravillosa de libertad, la mujer se encaminó en dirección del campo abierto, buscando una cueva que pudiera hacer suya.

MERCANCIA MALOGRADA

PREFERIRÍA un vodka en la roca, si no es mucho pedir. Puedo tomar sólo una cantidad determinada de cerveza: unas tres o cuatro botellas de tamaño grande. Después de eso mi estómago se vuelve agrio, y lo pago mal a la mañana siguiente. No es que tenga una cabeza de pollo, como dicen mis patas; puedo ir sobrio y lúcido por días como el arzobispo durante la Semana Santa, pero tengo un estómago de limón, y cebada y ácido hacen una malísima combinación. A ver, déjame adivinar a qué se debe tanta generosidad de un extraño. Usted es periodista. No me mienta porque, buenamoza, puedo ver a través de usted y usted no es la primera que me ha abordado en estos últimos tres meses. Me halaga que me aborden las chicas guapas, pero por otros motivos. A usted no le interesan ni mi pinta ni mis muchos otros atractivos; usted sólo quiere sonsacarme la historia.... Ah, usted sonríe. ¿He dado en el clavo, no es cierto? Es mejor así. Ya no tiene que fingir su interés. Ahora que ya sabe que sé lo que quiere, podemos poner la hipocresía a un lado. Le voy a ser completamente franco: estoy más misio que un ratón de sacristía. Con la devaluación yendo a este ritmo loco y los precios disparándose al cielo, mi pensión no me alcanza ni para la gasolina de mi carro. Si usted o el periódico para el que trabaja me da un cheque con esta cifra ... voy a escribirla en esta servilleta limpia ... le voy a contar, digamos, una historia ficticia que estoy escribiendo en mis ratos de ocio. A otros les pagan por sus cuentos y por sus novelas. ¿Por qué no me pueden pagar por una historia que, como verá usted, no le falta nada del dramatismo de esos cuentos o novelas?.... Ah, ahí viene mi vodka en la roca. Mientras lo bebo, y voy a tomar mi tiempo para hacerlo, usted puede ir a hacer la llamada que necesita ....

Qué, ¿ya está de vuelta tan pronto? Debo haberle dado una ganga: ni chita usted ni trata de regatear. Apuesto a que no hace lo mismo cuando va a las tiendas por un suéter o por un par de zapatos. Bueno, usted conoce mi nombre y sin duda también dónde vivo. Me puede enviar el cheque a mi casa o si no, me puede ubicar en este boliche cualquier día y me lo da. Confío en que no falte a su palabra, hermosa. Soy un águila caída, pero no soy un tonto. El último cholo que quiso engañarme todavía relame hoy sus heridas.

Bueno, aquí se lo largo. No olvide que es pura ficción lo que le cuento. Eso es lo que voy a decirle si alguien de Seguridad de Estado o de Amnistía Internacional se aparece por aquí después de que usted haya publicado mi relato y me cuestiona. No me van a arrancar otra versión incluso si me dan picanas.

Para hacer mi narración más simple, voy a contarla en primera persona, pero no me canso de repetir que este hecho, ejem, esta historia, nada tiene que ver conmigo, que se trata de sólo una técnica narrativa. Ya ve usted, nosotros los militares no somos tan ignorantes o incultos; en la escuela nos enseñaban también Palma y Valdelomar, al lado de Clausewitz. Hubo tiempo en que yo, recién ingresado, me pasaba mis horas libres escribiendo historietas pornográficas.

Debió haber sido setiembre u octubre, hace cosa de cinco años. Mi mujer compró un hábito morado por esa época, y ésa fue la razón por la que tuvimos un altercado la noche anterior. Cuando me levanté a las cinco de la madrugada, todavía me quedaba la amargura del disgusto en la boca. Me subí a la minivan que usaba entonces para mis operaciones y fui a la Escuela a recoger a los otros dos miembros del grupo, un suboficial que se llamaba... a ver, Morán, y un teniente llamado El Loco. Era el cuarto día en que hacíamos la vigilancia de la casa, y todos estábamos hartos hasta la coronilla. Si ese día no lográbamos poner las manos sobre nuestra presa, yo mismo iba a solicitar al mando superior la cancelación del operativo. El Loco estuvo más locuaz que nunca en el automóvil; tenía los ojos rojos, inyectados de sangre. El hombre era un pichicatero: se habría mandado su primer kete de la mañana antes de cepillarse los dientes.

La casa que nos tocaba vigilar pertenecía a la suegra de la sediciosa. No hace falta decirle para qué la buscábamos; lo único que necesita usted saber es que nos había estado deslizando de entre los dedos por más de dos años, y que teníamos órdenes de capturarla viva o muerta. Esa mujer era blanca y de buena familia, miraflorina o sanisidrina, como usted y yo. Es casi inexplicable que alguien como ella pudiera ser una subversiva; uno espera que fueran sólo cholos o indios, cholas o indias. Pero eso sólo le demuestra que la pobreza y la injusticia, como sostienen los sociólogos, no convierten a un hombre o a una mujer en sediciosos; la codicia lo hace: la codicia por el poder. Y esa mujer era un cuadro importante dentro de la organización sediciosa.

Aparcamos la minivan a quince metros de la casa y comenzamos nuestra espera. Después de tres días, la vigilancia se había convertido en una rutina. Estábamos cometiendo una serie de descuidos, como aparcar el automóvil a tan corta distancia, y bajarnos de él para estirar las piernas, pero ya no nos daba un bledo. De hecho, sospechamos que el paquete se nos había deslizado otra vez de la palma de la mano hacía ratos: estábamos perdiendo simplemente nuestro tiempo allí.

No quiero abrumarle con los detalles del día, pero hasta las dos de la tarde no hubo nada. No es que esperábamos realmente que iba a pasar algo, tampoco. Después de un ají de gallina y un vaso de jugo de manzana en uno de esos puestos ambulantes de comida, yo estaba en un sopor. El Loco había ido a una casa vecina a usar el baño y cuando salió de nuevo, tenía los ojos acuosos y rojos: el putamadre no había podido pasarse sin su segundo o tercer kete del día. Sólo el cholo Morán estaba alerta, sentado en el asiento delantero y masticando un chicle. Me tocó discretamente el hombro y dijo en voz baja, como si temiera que nos pudiesen escuchar desde afuera: mi capitán, ¿es ésa la terruca? Yo me erguí. Desde donde estábamos sentados, pude ver a una mujer venir en la dirección opuesta. Era morocha pero blanca. Agarré la foto que había dejado encima del tablero de instrumentos y traté de compararla con la mujer. La foto era antigua, tomada por lo menos hacía cinco años, y la sediciosa era sólo una de las cinco personas que aparecían ahí. Moví la cabeza. No estoy seguro, pero si se detiene ante la casa nos bajamos y la chupamos, subversiva o no. El Loco, que estaba sentado en el asiento de atrás, ya estaba quitando el seguro de su metralleta y entreabriendo la puerta de la minivan.

La pobre mujer se detuvo ante la puerta de la casa. Nos bajamos de un salto, yo por la puerta de la derecha y Morán por la de la izquierda, pero el Loco nos ganó a los dos. Estaba vestido ese día de un terno de dos piezas y de corbata y se veía guapo y muchachil, pero era un hombre peligroso ese loco cuando andaba cargado. Mientras corríamos hacia la mujer ésta se había vuelto para mirar en nuestra dirección, atraída por el ruido de los pasos y por nuestra vocinglería. Vimos un rostro de una blancura casi traslúcida. La mujer era joven, más de lo que yo había pensado. Pero entonces, otros que ocupaban la posición de cuadros eran igualmente unos pollos. Ten en cuenta que todo esto ocurría en cosa de segundos, y el Loco iba todo ese tiempo a un paso delante mío, su espalda tapando parcialmente mi visión. La joven se dio media vuelta y trató de huir. Debió haber sido el instinto. ¿Qué haría usted si ve a tres hombres corriendo hacia usted, blandiendo metralletas de asalto y gritando? ¿Se habría echado a correr o se habría quedado inmóvil en el sitio? Difícil decir, ¿verdad? Bueno, si la joven se hubiera quedado paralizada en su sitio, nada le habría pasado. Pero correr así era como una admisión de culpabilidad, como una confesión. Por cierto lo interpretamos de ese modo. Con el rabillo del ojo pude ver a Morán, que corría a mi lado jadeando, apuntar su arma hacia la figura en fuga. Pero él no disparó, y si lo hubiera hecho probablemente habría disparado al aire primero. El que lo hizo fue el Loco, siempre con un dedo en el gatillo, y ahora más psicópata que nunca. Ay, el putamadre. Disculpa el exabrupto, hermosa, pero ese hombre tuvo toda la culpa de habernos metido en este lío tremendo. Bueno, ta-ta-ta-ta, que no dio en el blanco, y otro ta-ta-ta-ta, que sí, y la joven estaba en el suelo duro de la acera, sangrando por la espalda. Mierda, me dije, pero entonces sólo un poco molesto, sin darme cuenta todavía de que habíamos cometido un error colosal. El mando superior había dicho viva o muerta, después de todo. Habría preferido que la capturásemos viva, sin duda, pues los sediciosos muertos, como los canarios muertos, no cantan.

La joven había caído con la cara hacia abajo, y había recibido un golpe adicional cuando el rostro golpeó el cemento. Le sangraban la frente y la nariz cuando el Loco la volteó con la punta de su zapato. Estaba inconsciente. Sin necesidad de que le diera una orden, el cholo Morán se dio media vuelta y fue a ir por la minivan. Eran alrededor de las dos y todo eso sucedía a plena luz del día.

Algunos vecinos se habían asomado por las puertas de sus casas, y cuando nos vieron habían vuelto a meterse adentro, pero unos peatones se habían quedado mirándonos tercamente desde lejos. No había tiempo que perder: muerta o no, necesitábamos subirla al automóvil y largarnos lo más rápidamente que pudimos. El tiempo no parecía pasar mientras esperábamos por la minivan. Morán me dijo más tarde que en la prisa abolló el parachoques del carro. No bajó de la minivan sino que nos esperó con el motor encendido y con un pie en el pedal, así que el Loco y yo tuvimos que cargar el cuerpo de la joven entre los dos, uno agarrando los pies y el otro los brazos, y subirlo por una de las puertas laterales. El Loco mentaba la madre a todo el mundo pues la sangre había manchado su terno precioso. El interior del automóvil se quedó hecho también un hospital de campaña. En fin, fue el operativo más desaliñado que recuerdo haber conducido desde que estaba en el grupo especial.

En el piso del automóvil la mujer siguió sangrando y el Loco siguió maldiciendo, pues no sabía qué hacer con toda esa sangre. Mi capitán, ¿adónde la llevamos?, y yo: ¿está muerta?, la decisión es fácil si está muerta; si no no tenemos más remedio que llevarla a un hospital. Vea usted, no somos los monstruos que describen en los periódicos de la oposición y del exterior. También hay un corazón humanitario latiendo debajo de nuestros pechos. Si la mujer estuviera muerta, entonces sería un enemigo caído y no le daríamos un bledo; si estuviera viva y de buena salud, entonces sería un enemigo vivo y la íbamos a tratar como a todo enemigo de esta gran nación, sea un chileno o un terrorista; pero cuando era un enemigo malherido, nuestro primer deber seguía siendo el de llevarlo a la sala de emergencias de un hospital.

Mozo, otro de lo mismo. ¿Que si a cuenta de la señorita?... Bueno, la señorita dice que a cuenta suya está bien.

EL NUESTRO era un grupo operativo. Nuestras responsabilidades terminaban tan pronto como ejecutamos la acción que el mando superior nos había encargado realizar. Otros grupos nos relevaban entonces, tomaban la responsabilidad de nosotros. En los casos en que hacíamos la vigilancia y la captura de cierto individuo, una vez que ese individuo caía en nuestras manos y lo pasamos a los chicos que operaban en el sótano de la Escuela de Mecánicas y redactaba yo un informe, estábamos libres otra vez para tomar cargo del siguiente operativo. En el caso de la joven que herimos hubimos que llevarla de emergencia al hospital militar, pero de otro modo la cosa no fue muy diferente. Tan pronto como redacté mi informe y descargué mis responsabilidades los chicos del sótano debieron tomar las suyas. Como me pasa con los otros sediciosos que capturamos, no volví a pensar otra vez de la joven mujer. De hecho, mi suposición era que no sobreviviría de sus heridas: había visto a otros con heridas menos graves que las que sufrió, y ellos nunca sobrevivieron. Tampoco sospechaba entonces de la posibilidad de un error, aunque la primera impresión que la herida me dio fue la de una persona más joven que la que habíamos supuesto. No sé si los muchachos del sótano se dieron inmediatamente cuenta de la equivocación; si lo hicieron, no se molestaron en informarme, pues me enteré de la identidad de la herida sólo medio año después, y entonces sólo indirectamente. Iba yo por el corredor del segundo piso de la Escuela, cuando me crucé con el Almirante Valdés (ése no era su verdadero nombre, por supuesto), el jefe del Servicio de Inteligencia de la Marina. Al pasar a mi lado y al devolver mi saludo el Almirante me lanzó una mirada no exactamente de satisfacción y dijo en una voz que todo el mundo pudo escuchar sin mucha dificultad: "Buenas las ha hecho, hombre". Me quedé perplejo, y toda la noche la pasé preguntándome en vano qué había hecho para merecer la desaprobación de mi superior. Me enteré de la razón la mañana siguiente, cuando abrí el periódico matutino. En la primera plana estaba la foto de la joven que había tratado de evadir nuestra captura y que el Loco había terminado por abalear a mitad de la calle. Aunque lucía un peinado diferente y ese aspecto de pudín congelado de las fotos de graduación o de pasaportes, todos los otros detalles encajaban: los ojos azules o verdes, la piel blanca, los rasgos europeos; la identidad era inequívoca. La joven, a quien me referiré en adelante como la Gringa, era una suiza que acababa de terminar sus estudios universitarios y que como parte de su postgrado hacía trabajos sociales en las barriadas pobres de la ciudad, distribuyendo anticonceptivos gratis y organizando ollas comunes. ¡El putamadre ese del Loco había abaleado no sólo a la persona equivocada, sino a una Madre

Teresa! Comprenderá mi contrariedad. Pero mi conciencia estaba tranquila: por más que la pintasen el padre y los periódicos de la izquierda con alitas y halo, la Gringa no era tan inocente como nos trataban de hacer creer. Nadie que no estuviera involucrada con la subversión necesitaba intentar una huida como la que le había costado la vida. (Como ya dije antes, yo no tenía entonces motivos para sospechar que no estuviese ya muerta.) No era un cuadro, sin duda, o incluso una militante: era probablemente sólo una de esos muchos simpatizantes extranjeros con la cabeza llena de ideas románticas que la organización sediciosa sabía tan bien aprovechar para sus planes de subversión, y que eran usados a veces como correos para llevar mensajes o hacer pequeños encargos. Pero en un país en que hay una virtual situación de guerra, eso bastaba y sobraba para clasificarla como una enemiga del estado.

El padre había hecho el viaje desde Ginebra especialmente para presionar a las autoridades por el paradero de su hija. No era el primer padre o madre que había intentado algo parecido. Por lo general, ninguna de esas peticiones de intervención al arzobispo y hábeas corpus conducía a nada: el mando negaba todo como San Pedro negó a Cristo. ¿Una desaparición, dice usted? ¿Qué tenemos que ver con desapariciones de ciudadanos respetuosos de la ley, y especialmente con extranjeros de países amigos? ¿No es la policía la que se encarga de esos asuntos?. . . . Pero por una vez desde que comenzó la guerra antisubversiva la bronca que el padre armó en la prensa dio un fruto inesperado: alguien que nos había visto perseguir a la Gringa por la calle y al Loco abalearla por la espalda me reconoció y pasó la información a *El Diario*, que publicó mi foto al lado de la supuesta secuestrada y un relato del testigo anónimo. De la noche a la mañana me hice más notorio que el Monstruo de Almendáriz. Mi casa en Lince fue asediada por los periodistas y por los fotógrafos, haciendo mi vida y la de mi mujer un infierno. Como si eso no fuera ya bastante, trataron de hacerme comparecer ante un juzgado civil. Tanta publicidad inmerecida me convirtió pronto, a los ojos del mando superior, en una carga onerosa que debía de desprenderse a toda prisa. Además, con todos los ojos puestos en mi persona, mal podría conducir o realizar un operativo. A menos que mediara un milagro, mi carrera de oficial de inteligencia había llegado al fin de sus días, y lo entendí así y con tanta resignación que cuando el mando superior me transfirió al norte, a esa ciudad moribunda que es Chimbote, me hice las maletas sin chitar.

Si le parece bien, hermosa, voy a tomar una pausa para recuperar la voz, que de tanto hablar ya se ha vuelto un tanto ronca, y dar un saltito por el baño para lavarme las manos.

Y AHORA el acto final de la tragedia, el remate de este relato que le he venido contando. Como nunca antes es importante que no cometa el error de confundir ficción con hecho. Cuando se trata de finales, no escatimo esfuerzos para hacerlos parecer reales.

Me estaba pudriendo (es decir, el yo ficticio de mi relato), a falta de acción y por exceso de aburrimiento, en ese hueco maloliente que es Chimbote, durante las elecciones generales. Cuando se hizo evidente que el búfalo iba a ser reemplazado pronto por el tractor japonés, los altos mandos de las fuerzas armadas comenzaron a hacer limpieza en sus propias casas, en previsión de una posible persecución política emprendida por el gobierno electo. Con los ejemplos de Argentina y de Bolivia en mente, los mandos sabían que era sólo cuestión de tiempo que les pedirían cuentas de sus acciones pasadas, correctas o no, hechas con buena o mala conciencia. Era la hora de atar cabos sueltos, hacer desaparecer los trapos sucios y los papeles comprometedores. El alférez que estaba bajo mi mando y yo nos pasamos una noche febril quemando ciertos documentos y destrozando una caja llena de cintas magnetofónicas y de fotografías, y todo aquello que no estaba de una u otra forma apuntado en un registro oficial. Si eso ocurría en Chimbote, donde las acciones antisubversivas habían sido contadas, ya puede usted imaginarse lo que ocurriría en Lima y en Ayacucho. Fue por esa época que recibí la orden de volver a Lima para recibir instrucciones verbales acerca de mi próxima misión.

Me dijeron que fuera a ver al Almirante Valdés en su oficina. Este solo hecho denotaba la importancia de la misión, pues el Almirante no era mi inmediato superior en la cadena de mandos. La misión era tan confidencial que habían preferido pasar a aquel por alto. El Almirante ocupaba una oficina sencilla y comparativamente pequeña en el segundo piso de la Escuela; el hombre mismo era pequeño y de gustos sencillos. Era la quintaesencia de un oficial de la Marina, respetado por todos sus subalternos y colegas. Tan indiscutibles eran su patriotismo y su celo profesional que su uniforme blanco parecía emitir una suerte de destello. Entré en su oficina como quien entra en un templo.

—¿Se da usted cuenta de que dentro de un mes o dos ni usted ni yo vamos a poder encontrarnos así en esta oficina? —dijo después de que me hube sentado, a una indicación suya—. Tenemos muy corto tiempo para poner orden a nuestros asuntos y atar cabos sueltos: y atar ciertos cabos sueltos es la misión que voy a encomendarle, capitán.

Me pregunté qué pudieran ser esos cabos sueltos de que hablaba.

—¿Recuerda usted ese lamentable incidente en que estuvo involucrada una joven suiza?

¿Cómo no habría de recordarlo? Los buenos momentos de la vida son fáciles de olvidar; los malos nos los llevamos a la tumba.

—Esa joven vive todavía —soltó la bomba el Almirante—, ¿sabía usted?

La sorpresa fue tan grande que me quedé sin reacción por un momento, y sólo muy lentamente comencé a ver las implicaciones de lo que mi superior acababa de decirme.

—¿Dónde?

—Ya lo sabrá en su oportunidad, y también en su oportunidad se dará cuenta por qué nos hemos vistos en la necesidad de no devolverla a sus padres, de mantenerla oculta todos estos largos años. Por lo pronto, voy a contarle algo que hice cuando era todavía un muchacho. Quiero que me preste mucha atención y reflexione acerca de lo que le cuento. . . . Yo era un coleccionista apasionado de estampillas cuando tenía sólo ocho o nueve años de edad. Cuando descubría una estampilla nueva o poco usual, no me quedaba tranquilo hasta que no la conseguía, ya fuera a fuerza de ruegos o a fuerza de mañas. Un día llegó a nuestra casa una carta que estaba destinada a uno de mis tíos maternos, que compartía también mi pasión. Una de las estampillas era una belleza exótica que inmediatamente atrajo mi codicia. Pero como sabía que mi tío habría querido tenerla para sí, comprendí que la única forma de apoderarme de ella era robándola. Confiado en mi ingeniosidad, coloqué la estampilla encima de la boca humeante de una tetera y la sometí al vapor. El truco, que había aprendido de las novelas policíacas, no funcionó. Por el contrario, el sobre se arrugó a consecuencia de la acción del calor y la tinta de la escritura chorreó por culpa del vapor. Me di cuenta de que estaba en un aprieto grande: mi tío se iba a enterar no sólo de mi fallido intento, sino que se iba a montar en cólera cuando se daba cuenta de que la carta había sido dañada. El pánico se apoderó de mí: recuerda, era sólo un niño. No vi otro remedio que destruir la carta y pretender que nunca la habíamos recibido. . . .

El Almirante calló y esperó, y sólo reanudó cuando estuvo seguro de que había entendido el mensaje.

—Estos documentos contienen todo lo que está relacionado con ese lamentable caso —dijo, entregándome una carpeta de manila que había estado reposando sobre su escritorio—, incluyendo el paradero de la persona en cuestión. Revíselos y luego disponga de ellos a su discreción. Como verá, muchos de ellos mencionan a usted y a los de su grupo de tareas por sus nombres. Es por su propio interés que la decisión que tome con respecto a estos documentos, así como la que tome con respecto a la persona a la que se refieren, sea discreta y apropiada.

Le aseguré que no tenía por qué preocuparse.

—Yo no me preocupo —se molestó el Almirante—. Después de todo, es su cabeza y no la mía la que hay que cuidarse cuando la hoja de la guillotina comienza a levantarse y a caer.

Hice que el cholo Morán fuera reasignado bajo mi mando. De ese modo, no sólo aseguraba el éxito de la operación sino también el silencio de los participantes. Por nada quise que el Loco me acompañara esta vez: ya había jodido una misión; no estaríamos en este embrollo si no hubiera sido por él.

Turnándonos al volante, manejamos sin parar por más de quince horas hasta la base donde la Gringa había estado detenida durante los últimos tres años. No le voy a revelar el nombre de esa base ni si tomamos la dirección norte o la dirección sur, pero le diré que la base no pertenecía a nuestra arma. Esto le muestra que el problema había dejado hacía tiempo de ser un simple problema institucional; la orden, también, no venía simplemente del estado mayor de la fuerza, sino de una autoridad de mayor rango. La complicidad era múltiple y extensa en este caso particular.

Apenas pudimos reconocer a la Gringa. Tenía el pelo corto, y como el champú era escaso y no faltaban piojos y cresas en el pequeño bungalow en que la tenían escondida, su cuero cabelludo se había cubierto de llagas. La inmovilidad, por otro lado, le había hecho engordar no obstante la frugalidad de las comidas. A pesar de que alguien de la enfermería venía a lavarla y ayudarla a hacer sus necesidades cada cierto tiempo, había un aura de malos olores en torno a la mujer. Estoy seguro de que no nos reconoció. Ni se alarmó cuando la subimos a su silla de ruedas y la empujamos hasta la minivan: era obvio que esos traslados intempestivos formaban parte rutinaria de su vida de cautiverio. En el carro no pude menos de volver para mirarla, tratando de adivinar lo que le estaba pasando por la mente en esos momentos. Tenía una expresión que era casi altiva, y ni la gordura ni el desaseo le habían quitado nada de la nobleza de sus facciones puras. Me faltó el coraje para hablarle, para dirigirle siquiera unas palabras. Cualquiera que me hubiera visto así habría dicho que estaba paralizado por el miedo de recibir calabazas de esa mujer.

Nos dirigimos al desierto. Después de media hora o más, detuvimos la minivan en un paraje donde no nos podían ver desde la carretera. Era mediodía y hacía un calor terrible. Todo lo que veíamos a nuestro derredor eran dunas de arena. Bajamos dejando a la Gringa en la minivan y sacamos de la parte trasera una manguera gruesa que habíamos comprado especialmente para este tipo de misiones. Conectamos un extremo de la manguera al escape del automóvil e introducimos el otro extremo a través de la ranura entre el vidrio y el marco de una de las ventanillas. Todo esto tuvo lugar a espaldas de la Gringa, que no podía mover nada de la cintura para abajo, pero sospecho que pudo haber seguido nuestros movimientos a través del espejo retrovisor. Daría yo cualquier cosa por saber lo que le pasaba por la cabeza en esos terribles instantes y lo que sentía cuando se dio cuenta de que estábamos preparando su muerte. Terrible como debió haber sido, sin embargo, la joven mujer se portó con un coraje extraordinario y una dignidad admirable. No se puso histérica como otras. Mientras yo subía las ventanillas y echaba llave a las portezuelas y Morán tapaba la ranura con periódicos viejos, eché una mirada de curiosidad a la mujer de perfil. Su rostro ya no mostraba esa expresión medio altiva; había bajado la cabeza de tal suerte que su barbilla tocaba ahora el cuello y permanecía con los párpados bajos, pero no cerrados. No emitió un solo sonido. Dejamos el motor corriendo y nos alejamos en la dirección opuesta, dándole la espalda a la minivan. Morán y yo permanecimos fumando y tratando de hacer conversación bajo el intenso sol, pero fue inútil: la conversación languideció; fumar se hizo un acto de autómatas antes que un acto de placer. Después de media hora, la boca seca y sudando a gotas gordas y con el rostro tostado, volvimos al carro. La Gringa había sucumbido a los efectos del monóxido.

Cuando el calor se hizo menos intenso, cavamos un hoyo en el desierto y la enterramos en él, después de desnudarla de las pocas vestimentas que cubrían su cuerpo blanco.

NO, GRACIAS, hermosa. Termino lo que queda en este vaso y eso será todo por esta noche. Debo volver manejando. Aunque no me crea, tengo mis escrúpulos. No quiero atropellar ni a un gato, si puedo.

Una nota antes de terminar esta historia tan triste. ¿Sabía usted que cuando alguien inhala los gases de escape hasta morir, los intestinos se le aflojan y defeca involuntariamente? Todo el carro olía a mierda cuando volvimos; la Gringa había ensuciado también el piso del automóvil. Por más que la lavé y ventilé, la minivan siguió apestando por semanas. Vaya modo más indigno de pasarse a una mejor vida.

ÍNDICE

Acerca del autor

SIU KAM WEN (Xiao Jin-Rong) nació en Zhongshan, provincia de Guangdong, China. Vivió desde los nueve años en Lima, Perú, donde aprendió a hablar y escribir en español. Ha publicado dos colecciones de cuentos (*El tramo final* y *La primera espada del imperio*) y dos novelas (*Viaje a Itaca* y *La estatua en el jardín*) en ese idioma y un libro de ensayos (*Deconstructing Art*) en inglés. Vive hoy en Hawai.

Nota sobre la tipografía
y la puntuación

Para el texto principal de este libro se usó la fuente Stempel Garamond. La fuente fue creada por D. Stempel AG en 1925 y es una de las interpretaciones más famosas de la fuente Garamond, caracterizándose por su finura y facilidad de lectura. Se ha respetado también el deseo del autor de conservar la puntuación a veces idiosincrática de las ediciones originales.

CPSIA information can be obtained
at www.ICGtesting.com
Printed in the USA
LVHW112038131122
733051LV00001B/29

9 781411 613041